Eckhard Henscheid · *Maria Schnee*

ECKHARD HENSCHEID

Maria Schnee

EINE IDYLLE

HAFFMANS VERLAG

Umschlagfotos
vom Verfasser und
seiner Frau

*Für
Fruth II*

1.–7. Tausend, Herbst 1988

Alle Rechte vorbehalten
Copyright © 1988 by
Haffmans Verlag AG, Zürich
Satz: Schüler AG, Biel
Herstellung: Franz Spiegel Buch GmbH, Ulm
ISBN 3 251 00129 9

Feinster Bohnenkaffee, angezeigt auf einer silbernen Tafel im Fenster der Wirtschaft, war es vielleicht gewesen, was Hermann letzten Endes zur schließlichen Einkehr in die Pensionsgaststätte Hubmeier in der Entengasse bewogen und veranlaßt hatte, auf daß er dort seinen zumindest vorübergehenden Aufenthalt nehme. Der Hausflur war schön kühl, aber schon hier stellte sich diese Gaststätte allerdings auch als eine Metzgerei heraus, denn die rechte Tür im Hausgang führte in die Gaststube, die linke freilich in die Metzgereiabteilung, beides stand auf jeweils einem Emailschildchen zu lesen. Der Hausflur war leer, und tatsächlich roch es von links kommend nach allerlei Wurst und Fleisch, wenn auch nur in verhaltenen Spuren. Ein bißchen eingeschüchtert und schon entmutigt blieb Hermann im Hausgang stehen, überlegte es sich noch einmal und tupfte sich den Schweiß von der Stirn, denn von der ersten ungefähren Stadtbegehung war ihm schon ordentlich heiß geworden. Auch bangte ihm auf einmal vor einem schon wieder neuen Logiezimmer, so unerläßlich es auch sein mochte. Aus der Gaststube drang ein Niesen, dann ein kurzes hartes Husten. Einer plötzlichen Bewegung folgend, machte Hermann kehrt, schlug die Schwungtürflügel auseinander und trat durch die offene Haustür wiederum ins Freie. Nah schlug eine Kirchuhr. Hermann sah in den blauen Himmel nach der Sonne, es mußte wohl längst Mittag sein, da aber kam schon jener Mann im blauen Kittel auf ihn zu, den er vorhin an der sehr nahen Straßenecke hatte stehen und rauchen sehen. Es war ein schon älterer Mann von untersetzter und sehr gedrungener Gestalt, er trug einen blauen Mantel oder Arbeitskittel, der ihm von den Schultern bis zu den Knien gerade reichte. Hermann stand auf der obersten der drei Haustürstaffeln, schon aber hatte sich der Blaue unterhalb und fünf Schritte entfernt aufgebaut, er saugte wie nachdenklich an seiner Zigarette, nahm Hermann genauer in Augenschein und redete ihn dann sofort dahingehend an, doch, er sei sich ganz sicher, er kenne ihn, Hermann, von der Hitlerjugend her. Der Blaue zog wieder an seiner Zigarette und legte, um Hermann gut zu sehen, den Kopf und Rumpf etwas nach hinten. Jawohl, sagte der Mann wie aufwieglerisch, da sei gar keine Täuschung möglich, ganz einwandfrei erkenne er ihn, Hermann, schon jetzt wieder.

Hermanns Herz klopfte. Er wußte nicht recht, was er dagegenhalten sollte, im gleichen Augenblick aber ersah er, etwas seitwärts links hinter dem Rücken des Blaugekleideten, in einem winzigen Vorgärtchen, hinter einem niedrigen Eisenstangenzaun das Tier. Es war eine gelbe, eine rötlichblonde Katze, eine offensichtlich recht mollige Katze, die sich da im fast kniehohen Grase wälzelte und sonnte und plötzlich aber auf die Beine sprang und zu ihm, Hermann, und dem blauen Mann herüberschaute. Für eine Weile stand die Katze ganz gebannt, dann legte sie sich wieder hin, um sich weiterhin zu wälzeln. Immer wieder sah man im Grün den gelbrötlichen Pelz und ein paar Beine, wie sie wohlig in die Luft sich reckten.

Der kleine, aber überaus stämmige Mann im blauen Kittel hatte inzwischen sein rechtes Bein gegen die Türstaffeln gestemmt, oben stand noch immer Hermann. Der Blaue sog einen letzten Zug aus seiner Zigarette und schnipste den Filter sodann auf das sonnige, blankglänzende Kopfsteinpflaster. Schon allzu süß lächelnd sah er von unten wieder Hermann an, um ihn genauer noch zu mustern. Doch, er, der Blaue, sei sich vollkommen sicher. Es müsse 1942 oder höchstens 1943 gewesen sein, daß er und Hermann sich bei der Hitlerjugend kennengelernt hatten. Ganz sicher sei er. Der blaue Mann warf den runden Kopf mit den wenigen, aber straff gebürsteten schwarzen Haaren wieder leicht zurück, es schien, als ob er gleichzeitig in die Sonne und spöttisch und doch unerbittlich Hermann zublinzele. Der Himmel war fast gänzlich blau, nur zwei leichte Wölkchen schwebten hoch über einem Dachgiebel. Die kurzen Beine des Blauen waren vom Knie an nackt und ziemlich krumm und haarig, sie staken aber in Sandalen.

Der Blaue hatte sich eine neue Zigarette angezündet, saugte und beschattete Hermann eine kurze Weile schweigend. Da stand die Katze wieder aufrecht. Sie schien die Ohren zu spitzen, sah Hermann gleichfalls inständig und aufmerksam ins Auge, dann gähnte sie unversehens. Der Blaue schien allerlei zu überlegen, in seinen Erinnerungen stillvergnügt zu wühlen. Aus dem Gaststättenflur, womöglich auch aus dem Gassenfenster, sickerte eine Welle feiner Bratensoße, vielleicht durchmischt ja auch mit Kaffeeduft, vielleicht mit Bier. Der Blaue trat wieder einen Schritt auf Hermann hin, er schmunzelte ganz heiter. Ob er, Hermann, sich denn gar nicht seiner entsinnen könne, fuhr er zu fragen fort und stemmte das andere Bein gegen die untere Treppenstaffel, an das Gauführertreffen 1942. Er lächelte zweideutig, nahm einen Zug aus der Zigarette, blies Rauch auf Hermann zu und zeigte dann sogar ein wenig die vorgeschobenen Unterzähne. Sodann klaubte er aus seiner blauen Manteltasche ein eingeklapptes Metermaß, öffnete es zum Teil, nahm Hermann in aller Gemütsruhe noch einmal in Augenschein und hielt wie spielerisch das jetzt zur Hälfte ausgezogene Metermaß auf Hermann hin. Als ob er Anstalten mache, Hermann damit alles zu beweisen und sich seiner zu bemächtigen.

Noch immer hatte Hermann sich nicht ganz gefangen. Sondern schüttelte nur immerzu den Kopf. Stärker klopfte ihm das Herz. Viel hätte er darum gegeben, säße er jetzt schon bei Hubmeier drinnen, hätte er gewußt, wie sich schleunigst loszureißen. Der Blaue hatte sein Metermaß wieder zusammengeklappt, schaute unbeteiligt nach links und einem an ihm vorbei um die Ecke biegenden Lieferwagen nach, mit beiden Sandalen drückte er dann die sicherlich nur halbgerauchte und zu Boden geworfene Zigarette aus. Fast anhänglich und keineswegs erkennbar mißgünstig sah er dann Hermann wieder an. Hermann stand und überlegte. Er fror ein bißchen, gleich als ob ihn etwas an den Armen kitzele. Längst zwar wußte er, daß er 1942 noch gar nicht auf der Welt gewesen war. Sein angegrautes Haar und sein unrasierter Zustand mochten den im blauen Mantel irregeführt haben. Doch bangte ihm vor diesem Mann, vor dieser unverhofften Begegnung. Noch einmal und verwirrt den Kopf schüttelnd, erkannte Hermann gleichzeitig, daß die Katze nun überhaupt nicht mehr zu sehen war. Der Blaue verschränkte gemütlich beide Arme und stellte dazu die Beine breiter. Das sei doch ausgeschlossen, daß er, Hermann, sich nicht an ihn erinnere, sagte er, schmeichelnd und fast schwülstig lächelnd. Hermann nahm seine Kraft zusammen. Das könne nicht sein, versetzte er mit Nachdruck, denn er sei hier nicht geboren. Sondern in Thannsüß in Franken. Und auch dort nur aufgewachsen!

Jetzt schüttelte der Blaue seinen Kopf, ungläubig und es gleichsam besser wissend. Hermann verspürte, daß seine Entschuldigung oder Rechtfertigung nicht stichgehalten hatte. Der Blaue schmunzelte überlegen, unerschüttert. Hermann wollte nochmals erläuternd nachfassen, er wußte indessen, daß nichts Rechtes mehr aus seinem Munde kommen wollte. Der Blaue schien sich ganz geruhsam auf weitere und unentrinnbare Befragungen einzurichten, schon hatte er hüstelnd seine Zigarettenpackung wieder in der Hand. Hermanns Herz pochte schlimmer. Dann, um nicht schon jetzt den kürzeren zu ziehen, gab er sich endlich einen Schubs. Er nickte dem Blauen möglichst anständig zu, warf sein an die Haustür gelehntes Reisetaschenbündel über die Schulter und nickte nochmals grüßend. Der Blaue schien verdutzt und streckte eilig einen Arm vor. Schon aber hatte Hermann abgedreht. Schlug die Schwungtüren zurück und stand wiederum im kühlen Schutz des Hausgangs. Hermann lauschte nach draußen. Achtsam vermeinte er zu hören, wie die Sandalen seines Feindes sich etwas klappend jetzt entfernten. Es kam ihm der Verdacht, daß der Blaue dabei leise pfiff, ihm verhalten nachpfiff, durchaus nicht in freundlicher Gesinnung. Hermann hütete sich, es nachzuprüfen, und wartete noch, bis das Herzklopfen nachließ. Aus der Metzgerei drang jetzt Duft von Essig und vielleicht auch Zwiebeln. Aus der Gaststube war zuerst ein einzelnes Kichern zu vernehmen, dann etwas wie vorwurfsvolles Winseln. Hermann zauderte noch immer. Er dachte an die goldene Katze. Schließlich gab er sich einen zweiten Ruck. Alle Vorsichtsmaßregeln waren getroffen. Und bei der Hitlerjugend war er wahrlich nie gewesen. Mutig und möglichst unbefangen öffnete Hermann die Tür zur Gaststube und glitt hinein.

Ein Gast in Fensternähe streckte sofort nach Hermann hin seinen zur Faust geballten Arm aus. Aber das war wohl nur ein Zufall. Behutsam machte Hermann die Tür hinter sich zu und spürte, wie sich in ihm schon viel entspannte. Noch im Stehen erkannte er, daß die Gaststube gut besucht schon war. Licht fiel hell durchs Fenster. Um sich keine weitere Blöße zu geben, ließ Hermann gleich rechts neben der Tür sich fürs erste nieder.

Hermann saß und schaute um sich. Es saßen zu dieser Zeit in der Speisegaststätte Hubmeier schon an die neun, zehn Menschen. Alles war fürs erste nicht leicht zu begreifen. Sicherlich sieben Personen hatten sich um jenen einzigen großen Rundtisch geschart, der schräg gegenüber der Eingangstüre stand. Es waren dies Menschen recht unterschiedlichen Alters. Hinter den Stuhlbeinen von drei der Sitzenden lehnten jeweils große helle Einkaufstüten, zwei weiße und eine himmelblaue, mit draufgedruckten Firmennamen. Die anderen Tische in der Stube waren langgezogen. Es waren ihrer wohl fünf, mindestens drei waren noch kenntlich unbesetzt. Hermann legte seine Jacke ab und beide Arme auf den Tisch. Möglichst ungezwungen, unaufdringlich saß er.

Die beiden Fenster zur Gasse hin standen nur leicht geöffnet. Schöne gelbe Kringel malte im Hereinfallen die Mittagssonne vor allem auf das braune Holz des runden, deckenlosen Tisches mit den sechs oder sieben Gästen. Einer der Köpfe drehte sich kurzzeitig nach Hermann um, die anderen nahmen fortplaudernd nicht weiter von ihm Notiz. Zwei nicht mehr junge Frauen lachten fast gemeinsam auf, aber gewiß nicht über Hermann, ihn. Die dickere nahm dann einen erbaulichen Schluck aus einer vor ihr stehenden Halbliterflasche. Die andere rieb sich vergnügt den Bauch. Sie hatte eine rosa Bluse an und wackelte vor Lachen immer noch.

Nach hinten zu, erkannte Hermann bald, endete die Gaststube mit ein paar Stühlen, einem Kanonenofen und einer Art Bretterwandverschlag, welcher seinerseits in einen Vorhang überging. Anziehend kam von dorther schon ein Duft, vielleicht von einer angebratenen Wurst. Jetzt erst ersah Hermann die alte Frau unter dem Ofenrohr. Sie saß auf einem Stuhl neben dem schwarzen Ofen und freilich etwas abgewandt. Ihr Stuhl und der Ofen bildeten zusammen so etwas wie eine Nische. Es war eine recht mollige und schon sehr alte Frau. Der Mund stand ihr halboffen, viel sprach dafür, daß sie ein bißchen schlief. Die Beine erreichten den Boden mit den Fußspitzen nur mit Mühe so gerade noch. Es waren pantoffelähnliche Hausschuhe, was die Greisin trug. Hermann gewann schon bald den Eindruck, daß die alte Frau zum Personal, zum Hausbestand gehörte. Im Schlummern rieb sie sich die Nase mit dem Handballen. Gewiß war es eine Angehörige, vielleicht handelte es sich um die Großmutter.

Noch immer rann von Hermann etwas Schweiß. Mit seinem Taschentuch wischte er ihn von Stirn und Hals und beschaute zugleich die schöne Vitrine aus hellem Holz, die links von ihm stand, zwischen Eingangstür und Schanktisch. Ein Schankbüfettchen war es eher, ein paar Kästen und eine große Vase mit Feldblumen standen darauf. Die Großmutter hatte noch immer die Augen geschlossen, gleichwohl zog sie jetzt mit der Rechten einen Fußschemel zu sich heran. Sie tat kurz die Augen auf, stellte beide Beine auf den Schemel, die Knie unter dem schwarzen Rock klappten kraftlos auseinander, dann schloß sie wieder ihre Augen. Schattig, fast lichtlos war es in diesem Teil der Stube. Am Rundtisch stießen zwei Männer miteinander an. Auch sie tranken aus der Flasche. Hinter dem Büfett hervortretend, kam ein Hund auf Hermann zugetrottet. Es war ein sicherlich sehr alter, weißlichgrauer, zotteliger Spitz. In einiger Entfernung blieb er vor Hermann stehen, um ihn zu beäugen. Dann kam er doch noch näher und schnuffelte an Hermanns Schuhen, doch wohl mehr gewohnheitsmäßig und interesselos. Das weißliche und auch gelbliche Tier machte wieder kehrt, überlegte stehenbleibend und mit dem Schwanze wedelnd den Fortgang und begab sich nach hinterhalb zur Großmutter.

Einer der Männer am Rundtisch besaß lustig funkelnde Augen und dazu riesige buschige Brauen. Hermann gewann den Eindruck, er wollte beide Frauen mit etwas foppen. Gutgelaunt stieß er seinen Nachbarn in die Seite. Dieser hustete, es war nicht ganz klar, ob im Spaß oder im Ernst. Der Spitz kratzte am Stuhlbein der Großmutter. Mit einer recht mürrischen Armbewegung wehrte sich die Großmutter dagegen und gegen das Aufwachen. Dann schlug sie gleichwohl beide Augen auf, rieb sie und erhob sich. Ungläubig und grämlich um sich äugend, machte sie ein paar Schritte in den Vordergrund, kratzte sich am Ohr, schaute nach links und rechts, schüttelte den Kopf und erkannte schließlich Hermann. Hermann nickte ihr ermutigt zu. Die Großmutter schlurfte ein paar weitere Schritte auf ihn hin und rief dann aber Hermann zu, es dauere noch ein bißchen, der Wirt und die Wirtin müßten aber gleich wieder da sein, sie seien beide nur in den Keller oder aufs Amt gegangen, vielleicht aber auch auf die Sparkasse zum Hüttner. Während sie redete, hatte der Hund an das Holz der Eingangstür gekratzt, die Großmutter sah es und drückte ihm die Klinke nieder, mit seiner Schnauze öffnete der Spitz die angelehnte Türe und verschwand dann bis auf weiteres.

Längst hatte sich Hermann von der Erinnerung an den blauen Mann soweit erholt und war ganz ruhig und gefaßt geworden. Noch während am großen Rundtisch die beiden Frauen und der Brauenbuschige flüsterten und dann zugleich wieder loslachten, beschied er die Großmutter, ihm eile es ja überhaupt nicht. Die Großmutter zuckte im Überdruß die Schultern und begab sich stokkend wieder nach hintenhin zu ihrem Sitzplatz.

Für einen kleinen Augenblick verschwand das Sonnenlicht, dann war es wieder da. Forschend glitten Hermanns Augen über die Hubmeierschen Tische und Einrichtungen hin. Bald hatte sich in Hermann der Eindruck zur Gewißheit verfestigt, daß es sich insgesamt um eine sehr ansehnliche Gaststube handelte. Alles war sehr sauber. Das braune Holz der Tische, die Büfett-Anrichte und der große Schrank hinter dem Rundtisch, alles glänzte überaus poliert und reinlich. Auf dem langgezogenen und momentan unbesetzten Tisch genau in der Stubenmitte stand sogar ein kleines Fernsehgerät mit einem Tragegriff und zwei jetzt eingezogenen Antennenstäben. Rechts seitlich über dem Rundtisch mit den sechs Mittagsgästen hing gleich neben dem Kruzifix im dicken schwarzen Rahmen eine große und wohl schon ältere Photographie. Sie zeigte einen schicklich gesetzten Mann mit durchaus stolzem Blick. Es mochte sich um den

Gründer oder den jetzigen Besitzer handeln. Kurzzeitig wurde Hermann den Verdacht nicht los, er sei gewiß schon einmal hiergewesen. Trotzdem konnte das auch kaum sein. Höchstens in seiner Kindheit. Zusammen mit seinem Großvater. Da war er sicherlich schon einmal hier gewesen.

Das wunderte ihn andererseits. Denn erst vorgestern war es doch geschehen, daß ihm der hiesige Pensions- und Gaststättenbetrieb Hubmeier empfohlen worden war, von einem Straubinger Kameraden. Dort bei Hubmeier, hatte der Kamerad ihm anvertraut, könne man jederzeit gut speisen, das Schnitzel sogar noch für 5 Mark 20. Bei Hubmeier, hatte Erich ihm gesagt, finde man immer den richtigen Anschluß, und was die Übernachtung angehe, so sei der Preis dort sehr erträglich. Für gewöhnlich verlange man bei Hubmeier für die Logie mit Kaffeefrühstück nur 7 Mark. Ganz prima sei dort alles.

Der mit den buschigen Brauen hustete heftig, jäh kicherte die dicke Frau. Die Erinnerung an das Kätzchen kehrte Hermann wieder, gern hätte er es wohl gestreichelt. Gleichzeitig wurde ihm derweil immer klarer, daß die andere Frau vom Rundtisch nun schon seit geraumer Zeit davon Mitteilung machte, nächstens fahre sie auf Urlaub nach Schweden. Nach Schweden fahre sie diesmal, jawohl, rief sie beharrlich, jetzt erst recht, wahrscheinlich im September. Zwei oder drei Männer lachten. Warum sie nicht nach Schweden fahren solle, rief die Frau schon barsch und zornig, jetzt wolle sie ihr Leben auch genießen. Jawohl, das mache sie!

Nun kam der Spitz in die Stube zurück, anscheinend war er durch die zweite Tür hinter der Büfett-Schenke eingedrungen. Er schlich nach hinten und legte sich unter den Stuhl, auf dem vor einer Minute noch die Großmutter gesessen hatte. Diese war fürs erste unerkannt verschwunden.

Ob wer mitfahre nach Schweden, fragte nun eine neue Männerstimme. Jemand lachte gurgelnd. Die Frau, die nach Schweden wollte, hatte, von der Seite gesehen, ein hartes, ja böses Gesicht. Entschlossen starr hielt sie den Kopf hoch und schaute hochmütig drein. Ob ein Mann mitfahre und sie begleite, begehrte eine wieder andere, Hermann nun schon bekannte Stimme zu wissen. Nach Hermanns Eindruck geriet die Befragte nun sehr in Aufregung, denn ihre Stimme kreischte fast. In Schweden, schrie die Frau sehr laut und aufgewiegelt, in Schweden gebe es Männer genug, Männer, die sich ihrer jederzeit annähmen, jawohl!

Während jetzt ein paar Männerstimmen durcheinander lachten und zum Teil gutartig und heiter Zweifel anmeldeten, derweil nickte nun die andere und dickere Frau wohl Zustimmung und Beifall. Etwas polterte zu Boden, die Dicke hob es wieder auf. Ihr nackter Arm patschte der Freundin auf den Rücken, die Haut war fleckig braun, die Fingernägel rot bemalt. Der Hals der Dicken zeigte einen Ausschlag. Scheinbar lachten ihre Augen, kummergewohnt doch schien Hermann ihre ganze Miene.

Da habe sie überhaupt keine Probleme in Schweden, zeterte die erste Frau noch einmal los und schlug sogar hart auf den Holztisch. So heftig sie schlug, es schien ihre Vorfreude dennoch schon getrübt, die Frau vergrämt und auch verbittert. In Schweden, wiederholte sie noch einmal ruppig, wenn sie nur ihren Dackel mitnehme, dann fehle es ihr an gar nichts.

Jetzt fuhr ein Lichtstrahl flüchtig zuckend über die Gardinen der beiden Straßenfenster hin, er surrte über die gelbbestrichene Holzwandverkleidung hoch und löste sich dort schließlich züngelnd auf. Seitlich rechts über dem Rundtisch aber verweilten, Hermann gegenüber, sechs kleine Lichtrechtecke, leichthin schaukelnd und auch fließend. Noch einmal trat die Großmutter an Hermann heran und fragte nach seinen Wünschen. Zweimal hörte man die Kirchturmuhr jetzt schlagen, wohl war es schon halb eins. Hermann trug seinen Wunsch nach Bohnenkaffee vor und wennmöglich einer Kleinigkeit zum Essen. Wiederum und mürrisch, wie längst der Sache überdrüssig, entgegnete die Großmutter, er und sie, also die Eheleute Hubmeier, müßten ja jeden Moment schon wieder da sein. Gleichfalls der gelbgräuliche und gewiß schon recht betagte Spitz war jetzt wieder zu Hermanns Tisch gekommen und ließ die Blicke zwischen dem Gast und der Großmutter mehrfach hin- und wiederschweifen. Die Großmutter sah zur Tür hin und glättete die Lippen stumm bewegend ihre wollig schwarzen Ärmel. Sie schien schon ziemlich ratlos. Auch Hermann sank ein bißchen mehr das Herz. In Schweden, wiederholte die Reiselustige und kreischte jetzt beinahe, in Schweden könne man jederzeit Männer kennenlernen, jede Menge. Wild griff sie nach ihrer Bierflasche und nahm einen bedenkenlosen Schluck daraus. Jede Menge Männer, das wisse sie von ihrer Schwester, he!

Zwei, drei der Männer meckerten gemächlich. Gereizt, womöglich schon überreizt und mit zerrütteten Nerven schraubte die Frau Kopf und Rumpf herum und sah scharf auf Hermann hin. Mit Argwohn, ja mit einer schon kaum verkennbaren Feindseligkeit starrte sie ihn unverhohlen an. Über den schlaff hängenden Backen die Augen schauten trüb und zänkisch. Die Haut war etwas gelblich, die Lippen waren rosarot bemalt und zuckten schlimm. Die Tür ging auf, und herein traten zwei alte Menschen, ein Mann und eine Frau. Die Frau ging voraus und schien etwas atemlos, der Mann half sich mit einem Krückstock vorwärts. Der Hund bellte zweimal auf. Da seien sie schon, der Chef und die Chefin, sagte die Großmutter auf Hermann hin, von ihrer Ratlosigkeit erlöst. Gleich rief sie auch den beiden Eingetretenen etwas zu, was Hermann nicht verstand. Mit dem Zeigefinger deutete sie hin auf ihn. Noch im selben Augenblick sprang die Frau, die nach Schweden fahren wollte, von ihrem Stuhl hoch, sie packte ihre vollgepackte Einkaufstüte und stürzte, zwischen den beiden Hubmeier hindurch, mit häßlich wutverzerrten Zügen aus der Gaststube, den grauen Spitz mit einem Bein zur Seite drückend. Großmutter, schon wieder etwas weiter hinterhalb, schüttelte verzagt fast schon den Kopf.

Unverweilt trat nun das Ehepaar Hubmeier zu Hermann nahe an den Tisch, drückte diesem kurz nacheinander die Hand und stellte sich vor. Das hier sei ihr Mann, sagte die Frau und kniff diesen recht eigensinnig am Pulloverärmel, sie selber sei Frl. Anni. Frl. Annis Mund lächelte überaus begütigend auf Hermann hin, ihre Augen hinter der Brille waren noch nicht recht zu erkennen. Hubmeier schnaufte und stand zum Willkomm etwas übergebeugt, nach vorn gekrümmt über seinen Stock. Er war eine Winzigkeit kleiner als seine Frau; als er nach hinten zum Büfett abdrehte, war deutlich zu sehen, daß er mitsamt seinem Krückstock hinkte und das linke Bein nachzog. Das Bein oder beide Beine schienen stark zu lahmen, Hubmeier tat sich mit dem Gehen schwer, werweiß war es eine Kriegsverletzung. Sehr gedrungen wirkte die untersetzte Gestalt, die jetzt auch schon hinterm Büfett erschien. Indessen Frl. Anni ungesäumt Hermanns Bestellung von Bohnenkaffee entgegennahm, humpelte Hubmeier wieder hervor und schaltete den kleinen Fernsehapparat auf dem Mitteltisch an. Einen Augenblick lang waren schwarzweiße und bewegte Bilder zu sehen, stampfende Pferde wohl und Pulverdampf, auch eine Reihe Revolverschüsse ließ sich hören. Hubmeier, im Stehen auf den Stock gestützt, sah ein Weilchen interessiert zu, dann schaltete er wieder aus und humpelte nach hinten. Seiner Miene nach zu schließen, war er vollkommen befriedigt. Es war gewiß zur Prüfung nur gewesen.

Weniger ihm, Hubmeier, sah die große Photographie an der Wand ähnlich, sondern eher schon Frl. Anni. Längst war diese nach draußen geeilt, mit einem rasch umgeknöpften weißen Schürzenkittel fand sie sich soeben wieder ein. Der Kaffee komme gleich, teilte sie Hermann emsig mit, sie habe auch gleich ein Kännchen zubereitet, eine Tasse bei der Hitze lohne nicht. Frl. Anni trippelte schräg durch die Stube und zog an einer Schnur am Fenster, sofort ging darüber der Ventilator an. Etwa gleichzeitig verschwand Hubmeier hinter dem dunklen Vorhang hinterhalb des Ofens. Hermanns Zutrauen wuchs, als schon wenig später, herbeigeschafft durch Frl. Anni selber, das Kaffeekännchen bei ihm ankam. Frl. Anni mußte gleich wieder weg, Hermann aber, vor Durst, trank in kürzester Zeit die beiden Tassen aus. Der Kaffee duftete köstlich und schmeckte auch recht gut. Jetzt bereute es Hermann schon fast nicht mehr, daß er hier eingekehrt, daß er hier Station gemacht hatte. Statt wie vorgesehen noch heute über Tabernackel nach Nürnberg zu gelangen. Oder nach Gutdünken wenigstens bis Pommelsbrunn. Kleine Schweißperlen zwar traten auf Hermanns Stirn und Schläfen. Aber es waren sicherlich solche, die sich vom Kaffee herschrieben und vom Wohlgefühl. Der Hund lag vor dem Schankbüfett. Zutraulich sah er mehrfach hoch zu Hermann und leckte biegsam seine Vorderpfoten. Ein wenig ängstlich wurde Hermann gleichwohl wieder, wenn er an die neue Spielzeit dachte, an die Zukunft. Den Abgang von Reuter und Grahammer hätte der Club ja sehr gut wohl verkraften können. Aber den Wechsel Andersens zur Eintracht, den hätte es ja durchaus nicht gebraucht.

Sowie Frl. Anni das Kaffeegeschirr abräumte, nahm Hermann sich ein Herz und trug seine Bitte um Logie und Einquartierung vor. Frl. Anni war sogleich einverstanden, bestand aber darauf, er, Hermann, solle vorher noch etwas speisen. Frl. Anni lief weg, schaltete den Ventilator aus und schob, sie verabschiedend, zwei der Männer, die den Rundtisch verließen, mit sanftem Druck zur Tür hinaus. Sodann brachte sie eine schwarze Tafel, die vorher schon auf dem Büfett gelehnt hatte, herbei und hielt sie Hermann hin. Mit Kreide war darauf geschrieben, daß man heute für besonders empfehlenswert erachte Schaschlick für 2 Mark 80, Saure Lunge für 1 Mark 90 sowie Cürry Wurst für 2 Mark 50. Gleich werde es jetzt wieder etwas ruhiger und leidlich erträglich im Lokal, vertraute Frl. Anni Hermann weich und etwas singend an, da könne er dann in angemessener Ruhe essen. Hermann nahm sich zusammen und ließ sich auf ein Schaschlick ein sowie ein Cola. Frl. Anni wippte mehrmals freudig einverstanden mit dem Kopf und lächelte. Vorher aber zeige sie, sagte sie, ihm noch schnellstens seine Kammer, damit auch das erledigt sei. Vier der sechs gelben Lichtflecken an der Wand verschwanden jetzt, kamen aber sogleich eilig wieder. Ein wahrscheinlich neuer und aufs erste Ansehen hin recht struppiger Gast tauchte in der Türe und dann hinter Frl. Annis Rücken auf und wollte in der Stube Platz nehmen, schon aber humpelte Hubmeier von hinten herbei und hob sogar den Stock ein bißchen. Es kam zu einem kleinen Gerangel und Wortwechsel, bald aber schob Hubmeier, mit der rechten Hand auf die Türklinke gestützt, mit dem von der Linken gehaltenen Stock den Mann wieder zur Tür hinaus, in nicht geringem Zorn dem Verschwindenden den Holzstecken nachschwingend.

Ganz ähnlich wie Frl. Anni besaß Hubmeier eine mehr hohe und sogar etwas schnarrende und quengelnde, gleichwohl sehr durchsetzungsgewohnte und entscheidungsbefugte Stimme. Unbeschadet der Tageswärme hatte der Wirt einen himmelblauen Pullover oberhalb der braunen langen Hose an. Noch von der Anstrengung her schwer atmend, hinkte er wiederum nach hinten.

Seine Kammer im zweiten Stock oberhalb der Gaststube gefiel Hermann gar nicht schlecht. Frl. Anni klopfte ein bißchen die Bettdecke zurecht und öffnete sogar das schmale Fenster, in dem es auch zwei Blumenstöcke mit roten und mit weißen Nelken gab. Die Pensionsgaststätte Hubmeier, so teilte Frl. Anni Hermann beflissen mit, verfüge hier im Haus und in zwei Häusern nebenan über genau zwanzig Einzelzimmer, davon seien meist siebzehn auf Dauer an Festgäste vermacht. Drei Kammern stünden jeweils kurzfristig zur Verfügung.

Man habe, eröffnete Frl. Anni mit feiner und wieder sehr singender Stimme Hermann, sich kürzlich wegen der allgemeinen Teuerung auch zu einer Erhöhung des Nachtpreises von 7 auf 7 Mark 50 entschließen müssen. Sie, Frl. Anni, habe es nicht gern getan, aber sie und ihr Mann müßten auch an das Alter denken und die Vorsorge. Hubmeier sei bald 76 und von recht angegriffener Gesundheit, sie selber fast 73 Jahre alt. Wer wisse, wie lange das Ganze in dieser Weise noch zu halten sei.

Frl. Anni lüftete, aber mehr pro forma, ein bißchen das Bettlaken, schloß das Fenster wieder und fuhr eilfertig durch ihre graubräunlichen Ringellöckchen. Es war eine altersbedingt etwas beleibte, jedoch auch zarte und fast zierliche und behende Frau. Sehr sauber nahm sich ihre weiße Kittelschürze aus. In den schwarzen Halbschuhen steckten hellbraune Strümpfe und grünbraune Ringelsöckchen zugleich. Zumal ja, faßte Frl. Anni nach und sah geflissentlich zu Hermann hoch, Hubmeier sowohl mit der Gicht als mit den Folgen eines Unfalls geplagt sei, wie er, Hermann, ja längst wisse.

Über dem Kopfkissenteil seines Bettes sah Hermann einen silbrigen Flaschenbieröffner hängen, an einem Bindfaden, der seinerseits mit einem Reißzweck an der Wand befestigt war. Hermann postierte seinen Reisesack neben das Waschbecken. Ein gar nicht kleiner schwarzer Käfer kletterte soeben entschlossen in das Ausgußloch. Das Bett machte einen schon etwas gebrechlichen Eindruck, die Kissen gleichwohl leuchteten recht rein. Mit dem Nachtkästchen schien es eine besondere Bewandtnis zu haben, das Schubfach und der untere Teil waren mit Holzwolle ausgestopft. Frl. Anni wunderte sich auch darüber. Ihr Bruder, ihr jüngster Bruder, vertraute sie

Hermann rasch und atemlos fast an, sei Theologieprofessor in Passau, ein berühmter Mann. Der werde demnächst auch 70 und wahrscheinlich hierher auf Rente gehen, zu ihnen, Hubmeier, zur Pflege ziehen. Immer wieder würden ja Festgästekammern frei, sagte Frl. Anni. Hier zum Beispiel habe zuletzt ein alter Gerichtsassessor gewohnt, der sei im Juni erst gestorben, hier in dieser Kammer, erst vor einem guten Monat. Und vorher sei es ein Steuerberater gewesen, auch ihn habe man hier tot vorgefunden, gleichfalls hier in dieser Kammer. Sie, Frl. Anni, habe dann sein ganzes Geraffel wegschaffen müssen, alles hin zur Caritas. Mit Ausnahme seiner Bücher. Die seien noch im Schrank. Lauter Bücher, beteuerte Frl. Anni und schnaufte heftig auf und durch, habe man nach dessen Tod hier in der Kammer gefunden, lauter Bücher. Da habe man die Bescherung gehabt. Und alle Bücher einfach in den Schrank getan. Wenn er, Hermann, wolle, könne er heute nacht drin lesen, der Schlüssel vom Schrank, der stecke ja. Schon monatelang habe der Mann die Kammer nicht mehr verlassen gehabt. Nur um Wurst zu holen, sei er ab und zu nach unten gekommen. Überstudiert sei der Mann gewesen, ereiferte sich Frl. Anni, und nicht als einziger der Gäste. Lauter Bücher habe er im Kopf gehabt. Viel habe auch der andere, der Saller, immer gelesen, der verstorbene Assessor. Auch ihr Bruder lese fast zuviel. Alle seien heute überstudiert, alle überstudiert, rief Frl. Anni heftig, vorwurfsvoll, fast schon in Wut auf Hermann hin. Alle überstudiert!

Sich beruhigend, zupfte Frl. Anni noch einmal an der Bettdecke, öffnete geschäftig wiederum die Nachtkästchenschubladen und schob sie wieder zu. Während sie einen Schlüsselbund aus ihrer Schurztasche klaubte, um mit ihm zu spielen, teilte sie Hermann ein bißchen wehklagend mit, das Rheuma und beim Treppensteigen das Herz, die beiden setzten ja auch ihr schwer zu. Insofern sei sie froh, daß der Mann, Hubmeier, sich von seinen Darmverschlingungen im letzten Jahr wieder gut erholt und hochgerappelt habe. Schon könne er wieder einen vollen Kasten Bier oder Limonade hochheben.

Obwohl es jetzt, bei 32 Grad im Schatten, natürlich hart sei. Frl. Anni wischte mit zwei Fingern über die Stirn. Fremde Leute im Gesinde, nein, das bewähre sich nicht, das habe ja nicht Hand noch Fuß. Die 7 Mark 50 für die Logie möchte sie, Frl. Anni, freilich jetzt gleich einbehalten. Hermann müsse bedenken, man habe da schon ganz schlechte Erfahrungen gemacht im Lauf der Jahre.

Warm und sehr schwüle war es in der Kammer. Neben der Tür hing ein Weihwasserschälchen aus Porzellan mit einem daraufgemalten Gottesauge. Der Himmel im Fensterausschnitt war zur Gänze blau. Hermann willigte ein und gab Frl. Anni einen Fünfzigmarkschein. Eine ganze Menge Münzen klaubte Frl. Anni aus ihrer Schurztasche, um dann Hermann 2 Mark 50 wiederzugeben. Die restlichen 40 Mark, die hole sie sogleich von unten. Etwas verzagt schlug Hermann vor, doch besser gemeinsam hinunterzugehen, es müsse ja jetzt ohnehin sein Schaschlick schon bald fertig sein. Frl. Anni hieb sich mit der Hand leicht vor die Stirn. Freilich, das Schaschlick stehe ja längst fertig in der Küche. Sie, Frl. Anni, habe nur jetzt keine 40 Mark, sie werde sich aber von Hubmeier das Geld schnell leihen.

Frl. Anni machte die Kammertür hinter sich und Hermann zu. Auf der Stiege erläuterte sie diesem, immer müsse man sich als Wirtin kümmern, jede Woche finde heutzutage praktisch irgendein Unglück, eine Heimsuchung statt. Dabei sei es nur gut, daß Hubmeier sowohl in seinem Gasthaus wie im Pensionsgeschäft keinerlei Ausfälle und Unregelmäßigkeiten dulde. Sie, Frl. Anni, reibe ihrem Mann jede Nacht das Bein und den Rücken mit Franzbranntwein ein, das helfe dann schon einigermaßen wieder weiter. Nein, einen Paß für den einen Übernachtungstag brauche er, Hermann, nicht vorzuweisen, ihr genüge Name und Alter, fürs andere habe sie den Blick. Hermann teilte mit, daß er nächstens 37 Jahre werde und aus der Gegend von Zirndorf in Thannsüß gebürtig sei. Zirndorf kenne sie gut, erwiderte Frl. Anni und kicherte erfreut vor Hermann her. Nein, einen Haus- und Zimmerschlüssel brauche Hermann nicht, das sei ja weiter nicht erforderlich. Sie, Frl. Anni, sei jeden Tag bis 2 Uhr wach und auf. Und jederzeit für ihre Gäste da.

In der Gaststube hatte jemand derweil wieder den Tischfernseher aufgedreht, im Kasten waren jetzt allerlei Trickfilmtiere und gezeichnete Lebewesen zu sehen. Hermann setzte sich, Frl. Anni klaubte voll Unrast ihren Schlüsselbund hervor und öffnete ein Kästchen in der Wand nahe dem Kanonenofen. Sie entnahm ihm eine Schatulle und sperrte auch diese eilig auf. Sie trippelte zurück zu Hermann und säumte nicht, ihm mitzuteilen, gleich komme dann sein Schaschlick. Gut sei aber auch die Saure Lunge. Und hier, sagte Frl. Anni und übergab Hermann einen grünen Schein, seien auch schon 20 Mark von 40. Der Rest komme dann bald. Frl. Anni lief nach hinterhalb und rief durch den Vorhang hindurch nach Hubmeier. Hubmeier, fest auf seinen Stock gestützt, trat sogleich aus dem Vorhang. Etwas unscharf und von weitem vernahm Hermann, wie Frl. Anni Hubmeier um die fehlenden 20 Mark anging. Sich umdrehend, zeigte sie erregt auf Hermann. Hubmeier schüttelte den Kopf und trug plötzlich eine grimmig finstere Miene. Er schien sich anhaltend zu sträuben. Nach Hermanns Eindruck mochte es sogar so sein, daß Hubmeier bezweifelte, ob er das Geld dann jemals wiederkriege. Endlich aber, mit recht widerborstiger Miene, lehnte er seinen Stock seitlich gegen das Büfett und zog aus seiner Hosentasche erst einmal ein weißes Schnupftuch und endlich einen großen, vielleicht ledernen Geldbeutel hervor. Noch immer schaute Hubmeier richtig unwirsch drein. Während seine Hand jetzt in der Börse kramte, stützte der Körper mit der linken Flanke sich an der Wand ab, um das Gleichgewicht nicht einzubüßen. Gleichzeitig wurde Hermann klar, daß einer der Gäste von heute mittag, ein Jüngerer, augenscheinlich der einzige, der am Rundtisch übriggeblieben war, seinen Kopf jetzt langsam auf die Tischplatte hin senkte, gewiß, um ein wenig so zu schlafen. Geduldig harrte Hermann auf sein Schaschlick. Jetzt aber übergab Hubmeier Frl. Anni endlich einen Schein, gleichwohl schien er noch immer zu zürnen und leis nachzuschimpfen. Mit einem Anflug von Hunger, Ungeduld und zugleich Unbehagen sah Hermann, wie Frl. Anni mit dem Geldschein erst einmal durch den Vorhang lief, dann freilich sofort wiederkam und auch schon hin zu Hermann trippelte. Sie überreichte ihm einen 10-Mark-Schein. Jetzt fehlten nur noch 10 Mark, ermunterte sich oder Hermann Frl. Anni. Wieder begann sie, Münzgeld aus ihrer Schurztasche zu klauben. Sie trennte säuberlich das silberne von dem gelben Geld, allein, es wurden nur 6 Mark daraus. Frl. Anni fuhr sich in das ein bißchen struppige und strähnig aufgelöste Ringelhaar.

Sie ließ alles Geld wieder in die Schurztasche gleiten und sagte, jetzt hole sie erst mal das Schaschlick heran, dann sogleich kümmere sie sich wieder unvermeidlich um den Restbetrag, um die 10 Mark.

Frl. Annis Nerven schienen wirklich im Augenblick in keinem allzugutem Zustand. Sie öffnete die Stubentür zum Hausgang, kam sofort wieder herein und hastete sodann durch den Vorhang hinter dem Büfett. Wahrscheinlich, vermutete Hermann längst, war dahinter unter anderem die Küche. In der Zwischenzeit hatte ein sehr alter kleiner Mann, von einem anderen Tische kommend, sich vor den Fernseher gesetzt und schaute in ihn hinein. Hinterhalb und etwa gleichzeitig hatte die Großmutter ihre dicken Beine wieder auf den Schemel gestellt und die Hände in den Schoß gelegt. So hell die Sonne in die Stube fiel, so undurchsichtig bröselig wirkte diese, durchtanzt von Sonnenstäubchen und auch Tabaksschwaden. Erst jetzt gewahrte Hermann den weiteren Zusammenhang, daß auf seinem und dem rechten Nachbartisch, die auch beide als einzige in der Stube mit einer Tischdecke belegt waren, winzige Vasen mit Maiglöckchensträußen standen. Gewiß waren es künstliche. Die rosa Blumen in den beiden nur einen Spalt geöffneten Gassenfenstern erachtete Hermann für Geranien vielleicht. Dort in Fensternähe, an einem der Fenstertische, hatte sich inzwischen auch ein einzelner Mann recht fortgeschrittenen Alters niedergelassen, ein Mann, der ohne den geringsten Zweifel vor allem sehr sanftgesonnen war. Geruhsam hielt er den Kopf zum Fenster hin und streichelte dabei seine hagere, blasse Wange. Zur Tür herein humpelte Hubmeier. Kaum war sein Blick auf jenen Mann gefallen, der seit Minuten mit dem Kopf vornüber auf dem Rundtisch schlief, gab es für den Wirt kein Halten mehr. Schon humpelte Hubmeier hinzu und zog den Schläfrigen am Kragen schleunigst in die Höhe, es ihm stracks zu wehren. Der Schläfer öffnete seine Augen einen Spalt, Hubmeier schlug mit dem Krückstock mahnend gegens Tischbein. Schon erwachte der Mann ja vollends. Hubmeier schalt ihn aus und zieh ihn dann auch noch der Unredlichkeit. Noch sei das Bier von gestern nicht bezahlt, murrte Hubmeier mehrfach und fast unbarmherzig. Das schien zu wirken. Der Mann rieb sich die Augen und setzte sich gehorsam möglichst aufrecht. Seine Augen suchten unruhig, ja flehentlich eine Flasche oder etwas dergleichen, fanden aber nichts mehr vor. Hubmeier zog sich zurück, der Mann schien knapp vorm Weinen und ließ schon wieder den Kopf hängen. Unterwürfig schielte er zu Hubmeier nach hinten, dann zu Hermann hin. Da aber brachte Frl. Anni schon das Schaschlick angetragen und auch gleich ein Glas mit Sprudel mit. Wegen dieser schon tagelangen Hitze, erläuterte Frl. Anni mit viel Eifer, könne man das Schaschlick nur mit Zitronensprudel vertragen. Hermann nickte dankbar und begann zu speisen. Für ein paar Augenblicke sah ihm Frl. Anni liebenswürdig lächelnd dabei zu, Hermanns Freude mit zu teilen.

Das Schaschlick roch sehr festlich, es mundete recht wohl. Nahe zum Fernsehkasten war jetzt auch die Großmutter getreten und schaute stehend mit hinein, die Hände gestützt in ihre weichen Hüften. Einmal drang ein brummender Laut aus ihrem Mund, ein Brummeln, fast ein Murren. Noch ohne sichtbaren Überdruß dagegen sah der alte und überaus magere Mann sehr stetig in den Kasten, ohne sich zu mucksen. Jener, der vorher durch

Hubmeier vom Schlafe hochgerüttelt worden war, war jetzt gleichfalls aufmerksam und wohl sogar neugierig geworden und schaute aus der etwas größeren Entfernung auch mit aufs Programm. Er wirkte noch etwas verträumt, gleichviel auch ganz konzentriert. Mit einem Mal kam Hermann die Erinnerung wieder. Wie er zum erstenmal in seinem Leben ferngesehen hatte, damals alles noch schwarzweiß. Es war in der Glückauf-Wirtschaft gewesen, das Endspiel in Glasgow, das Finale Madrid gegen Frankfurt, Real Madrid gegen Eintracht Frankfurt, vor werweiß wievielen Jahren. Immerhin war er noch ein Kind gewesen fast. Wie ihn nach Kressens frühem Führungstor sein Freund Josef auf den Kopf gehauen hatte, auf den Kopf gehauen vor Begeisterung. Hermann schleckte die Tomatenreste von den Lippen, er entsann sich aufgewühlt und ganz genau. Den ganzen Abend und noch den ganzen Tag hatte er die Kopfschmerzen ertragen müssen. Aber Josef nichts davon gesagt. Bis heute wußte Josef nichts davon, und weil die Eintracht dann doch noch verloren hatte, hatte er erst recht geschwiegen, den Freund damit verschont.

Andersen, dachte Hermann und spürte jetzt wieder ein bißchen Kopfweh, würde der Eintracht in der neuen Spielzeit sicherlich sehr nützen. Gleichwohl konnte aber sehr gut sein, daß er dem Club jetzt fehlte, bitter fehlte. Daß der Sturm an Durchschlagskraft verlor, daß der Club in Abstiegsnot geriet, abermals, wie schon so oft. Hermann seufzte. Ihm war nach etwas Auslauf. Hermann seufzte wieder. Denn gleichzeitig fiel ihm der Blaue ein, der Blaue an der Ecke vor der Tür. Vor ihm bangte ihm schon wieder. Während er sein Mahl zu Ende aß, sah Hermann, wie der Spitz im Hintergrund an einem Napf sich gütlich tat, von Hubmeier dabei beschaut, der hinter ihm auf seinem Stuhle saß. Hermann seufzte bang. Etwas zuckte, zappelte in seinem Kopfe, wie nach Kressens Führungstor, aus halbrechter Stellung heraus. Hermann nickte dem ab und zu aufschauenden Hubmeier freundlich zu und beruhigte sich langsam bei dem Gedanken, daß er, sofern der Blaue ihm linkerhand an seiner Ecke auflauern sollte, ja leicht nach rechts durch die Gasse entwischen konnte, davonrennen, wenn es wirklich schon drauf ankam.

Eine dicke graue Fleischfliege ließ sich auf dem Rand von Hermanns Sprudelglas nieder, spazierte ein wenig rundum auf und ab und schlief dann auf der Kante ein. Das pralle Licht färbte das schöne Blattgrün in den Stubenfenstern gelb und golden. Kurzzeitig tauchte Frl. Annis graugelockter Kopf hinter dem Schankbüfett unter. Kam wieder hoch, tauchte wieder unter und kam, deutlich gerötet, wiederum hoch. Einem gut vernehmlichen Klappgeräusch nach zu schließen, mochte hinterm Büfettschränkchen der Kühlschrank stehen. Anscheinend aber hatte Frl. Anni dort nicht gefunden, was sie suchte. Und also gab sie es wohl schließlich auf.

Nochmals schien es gleich darauf zu einem Zwist zwischen ihr und Hubmeier zu kommen. Frl. Anni rief dem Wirt etwas Geschwindes zu, Hubmeier kantigen Kopfs stemmte fast wild seinen Stock darwider in den Fußboden. Dann aber schon reckte er lauschend sein Ohr in Richtung auf Frl. Annis helle Stimme. Mehrfach steil bestätigend, nickte sein schweres Haupt, das flache, äußerst ebenmäßige Gesicht. Hubmeier erhob sich, setzte sich wieder und sah, wie Frl. Anni durch die Tür hinterm Büfett verschwand. Jetzt dachte er sichtbar darüber nach, wiegte den Kopf. Sodann schien ihm ein Licht aufzugehen. Die Hand schlug leicht gegen die Stirn, Hubmeier zeigte kurz im Selbstgespräch die Zähne. Er stemmte sich erneut hoch und bückte sich, indessen beide Beine ruhen blieben, interessiert nach vorn zum Kühlschrank hin. Die Großmutter war nicht zu sehen. Sichtlich befangen in einer nicht geringen Aufwallung durchquerte Hubmeier im Anschluß humpelnd die halbe Gaststättenstube und knipste den Fernseher sogleich wieder aus. Der alte Mann, erst jetzt ward Hermann dessen inne, war längst schon nicht mehr da. Respektvoll nickte Hubmeier Hermann zu, um sich dann sachte mit seinem Stecken zur Tür hinauszuschieben. Nach einer Weile kam Hubmeier zurück, durchschnaufend, aber wohl befriedigt.

Zu dem Gast am Fenster hatte sich mittlerweile ein zweiter Mann gesellt. Seinem grünen, uniformartigen Gewand nach zu schließen, mochte es sich um einen älteren Zollbeamten handeln. Etwa gleichzeitig wunderte Hermann sich über eine neue Erscheinung, eine wie glühende und dabei auch noch flimmernde Lichtwalze an der Wand. Das Licht stand nicht wie vorhin noch schön still, vielmehr schien es zu wallen und zu fließen, es flimmerte und schimmerte, wie ein Unterwasserfarbfilm. Nahe schlug es zweimal, sicher von einer Kirchuhr. Hermann fühlte sich recht matt. Von bösen Ahnungen auch berührt. Jetzt war ihm doch wieder nicht so ganz klar, ob der Aufenthalt sich rentierte, ob sein Verweilen hier das Rechte war. Wenn Hermann an die Zukunft dachte, fror ihn. Dabei war bisher alles gutgegangen. In Mürzzuschlag war er, Hermann, aufgebrochen, wie geplant war er über Linz und St. Pölten, wo er ein paar Kameraden aufgesucht hatte, nach Straubing und dann nach hierher gekommen. Auch im Frühjahr war alles nach Plan verlaufen, im April und Mai war er im Wallis gewesen, im Schneegebirge, um ein paar weitschichtige Verwandte wiederzufinden. Regensburg gestern hatte er umgangen, um Mogger nicht freiwillig ins Garn zu gehen, auf daß Mogger ihn nicht greife und ihm alles heimzahle, obgleich er, Hermann, eigentlich fast schuldlos war. Mit dem Bus war er gestern bis Kallmünz gefahren, um am Abend noch Schmidmühlen zu erreichen, dort gab es noch immer knusprige Forellen. Und heute, heute war er, aus Laune, von Schmidmühlen zu Fuß aufgebrochen und am Schlängelfluß entlang hierher gegangen. Um 11 Uhr früh schon war er dagewesen, in der ihm neuen unbekannten Stadt. Da konnte einer schon rechtschaffen müde sein und kraftlos, dachte Hermann, trotz des feinen Kaffees. Nach Malz roch es zuweilen auch in Hubmeiers Stube, zuweilen fast wie nach Orangen. Die Herberge immerhin war sehr anständig. Auch wenn der Zollbeamte sich schon wieder aufmachte, ein Bier war für Beamte sicherlich genug. Obgleich vom Personal momentan niemand zu sehen war, zückte der Mann auf den Hintergrund der Stube zu sein Käppchen. Gegen ihn, Hermann, hin neigte er nur seinen Kopf. Hermann duckte sich erschrocken. Und nickte dann ihm gleichfalls zu. Sacht schloß der Zoller hinter sich die Tür. Hermann nahm sich vor, jetzt und in Zukunft alles in seinen Kräften Stehende zu tun, um sich gut aus der Sache zu ziehen und nicht vorschnell aufgeben zu müssen. Nein, bis hierher reichte Moggers Arm gewiß ja nicht. Und mit dem Blauen draußen, mit diesem Blauen würde er schon fertig werden! Den würde er, wenn es drauf ankäme, schon ins Gebet nehmen! Jawohl, das würde er, sprach

Hermann eine Zeitlang fest sich selber vor. Jawohl, das würde er ganz unverzüglich.

Freudig erregt legte Frl. Anni, von außen kommend, jetzt zwei 5-Mark-Stücke vor Hermann hin. Endlich habe es jetzt geklappt, mit dem Wechselgeld, beteuerte sie mehrfach fast frohlockend. An den beiden Gästen, welche oben neben ihm logierten, dürfe er, Hermann, fuhr Frl. Anni eilig fort, freilich sich nicht stören. Sie seien auch nicht weiter gefährlich, sondern ganz auskömmlich, und sie wohnten schon seit Wochen oben, wahrscheinlich blieben sie gleich da. Denn es jammere sie, teilte Frl. Anni Hermann im Stehen mit, ein jedesmal, Hilfsbedürftige oder sonstwie unfeine oder unberechliche oder sogar unzulässige Leute abweisen und fortschicken zu müssen. Deshalb nehme sie fast alles auf. Frl. Anni vertrat sich ein bißchen die Füße, in der Folge dessen schaukelte der weißbeschürzte Körper leichtbeschwingt hin und wieder. Der Pensions- und Wirtschaftsbetrieb hier währe ja schon 70 Jahre, im Mai habe man den Geburtstag gefeiert. Voriges Jahr, Frl. Anni lachte Hermann ganz sonnig an, habe man einmal sogar einen Armenier oder vielmehr Kurden kurzfristig einquartieren müssen, weil der seinen Vater hier beerdigt habe. Das Pfarramt habe den Kurden unerläßlich nach hierher verfügt und zugeteilt. Zuerst habe sie, Frl. Anni, ihm nicht über den Weg getraut, aber dann sei alles sehr gut gegangen, der Mann sei völlig gutartig gewesen und habe keinerlei Mühen gemacht, nicht die geringsten. Er habe Hubmeier vollkommen gehorcht. Sogar das Fleisch aus der Metzgerei drüben habe ihm recht gut geschmeckt.

Frl. Anni kicherte etwas eigenwillig, dann überschattete sich ihre Miene leise. Streit komme natürlich vor, sagte sie bekümmert, Streit gebe es, Rauflust und auch andere Ausfälligkeiten. Doch alles halte sich im Rahmen. Müßig sei es freilich, hier grundlegende Besserungen bewerkstelligen zu wollen. Das gehe hier nicht an. Man habe in diesem Fall eben von schwierigen Gästen auszugehen, ein jeder habe seine Eigenheiten, schloß Anni schon wieder liebreich lächelnd.

Gern hätte Hermann gefragt, warum es so beliebt in dieser Gaststätte sei, das Bier aus Flaschen direkt zu trinken, ohne Glas. Mit Ausnahme des obergärigen Biers, das, wie er bemerkt längst hatte, ausschließlich aus Kelchen getrunken würde. Doch Frl. Anni kam Hermann schon zuvor. Kaffee, Limonade und Schaschlick, rechnete sie, die Augen so lange schließend, im Kopf aus, kosteten 9 Mark 20. Frl. Anni griff die beiden 5-Mark-Stücke wieder. Er, Hermann, erhalte jetzt nach Lage der Dinge also noch 80 Pfennige zurück, das werde man gleich haben. Frl. Anni trippelte hinters Büfett und öffnete dort mit einem Schlüssel aus ihrem großen Schlüsselbund wieder das Geheimfach in der Holzwand. Hermann sah, wie die flinken Hände aber diesmal nicht die Schatulle, sondern eine große Kaffeetasse herausholten und in diese hineingriffen. Von ferne klapperte und raschelte es. Gewissenhaft schloß Frl. Anni das Fach wieder ab und eilte zu Hermann zurück, um vor ihn acht Zehnpfennigstücke einzeln auf den Tisch zu zählen. Und wenn er, Hermann, führte Frl. Anni weiter aus, unter Umständen erst spätnachts heimkehre und es sei draußen abgesperrt und der Riegel vorgeschoben, dann brauche er nur an der Hausklingel zu läuten. Gehe diese ausnahmsweise nicht, dann reiche es immer noch, wenn er kraftvoll an die Haustür poche. Da höre sie, Frl. Anni, ihn dann allemal.

Frl. Anni gluckste etwas zwiespältig und wischte mit der flachen Hand flüchtig den Teil von Hermanns Tisch, den die Decke nicht erreichte. Sie ersuchte Hermann nochmals, alle Anordnungen genau zu befolgen und alle Vorschriften so weit wie möglich ohne Fehltritt einzuhalten. Dann eilte sie nach hinterhalb der Stube.

Beinahe hätte Hermann den Mann übersehen, der neuerdings ihm gegenüber unter dem großen Photo saß und grämlich, vielleicht auch nur gutwillig andauernd seinen hochgereckten Daumen ansah. Hermann stand auf und trat in den Hausgang. Schon vorhin hatte er erkannt, daß es im Hinterhof links zwei Aborte gab, einen für die Männer, einen für die Frauen, aus dem es äußerst süßlich roch. Der kitzelnden Versuchung, rasch durch die Haustür nach dem blauen Mann zu spähen, ihr widerstand Hermann mit Bedacht. Unter der Sitzbank im Hinterhof lag etwas zusammengerollt und mit fest zugetanen Augen ein fast noch junger Mann; ein Mann mit durchaus friedfertigem Gesicht. Vielleicht war er verletzt, doch Hermann wollte jetzt nicht stören. Mehrere schön geschichtete Holzstöße barg der warm besonnte Hinterhof, dazu allerlei Kisten und staubige leere Flaschen sowie eine Anzahl Blumenstöcke, alle auf dem Pflasterboden aufgereiht. Im Zurückkommen vom Abort gewahrte Hermann dann noch etwas weiter hinten den Verschlag mit neun Hühnern drin. Neben ihm hatte es einen gut meterhohen Käfigkasten, der nach oben zu geöffnet war und ein ganz schwarzes Tier enthielt, welches den Kopf auf den oberen Gestängerand gelegt hatte und mit den Nasenflügeln bebte. Das Licht tat fast weh, der am Boden ausgestreckte Mann ruckelte mit den beiden Beinen, er lag auch mitten in der Sonne. Das Tier schien interessiert an Hermann, es machte zwei Schrittchen auf ihn zu und schaute ohne Scheu und weiter mit der Nase pumpend hoch zu ihm. Hermann hatte das Gefühl, es könnte sich in diesem Fall um einen Widder handeln oder vielmehr um ein Widderlamm. Mit Kreide hatte jemand ein Datum aus dem Vorjahr auf den Kasten geschrieben, womöglich den Geburtstag dieses Tiers. Es schien unter der Sonnenhitze weiter nicht zu leiden. Etwas verlegen hielt Hermann zwei Finger an den weichen Mund des Tiers, da schleckte es sofort an ihnen.

Nun lugte Hermann dennoch aus der Haustür, nach linksum an die Ecke. Tatsächlich, der blaue Mann, er stand noch immer da. Hermann zog den Kopf zurück und spähte dann noch vorsichtiger. Es war klar, der Blaue hatte ihn noch nicht gesehen. Sondern gewieft stieß er aus seinem Mund knäulige Rauchwolken nach schräg oben und sah ihnen nach und gleichzeitig in den schönen blauen Himmel. Ein bißchen klopfte Hermann wohl das Herz, als der Blaue kurz aufzuckend und scheinbar zufällig den Kopf zur Hubmeierschen Haustür hinschleuderte. Dann aber warf er seine Zigarette auf das Pflaster und zerrieb sie wiederum mit der Sandale. Nach einer Weile pendelte der blaue Körper behend gemächlich um die Ecke und war vorerst verschwunden.

Jetzt erst, im Zurücktreten, bemerkte Hermann die große Schiefertafel, die jemand an die Haustürkante gelehnt hatte, auf den oberen Absatz der kleinen Treppe. Bei seiner Ankunft, vermutete Hermann, hatte sie kaum schon dagestanden. Nicht ohne Mühe war die deutsche Schrift zu entziffern. Endlich hatte Hermann es: ›Trotz Betriebsferien Gassenverkauf weiterhin geöffnet!‹

Reichlich alt und verwaschen kam Hermann die Kreideschrift vor, werweiß stammte sie aus dem Vorjahr und hatte weiter nichts zu bedeuten. Noch einmal, aus Mutwillen, spitzte Hermann nach links. Der Blaue, er war wiedergekehrt. Breitspurig stand er an der Ecke, hielt den Kopf gebeugt und besah seine nackte große Zehe, wie sie aus der Sandale schaute. Mit einem Mal aber, als rieche er den Braten, wuchtete er den Kopf hoch und wiederum nach rechts, gerade noch blieb Hermann Zeit, den seinen vollständig zurückzureißen. Schleunigst flüchtete Hermann in die Stube.

Von Hubmeier und der Großmutter abgesehen, waren gegenwärtig wohl nur vier Menschen in der Wirtsstube. Alles waren Männer. Einigermaßen einander gegenüber saßen zwei am Fenstertisch, die beiden anderen mehr verstreut. Der vorher am Rundtisch geschlafen hatte, gähnte sorglos und besah sodann die ihm gegenüberliegende Wand, der Mund war ihm harmreich, womöglich sogar vorwurfsvoll einen Spalt geöffnet. Recht gleichmütig und ohne Arg besah der andere gleich rechts von ihm sein zur Hälfte volles Weinglas. Es war sehr stille in der Stube. Die Sonnlichtrechtecke an der Wand waren zum großen schweren Schrank hin abgewandert. Ein Schleier Licht säumte den Kanonenofen, wieder gähnte der vom Rundtisch. Hubmeier seinerseits hatte sich auf seinem angestammten Stuhl in Vorhangnähe niedergelassen. Er wirkte sehr zufrieden, mit sich und seinen Leuten. Die linke Hand streichelte Kinn und Wange, jedoch wohl weniger aus Sorge als aus einem versehentlichen Einfall heraus. Einen Meter von ihm entfernt saß die Großmutter. Sie hatte den Fußschemel an Hubmeier wieder abgeben müssen und sah wohl deshalb etwas verdrossen drein und immer wieder unruhig zur gelblichbraunen

Stubendecke hoch. Als ob sie dort den Herd einer Unruhe, vielleicht sogar Gefahr vermute.

Gut zu vertragen schienen sich die zwei Männer am Fenstertisch. Obwohl auch ihrerseits ein gewisser wechselseitiger Argwohn glimmen mochte oder jedenfalls nicht ganz auszuschließen war. Die Gaststube kam Hermann insgesamt wieder recht ansehnlich und reinlich und sogar fast glänzend vor. So wie das Mobiliar insgesamt sich durch wirtschaftliche und zweckdienliche Anordnung empfahl. Auf der Zimmerdecke spielten und züngelten neuerdings kleine, wellige Sonnenkringel, beinahe wie ein Feuerchen. Tatsächlich, Hermann hatte sich keineswegs getäuscht. Die Photographie an der Wand hatte gar keine Ähnlichkeit mit Hubmeier, mit seinem starken festen Kopf. Eine gewisse und weitläufige dagegen eben mit Frl. Anni, mit ihrer feingebogenen Nase. Wenig später gewahrte Hermann hinter seinem Rücken an der Holzwand einen Plakatanschlag, welcher in bunten, frohen Farben unterschiedliche gemischte Würste anpries, auch polnische darunter. Links und rechts vom Plakat war je ein schwarzrotgoldenes Papierfähnchen provisorisch in die Wand gesteckt, vielmehr mit Reißzwecken geheftet. Hermann fühlte sich gut geborgen. So lichtarm der hintere Teil der Stube, so sehr entschädigte der vordere, den Fenstern zugewandte durch Sauberkeit und Bräunlichkeit. Alles wirkte blankgeputzt.

Kaum hatte Hermann sich dessen erneut vergewissert, fiel ihm auch schon der Mittelläufer der Spanier wieder ein, jener, der beim großen Zweikampf in Glasgow bei Madrid hinten für Ordnung gesorgt hatte und dem der Frankfurter Angriff am Ende auch erlegen war. Santamaria hatte er geheißen, genau, Santamaria! Wohl hatte er

Kressens frühes Führungstor nicht verhindern können, das 1 : 0, das ihn, Hermann, den jähen Schlag, die Kopfnuß durch Josef gekostet hatte. Aber dann, bis zum 6 : 1 hatte Santamaria nichts mehr anbrennen lassen. Erneut wandelte Hermann Bangnis an. Ob der Club mit einer Abwehrkette ohne Grahammer und Reuter wirklich fest genug war, das fragte sich ja wirklich noch. Hermann zauderte mit seiner Antwort. Gewiß war Köpke im Tor allerhand Garantie, aber das Mittelfeld war oft schnell überlastet, zu Lasten auch des Libero. Ein Santamaria dagegen, sann Hermann etwas träumerisch, der hätte hinten alles dichtgemacht, der hätte reingefunkt! Ein Santamaria, gegen den war nicht anzurennen, der hielt die Abwehr schottendicht, wie damals droben in Glasgow, beim unvergessenen Finalspiel gegen Eintracht!

Wie um Hermanns Träumereien Einhalt zu gebieten, hatte sich Hubmeier von seinem Sitz hochgeschraubt und einen Rundgang durch seine Stube angetreten. Sich vornüberbeugend und auf seinen Stock gestützt, sah er durchs angelehnte Fenster hindurch kurz auf die Gasse, prüfte die Ventilatorschnur und verweilte sich sodann bei einem großen Kasten zwischen den beiden Fenstern, der Hermann jetzt erst so richtig auffiel. Es war wohl ein Musikapparat, der Bauform nach zu schließen. Hubmeier schien am oberen und verglasten Teil etwas abzulesen, man sah, wie seine Lippen sich bewegten. In der Folge begab sich Hubmeier zur Stubentür und machte diese dreimal auf und zu, womöglich um zu prüfen, ob die Tür auch gut geölt sei. Mit sehr bewundernden Blicken sah ihm der vorher so verschlafene Mann vom Rundtisch zu. Er hatte eine neue Flasche vor sich stehen, aus ihrem Hals drang etwas Schaum. Wie grüßend hob er jetzt die Hand zum Wirt hin, Hubmeier wahrscheinlich auf die Art und geradezu begehrlich seine Anerkennung zollend. Vor dem Büfet verweilte Hubmeier stehend, schien zu zögern, fest auf seinen Stock gestützt, mit etwas eingeknickten Hüften. Nach einer Weile machte er sich wieder auf, humpelte nach hinten und beendete seinen Rundgang, indem er sich, hörbar aufstöhnend, wieder auf seinen Stuhl links von der Großmutter setzte, ja fast fallen ließ. Die Nase wischte über den Pulloverärmel. Ganz nahe saß die Großmutter jetzt beim Kanonenofen, fast an diesen hingekuschelt. Ihre Augen waren fest geschlossen.

Lichtflecke wie Wellen flunkerten über die gelbe Stubendecke, wie flutend gelblichgrünes Wasser. Ein neuer Gast trat kraftvoll durch die Stubentür, ein Hermann noch unvertrauter Gast, ein Greis mit kurzgeschorenem Haar. Auch er verneigte sich sogleich gegen Hubmeier hin und ließ sich dann an dem noch einzig vollkommen leeren Tisch der Stube nieder, jenem, der an den Musikapparat grenzte. Schon eher furchtsam sah der vom Rundtisch nach Hubmeier zurück ins Dämmerdunkel. Innerhalb seiner Gästeschaft konnte sich Hubmeier nach Hermanns vorläufigem Eindruck allseits großer Achtung sicher sein. Trotz oder vielleicht gerade wegen seiner halben Invalidität, wegen der großen und schon annähernd hinfälligen Blässe seiner ehern breiten Wangen. Etwas kopfscheu fragte Hermann sich gleichwohl, ob der Blaue an der Ecke am Ende gleichfalls zum Bestand, zum Hubmeierschen Gesinde zählte. Ob er zwar hier in der Stube im allgemeinen nicht unmittelbar aufhältig sei und Dienst tue, bei strittigen Sachen aber sehr wohl beigezogen werde. Hermann seufzte leise auf. Er fühlte sich beengt. Beengt und gleichfalls durcheinander. Ein kleiner Auslauf wäre jetzt gewiß das rechte, danach war ihm zumute, der käme ihm zugute.

Als habe sie es geahnt, kam Frl. Anni aus dem Vorhang heraus wieder in die Gaststätte gehuscht. Sie kramte in einer Schrankschublade, öffnete den Kühlschrank hinter dem Büfett und klappte ihn sofort wieder zu. Sie begab sich zu Hermann hin, legte ein gefärbtes Ei auf die Tischdecke und sagte, das Ei schenke sie ihm, damit er, Hermann, bis zum Nachtessen nicht zu viel Hunger kriege. Frl. Annis Wangen waren rötlich behaucht, sie machte einen nahezu seligen Eindruck. Wenn er, Hermann, sich jetzt zu einem kleinen Auslauf entschließe, fuhr sie sehr singend fort, dann lege sie ihm nahe, ruhig das Ei vorher zu verspeisen, das schade nichts und nütze nur. Das Wetter sei ja heute gar zu schön, sagte Frl. Anni, nein, sie nehme es ihm gar nicht krumm, wenn er, Hermann, es sich nicht verdrießen lasse und einen Rundlauf unternehme. Zumal er, Hermann, ja noch ledig sei. Er, Hermann, faßte Frl. Anni schalkhaft nach und zusammen, dürfe sich auch unterwegs noch irgendwo ein Speiseeis kaufen, das koste 1 Mark und lösche meistens allen Durst. Zusammen mit dem Ei lange dann beides bis zum Nachtmahl hin.

Das Ei jedoch möge er gleich verzehren. Sie, Frl. Anni, hole nur rasch Salz und Pfeffer. Sowie ein kleines Limo, auf daß es besser rutsche. Frl. Anni lächelte für einen Augenblick sehr nachdenklich und fast schon weh, dann lief sie los und brachte gleich drauf das Verheißene. Sie schüttete das Limo aus dem Fläschchen in ein Glas, Licht brach sich weiß in ihrer kleinen Brille. Selbstverständlich, so führte Frl. Anni behilflich und in Eile aus, trinke man hier wie überall Cola und Limo aus Gläsern, nur das Bier direkt aus Flaschen. Das entspreche nur dem Reinlichkeitsgebot. Das Ei sei geschenkt, sagte Frl. Anni freudig, das Limo kassiere sie am besten gleich. Sie werde immerzu vergeßlicher.

Wieder kicherte Frl. Anni ein bißchen. Hermann schaute dankbar zu ihr hoch. Trotz angestrengten Nachdenkens konnte er sich immer noch nicht erklären, weshalb das Sonnenlicht an der Stubendecke so gelbgrün flunkere und flute. Wie ein Unterwasserfilm im Kino bei den Tauchern. Die 1 Mark 10 für das Limo hatte Hermann bei der Hand. Er zählte sie Frl. Anni hin. Frl. Anni griff die beiden Münzen, preßte sie in die Schürzentasche und verschwand sogleich nach draußen. Gleich drauf hörte man im Gang, in Höhe etwa der Gassenschenkentüre zum Büfett hin, Frl. Annis Stimme. Die helle, jetzt recht eigensinnig tönende Stimme fuhr auf eine andere los, eine leise brummende, eine Frauenstimme aber gleichfalls. Fast schien sie zu keifen. Großmutter wachte davon auf, horchte und ergriff dann schon die Zeitung, die auf ihrem Fußschemel gelegen hatte. Voll Strenge, ja mit Grimm sah Hubmeier hin zur Stubenmitte. Mit einem Male kam Hermann sich sehr klein vor. Die Stimmen im Hausgang waren verhallt. Vorsichtig grüßend nickte Hermann Hubmeier ein wenig zu. Es schien, daß Hubmeier andeutend zurücknickte und sogar verhalten schmunzelte. Nämlich nach links hin blinzelte, gleich als ob er Hermann darauf aufmerksam machen wollte, daß die Großmutter über dem Zeitunglesen ja doch gleich wieder und völlig berechenbar wegschlafen würde. Hermann stand schon ausgehfertig. Mit einem Mal roch es nach Fisch. Einen Moment lang wurde Hermann wieder unsicher. Dann unversehens öffnete er die Stubentür. Gewährung erbittend, nickte er Hubmeier nochmals zu. Hubmeier schaute gleichwie schwankend. Hermann verneigte sich sehr fügsam. Jetzt endlich hatte Hubmeier verstanden. Sich dazu sogar ein wenig von seinem Stuhl hochhebend, legte er stumm die angewinkelte rechte Hand über das rechte Ohr, bündig derart einen zumindest vorläufigen Abschiedsgruß andeutend.

Dem Blauen unbedingt und mit Gewißheit zu entgehen, schlug Hermann, ohne sich umzuschauen, an der Haustür sich sofort nach rechts. Er beschleunigte den Schritt und hütete sich, sich umzuwenden. Und bog erneut nach rechts in eine Straße ein. Viele Leute und auch Autos waren auf der Straße, erleichtert ließ es Hermann wieder langsamer angehen. Der Blaue war längst abgehängt. Noch fühlten sich Hermanns Zehen in den braungelöcherten Halbschuhen etwas wund an. Aber das machte nichts. Nach ein paar Schritten überlegte Hermann, ob er vielleicht einen Photoapparat kaufen sollte. Unverändert war es drückend warm. Vielleicht auch ein kariertes Sakko konnte er brauchen. Das Sonnlicht stürzte prall auf das deshalb aufleuchtende Kopfsteinpflaster hin. Zwei Tiefbauarbeiter schaufelten fast nackt in ihrer Straßengrube, beide waren nur mit Badehosen bekleidet. Im Erdgeschoß eines sonst mehr amtlich wirkenden hohen Hauses hatte eine Handlung Kanarienvögel angeboten. Einen Kanarienvogel hatte Hermann schon einmal gehabt und hatte ihn doch wieder aufgeben müssen, damals, als er Lehrling gewesen war in Altensittenbach. Und zum Kauf eines Sakkos reichte ja sein Geld kaum hin, sofern er morgen die Übernachtung in Hersbruck bedachte. Sicher stand der Blaue noch immer an seiner Ecke. Er, Hermann, hatte recht daran getan, gar nicht erst hinzuschauen. Er fragte sich, ob wohl das blonde Kätzchen gegenüber dem Blauen zugehörte. Hermann knirschte mit den Zähnen. Um ganz sicher zu gehen, mußte er noch etwas weiter ausholen, er durfte nur, ohne Beistand, den Rückweg dabei nicht aus den Augen verlieren und vergessen.

Drei Kinder spielten Schussern. Eine zierliche Eisenbrücke schwang sich über den kleinen Fluß, der plätschernd hier die Stadt durchzog. Unterhalb des Wasserlaufs zeigte sich die wohl an die hundert Meter hohe Kirche, von ihr schlug es jetzt drei. Der Klang war Hermann schon geläufig. Mehrere Enten schwammen auf dem Flusse hin und her. Beidseits des Gewässers gab es Wege, der am jenseitigen Ufer war ein Mauersteig und als Frauensteg beschildert. Die Luft war völlig still und etwas glitzrig. In der größeren Ferne sah der Himmel hellblau aus, über dem Kopf aber blau wie Kornblumen. Alle möglichen Gedanken kamen Hermann noch und noch. Das braune Wasser plätscherte geruhsam und doch flink dahin. Über dem Fluß weiter hinten neigten sich die Zweige eines Baums oder vielmehr eines großen Strauchs. Obschon es ganz windstill war, schwangen sie doch ein bißchen hin und her. Die von der Sonne angeleuchteten hellgelben Blätter schienen, so kam es Hermann vor, zu ruhen, die dunklen und schattigen dagegen fächelten. Ungeachtet der Hitze schienen sie zu frösteln.

Der Mauersteg lag im verhältnismäßig linden Schattigen. Von ihm aus sah Hermann im Wasser plötzlich ein Tier schwimmen, das er in der ersten Hast für einen Biber, dann für einen Bismarckratzen einschätzte. Gleich drauf fiel ihm wieder ein, daß man zu diesen Tieren vielmehr Bisamratte oder auch Bachratz sagte. Lilaweiße Blütenstengel hingen von der Uferböschung teilweise über und in den Fluß hinein. Hurtig schwamm der Bachratz flußabwärts dahin, jetzt verließ er schon überaus in Eile das Wasser und lief durchs noch ungemähte Ufergras weiter flußabwärts. Durch die Halmbüscheln hindurch sah man immer wieder bräunlich graue Fellteile huschen, emsig und doch auch ganz gemütlich.

Mit einem Mal sah Hermann auch die Katze. Sie lag ihrerseits im Ufergras, gänzlich zusammengerollt zu einem gelben, goldenen Rund. Ohne Säumnis lief der Bachratz auf sie zu, und Hermann wollte ihn schon durch einen Pfiff rechtzeitig warnen, denn gewiß war die Katze im Zweifelsfall dem Ratzen an Kräften etwas überlegen. Hermann verspürte einen pelzigen Geschmack auf seiner Zunge, da aber, als habe er es selber geahnt oder eingesehen, krabbelte die Bisamratte sehr flugs wieder ins Wasser, schwamm eiligst ein paar Züge und tauchte schon im Schwimmen weg. Nicht war sie mehr zu sehen.

Hermann trödelte noch ein wenig herum, alsdann zaghaft überquerte er den Fluß und schlich sich, alle Bangigkeit abstreifend, an das Goldfellrund im Ufergras heran. Der Fluß glitzerte und knisterte. Die Katze lag ganz eingerollt und schlief. Hermann tastete sich bis auf einen Meter an sie heran und beschaute alles. Im Schnaufen hob und senkte sich das goldene Fell mit seinen zart länglichen Streifen. Gern hätte Hermann das Tier gestreichelt. Noch traute er sich aber kaum. Im Schlaf räkelte sich die Katze ein bißchen, wölbte den weichen Buckel und ordnete ihre Vorderpfoten neu. Nun fühlte Hermann sich doch wieder recht heimisch. Er überlegte, ob er die Katze wecken sollte, auf daß sie vielleicht ein wenig mit ihm tändele. Dem blauen Mann gehörte die Katze auch ganz sicher nicht. Obzwar ihr Fellgold wunderbar zu seinem Mantelblau gefügt sich hätte. Hermann hätte beschwören können, daß sie diesem nicht gehörte. Die Katze machte einen sehr losen, ungebundenen Eindruck. Ruhig schnaufte sie im Schlaf, der Schwanz schmiegte noch enger an den goldenen Leib sich. Goldgrün glitzerte der Fluß. Weiter unten sah man jetzt die Enten schwimmen. Sowie ein paar verwandte Tiere. Drei weiße Wölkchen waren am Himmel aufgezogen. Besah man sie von oben, sah die Katze fast vollkommen kreisrund aus. Hermann hatte nun genug davon. Er verwarf den Plan, die Schlafende zu Hubmeier zu tragen, als schon zu unerhört. Langsam zog Hermann sich zurück. Gewiß wäre die Katze nur hinderlich gewesen. Man durfte Hubmeier nicht durch Launen herausfordern. Hermann sah zum Flusse hin. Die Bisamratte blieb verschwunden.

Sowie Hermann, den Blauen umgehend, von der anderen Gassenseite her wiederum durch die Hubmeiersche Pforte trat, in dem Augenblick verließ die Frau, die nach Schweden wollte, schon neuerlich das Haus. Beinahe wäre er mit ihr zusammengeprallt. Die Frau murrte etwas voll verbissener Wut und schimpfte, ohne freilich aufzuschauen. Hermann sah erst im Freien, wie bleich doch ihre Haut war. Sie steckte jetzt in einer langen Frauenhose, auf dem oberen Treppenabsatz stehend, nörgelte und schimpfte sie vor sich hin, halblaut murmelnd und noch immer oder schon wieder mißvergnügt, ja gänzlich übelgesinnt. Sie trug einen Bastkorb, in ihm standen sechs oder sieben Bierflaschen nebeneinander. Es war nicht recht klar, wem die Frau so fluchte. Er, Hermann, konnte es kaum sein. Dennoch war Hermann erschrocken und wohl rot geworden. Endlich ging die Frau davon. Das Herz kniff Hermann nach. Der Blaue, immerhin, er hatte ihn wieder nicht erfaßt, nicht mal erspäht. Wahrscheinlich hielt er sich an der anderen Seite seiner Ecke auf. Und das allein war, wie die Dinge lagen, wichtig.

Im Hausgang herrschte lindernde Kühle. Aus dem hellen Hintergrund zum Hofe hin trat sofort ein noch jüngerer Mann an Hermann heran, ihn zu fragen, ob er, Hermann, nicht irgendeine Arbeit für ihn hätte, für die er dann 1 Mark kriegen möchte. Er sei der Gratzinger, sagte der etwas taumelige und ungestüme Mann, der auf seinem zerfransten Wuschelkopf auch ein kariertes Hütchen sitzen und ein kleiner kariertes, weit offenes Hemd anhatte. Der Mann griff, dringlicher bittend und mit sehr betrübten Augen, Hermann mit der rechten Hand an dessen Schulter. Er könne, sage er ganz eifrig und umgänglich, zum Beispiel Hermanns Koffer zum Bahnhof tragen oder ihm auch eine Pizza holen. Die Sache verhalte sich nämlich so, daß er hier bei Hubmeier für 1 Mark schon eine Flasche Bier kriege, sofern er sie im Hausgang trinke, praktisch als Spezialtarif. In die Stube, das müsse Hermann wohl verstehen, dürfe er nämlich nicht mehr hinein. Drinnen in der Stube, da koste das gleiche Pilsbier dagegen auch 1 Mark 75 normal.

Der Wuschelige schmunzelte einladend. Beengt fühlte sich Hermann. Der Mann hatte einen starken rötlichen Ausschlag rund um den weißen Hals. Jetzt schaute er doch wieder verschämt in den Boden, wie geknickt von seinem eigenen unzulässigen Ansinnen, und schien schon zu verzagen. Hermann langte in seine Hosentasche, fand aber keine Mark. Sondern nur 80 Pfennige. Flehentlich schaute der Mann nach den Münzen aus und sagte, er werde sich erkenntlich zeigen. Noch immer fehlten 20 Pfennige. Ratlos sah Hermann an dem Wuscheligen vorbei. Er mochte ja im weitesten Sinn zum Hubmeierschen Gesinde gehören, vielleicht war es der bisher verborgen gehaltene Hausknecht. Schon griff der Mann begierig nach den 80 Pfennigen hin, da öffnete unversehens sich die Stubentür. Zuerst sah man den ragenden Stecken, dann erst Hubmeiers Gestalt. Noch hatte der Stecken den Wuscheligen nicht berührt, da hatte dieser bereits die Flucht ergriffen, freilich, was Hermann gleich recht leid tat, ohne die 80 Pfennige in Sicherheit gebracht zu haben. Schon war der Mann hinausgestürzt und auch verschwunden. Dennoch humpelte Hubmeier, besonders auf der rechten Seite lahmend, sich energiegeladen auf seinen Stecken stemmend und sich vorwärtszwingend, ihm bis zum Treppenabsatz nach. Dort rammte er den Stecken in den Boden, schwang ihn aber dann doch drohend noch einmal zur Haustür hinaus. Als ob er, stellvertretend für den Flüchtigen, nun seinen Grimm an Hermann ausschelte, machte Hubmeier diesem sogleich klar, daß der Mann hier gar nichts mehr zu suchen habe. Das Polizeiverbot gelte selbstverständlich auch für den Hausgang. Und andere und redliche Gäste um Geld anzugehen und diesen in der Folge das ganze Lokal zu verleiden, das sei schließlich ja das Allerschönste! Noch einmal wenn der Mann sich erfreche, voll Mißbilligung drückte Hubmeier den Arm gegen die Schwungtür und machte sogar wieder zwei Schritte auf den Ausgang zu, dann hole er unverzüglich die Schutzpolizei!

Gleich darauf, durchschnaufend und allmählich wieder ruhiger werdend, entschuldigte sich Hubmeier bei Hermann für das schlechte Beispiel, das er ihm gezwungenermaßen habe vorführen müssen. Vom Schimpfen wohl etwas ermattet, ließ er sich auf dem sehr zierlichen blaugrau gestrichenen Holzbänkchen schräg unterhalb der Gassenschenkentüre nieder, jener, die, wie Hermann inzwischen errechnet hatte, in die Sektion hinter dem Ausschankbüfett führte. Mit dem Pulloverärmel wischte Hubmeier sich Schweiß vom Kopf, zog seine Knie an und zupfte an seiner Hose. Noch immer fast erledigt sah er an Hermann hoch und berichtete, den Stock in die gegenüberliegende Wand hineinstemmend, der Hinweggejagte sei ein ganz gemeiner und unsauberer Mensch, welcher hier früher schon mal in der Gaststätte als Aushilfskraft volle Bierkästen von der Lotter-Wirtschaft herangeholt habe, sobald hier die Getränke ausgegangen seien. Aber dann sei man ihm draufgekommen, fuhr Hubmeier voll Ingrimm fort, und sein kämpferisches Auge bohrte sich mit dem Krückstock in die Wand. Der soeben Entflohene habe dabei immer wieder viele Biere selber weggetrunken und die Flaschen mit zusammengeschütteten Bierneigen wieder aufgefüllt. Man habe ihn unverzüglich entlassen müssen, den Ratzinger, sagte Hubmeier ohne Nachsicht. Und daß ihm Frl. Anni trotzdem hin und wieder auf eigene Fürsprache hin Gnadenbiere zustecke, dafür sehe man jetzt den Dank. Immer wieder einmal, fuhr Hubmeier erläuternd und weiter ausholend fort, habe man es hier mit allerlei ekelhaften und unausstehlichen Lumpen und Spitzbuben zu schaffen und sich ihrer zu erwehren. Er, Hubmeier, sei es oft ganz leid, und er gebe Hermann nur den guten Rat, Ratzinger zu meiden, der Umgang zahle sich nicht aus. Ratzinger sei früher auch schon einmal in der Bewahranstalt gewesen, und da gehöre er auch hin.

Hubmeier machte auf Hermann den Eindruck, als schüttle es ihn jetzt ein bißchen. Er legte die Stirn in schwere Falten, sah starrer noch vor sich hin und reckte dann aber wieder seinen Hals ratsuchend zu Hermann hoch. Der Hals erinnerte Hermann an den einer Schildkröte. Mit dem Stecken stemmte sich Hubmeier wieder zum Stehen empor, sich dabei gleichzeitig auch ein wenig bei Hermann abstützend. Dankbar und in Anerkennung nickte er diesem auch schon zu.

Aus der Lokaltür schritten eine ältere Frau, welche Hermann heute schon gesehen hatte, sowie ein Mann, der eine Kapitänsmütze aus Cordstoff trug und wahrscheinlich zu der Frau gehörte. Hubmeier und Hermann ihrerseits betraten wieder die Gaststube, Hubmeier zog sich sogleich nach hinten hin zurück. Im gleichen Atemzug begann nach Hermanns Erinnerung zum erstenmal der große Musikapparat zu spielen. Von der Fenstergegend her drang die Musik in die Stube und verteilte sich in ihr. Es war, so meinte Hermann zu verstehen, ein schon älteres, kraftvolles und wohl auch ziemlich oft gehörtes, abgenutztes Stück. Noch einmal kam ungeachtet dessen Hubmeier auf Hermann hin gehunken, sich abermals für die vorgefallene Zumutung zu entschuldigen. Hermann war froh, daß der Wirt gleichviel schon wieder lächelte. Hubmeiers Lächeln tat Hermann wohl. So wohl wie nur der Bohnenkaffee von heute vormittag. Die Frau, die mit dem Mann soeben abgezogen war, kam wiederum zur Tür herein. Sie hatte ihren Federhut vergessen und griff ihn sich vom Kleiderhaken. Hubmeiers Miene erheiterte sich zusehends, vielleicht ja auch wegen der Vergeßlichkeit der Frau.

Etliches Tageslicht war zwischenzeitlich nach hinterhalb gewandert. Unter dem Silberrohr des Ofens saß die Großmutter und hatte ein Wollknäuel in der Hand. Ein verirrter Sonnenstrahl blinkte auf ihrer runden Nasenspitze. Nicht zu ersehen war momentan Frl. Anni. Auch der Ventilator ruhte. Die Musik kam nach Hermanns Eindruck langsam auf ihr Ende zu. In der Stube saßen augenblicklich etwa sieben Menschen, welche Hermann zum Teil schon ziemlich kannte, ein anderer Teil war ihm noch neu. Noch immer und allein saß am runden Tisch der Mann, der heute schon einmal eingeschlafen war. Er wirkte etwas gekränkt, saß aber sittsam und ließ momentan weiter keine Scherereien befürchten. Jetzt war der Musikapparat auch wieder ruhig. Hellhörig hatte es auch der vom Rundtisch wahrgenommen, er schaute recht verblüfft, sein linkes Ohr neigte unwillkürlich sich forschend nach dem Kasten hin. Hubmeier aber, nachdem er zuverlässig zwei Flaschen Bier verteilt hatte, hätschelte den ihn begleitenden Spitz mit seiner großen Hand.

Leisetreterisch, mit recht scheelen Blicken und doch eigentlich unverfänglich, saß ein schon sehr verfallener, gekrümmter alter Mann schräg vor Hermann und sah, indem er zum Sitzen auch den Hut aufbehalten hatte, immerfort auf die Bierflasche, die er vor sich stehen hatte. Er schien etwas zu suchen, entweder auf dem Etikett oder sogar im Bier. Ein kleines bißchen Schaum sickerte aus dem Flaschenhals. Vielleicht interessierte der den Mann. Die Kirchuhr schlug viermal, dann noch einmal, nach Hermanns Dafürhalten beim fünften Male etwas heller. Sogleich sah der alte Mann auf Hubmeier hin. Dieser ließ sich soeben wieder auf seinem Dienststuhl nieder und streckte beide Beine von sich. Hubmeier spürte wohl den Blick, etwas verhohlen und doch auch hellwach äugte er durch die ganze Stube hindurch zurück und hielt im Sitzen seinen Gehstecken noch fester. Noch nie zuvor war er Hermann so beherrschend erschienen wie eben jetzt. Vielleicht auch deshalb war es vorübergehend ganz stille in der Stube, und Hermann meinte sogar den nahen Fluß leis plätschern auch zu hören. Er fragte sich, ob wohl das Kätzchen schon erwacht sei, ob es dem Bisamratzen feind sei, falls dieser wiederauftauchen einst sollte. Rechts der alte Mann nahm seine Bierflasche in die Hand, führte sie ganz nah zu den Augen, trank indessen nicht, sondern versenkte sich in die Schrift auf dem Etikett. In Anbetracht seines gleichfalls sehr vorgerückten Alters drückte sich nun Hubmeier noch bequemer gegen seine Stuhllehne, lehnte sich aber bald wieder etwas vor und prüfte wohl mit seinem ausgestreckten Stecken, ob der Kühlschrank fest verschlossen sei. Er gähnte stark und schloß dann seine Augen.

Die Großmutter war ihrerseits verschwunden, aber aus der weiten Ferne glaubte Hermann mit einem Mal Frl. Annis hohe und ein wenig klagende, wohl auch zerstreute Stimme zu vernehmen.

Es war offenkundig, daß seit einiger Zeit ein Hermann noch unvertrauter Mann versucht hatte, einen anderen, der aber zwei Tische weit entfernt saß, für ein Gespräch zu gewinnen, ja daß er ihn fast zwingen dazu wollte. Über den leeren Tisch hinweg, den Rumpf zum anderen hin beugend, richtete der kleine Mann immer wieder und etwas widersinnig das Wort an jenen, wollte ihn ins Vertrauen ziehen und sagte vor allem immer wieder, mit Frauen solle man ihm aufhören, mit Frauen brauche man ihm gar nicht mehr zu kommen. Der andere Mann nippte von seinem braungefüllten Glas, sah vor sich hin und nickte widerwillig. Er sei, setzte der Kleine nach und rückte mit dem Stuhl wenigstens etwas näher an seinen Partner heran, einmal von einer Frau angeschmiert worden, einmal und nicht wieder, jetzt lange es, rief der Kleine eifrig. Jetzt kaufe er sich lieber ein Moped oder vielleicht auch nur ein Fahrrad mit Saxonette-Hilfsmotor, da sei er dann jederzeit und völlig unabhängig. Und könne hierher zu Hubmeier fahren, auf ein unbeschwertes Beisammensein mit anderen Männern, das haue jederzeit schon für ihn hin.

Deutlich bettelte der Kleine um die Gunst des anderen, er marterte sich richtig ab und verrenkte sich den Hals. Hubmeier lächelte im Halbschlaf oder Schlaf. Auf eine vielleicht schon kränkende Weise verweigerte der andere Mann dem kleineren und jüngeren die gewünschte Aufmerksamkeit und Zuwendung und bohrte, vor sich hin starrend, schroff in seinen Zähnen. Abscheulich sei er damals von dieser Frau gefoltert und ausgeschmiert worden, ereiferte sich der Kleine weiter und stand, dem anderen näherzurücken, sogar auf dazu. Der Kleine setzte sich wieder, tippte mit dem Fingerknöchel gegen seine Stirn und sagte nun, aber vielleicht schon mehr auf Hermann hin, diese Frau sei sich im Laufe der Zeit als etwas Besseres vorgekommen, drum habe sie dann auch den Schmutzer Kurt genommen und geheiratet. Im Erinnerungsschmerz schien der Kleine jetzt sogar kurz und mühsam unterdrückt auch aufzuschluchzen. Aber sie, die Frau, sei dann grausam bestraft worden, teilte der Kleine Hermann und, den Kopf herüberreißend, zugleich dem anderen Manne mit. Ihr Mann, der Schmutzer, habe Krebs gekriegt, Leberkrebs. Jetzt aber habe er, der

Kleine, die Sau auch nicht mehr angeschaut. Auch wenn sie ihm wieder schön gekommen wäre, die Sau hätte er nie mehr angeschaut.

Seit einer Minute hatte endlich auch der andere Mann seinen Kopf und seine starke Nase dem Kleinen zugewandt und lauschte aufmerksam, ja direkt gierig. Nicht dem Kleinen aber, sondern Hermann, der ihm vier Meter entfernt gegenübersaß, rief er zu, genau das sei die Schwierigkeit, genau das sei der Punkt. Auch er sei jetzt seit acht Jahren Witwer, auch seine Frau sei seinerzeit an Krebs gestorben. Von seinem Kummer fürs erste fast befreit, rief nun der Kleine in schrillen Tönen auf Hermann und den Witwer hin, jetzt verzichte er von vornherein auf eine Frau. Es lohne überhaupt nicht. Nunmehr nickte der Witwer steil bejahend dem Kleinen zu, aufmunternd und sehr anerkennend. Der Kleine aber hatte scheinbar nur mehr für Hermann Augen und streckte, den Witwer vernachlässigend, den Arm mitsamt dem ausschwingenden Zeigefinger nach jenem hin. Hermann erwog den beiden mitzuteilen, daß auch er noch ledig sei, indessen war jetzt vom Hausflur her ein recht unwägbarer Zank herein zu hören. Den Wortsinn verstand Hermann überhaupt nicht, indessen war Frl. Annis Stimme sehr klar zu entschlüsseln. Der Kleine, seiner begeisterten Miene nach zu schließen, schien Hermann jetzt viel Respekt zu zollen. Mit dünner Stimme, aber schon leidenschaftlich krähend rief er über die Stube hinweg, auf Frauen gebe er gar nichts mehr, außer auf seine Schwester. Die sei schwer auf Zack. Und habe ihm Weihnachten auch Kopfhörer geschenkt, daß er im Bett Musik hören könne. Die nehme ihn auch oft mit. Vom doppelten Lärm erwachte nun auch wieder Hubmeier, lauschend erkannte er wohl Frl. Annis Stimme auf dem Flur und versuchte sie zu verstehen, sowie die andere Hausgangsstimme, die sicher einem Manne zugehörte. Allein, der Kleine hatte sich jetzt heiß geredet:

Mit Frauen sei es ewig aus bei ihm, wiederholte er noch einmal, sich noch mehr erhitzend. Das mute er sich nicht mehr zu. Lieber schon ein Moped oder Fernsehen. Zum Fernsehen trinke er gern ein Radlerbier Bier-Limo-Mix aus Crailsheim. Fernsehen daheim oder Anschluß hier bei Hubmeier. Da lerne man dann auch oft Frauen kennen, rief der kleine Mann ganz überströmend.

Hermann nahm sich in acht, um nichts falsch zu machen. Mit viel Gutmütigkeit aber gab der Witwer nun dem Kleinen recht, mit dem gebräunten Schädel auf und nieder wippend. Auch Hubmeier machte bald den Eindruck, als wolle er ab sofort nicht dem Gespräch auf dem Flur, sondern doch lieber diesem in der Stube sein Gehör schenken. Wenn er nur wolle, redete der Kleine unverdrossen weiter und mit verfärbtem Gesicht sich immer mehr in Wut, könne er hier jeden Abend vierzehn Weiber kriegen, wie er sie nur brauche.

Die Tür flog auf, und richtig hitzig schob Frl. Anni die Großmutter hinein in die Stube, zwischen ihnen zwängte sich der Hund. Nein, rief Frl. Anni sofort, da helfe jetzt kein Leugnen und gar nichts mehr, die Bestellung von drei Kasten Limo sei eindeutig von ihr, der Großmutter, verschlampt worden, heute vormittag. Soeben habe sie es von der Brauerei erfahren. Sie, die Großmutter, habe es unterlassen, dem Biertransporter den Auftrag mitzugeben. Die Großmutter vollzog eine ebenso verdrießliche wie hilflose Gebärde zum Kühlschrank hin, derart Frl. Anni vorläufig zu begütigen. Hubmeier aber war jetzt hellwach, er erhob sich abwartend und schien bereit, in die Verlegenheit unverzüglich einzugreifen, für den Fall, daß Frl. Anni ihn jetzt brauchte. Die Großmutter sah ratsuchend Frl. Anni und dann auch Hermann an, doch war an ihrer Schuld auch wohl nach eigener Einschätzung nicht zu rütteln. Hubmeier klaubte seine Geldbörse aus der weiten braunen Hosentasche. Sogleich schoß Frl. Anni auf ihn zu. Sie dulde es nun mal nicht, wenn derartige Schlampereien im Betrieb passierten, rief sie noch im Trippeln. Die Großmutter, bekundete sie Hubmeier, habe erst letzte Woche schon versagt, als der Hering hier durchgegangen sei, ohne sein Schnitzel und seine vier Altbier zu bezahlen. So sei eine gedeihliche Entwicklung nicht mehr gesichert, so komme man nicht weiter!

Noch während sie schimpfte, ließ sich Frl. Anni von Hubmeier etwas Münzgeld in die rechte Hand legen und schob es ungeprüft in ihre Schürzentasche. Im Stehen, noch immer gänzlich ratlos, legte die Großmutter die flache Hand vor ihren Mund, ungläubig selber über ihr eigenes Versagen. Hubmeier begütigte Frl. Anni, indem er ihr großzügig auf den Buckel klopfte. Behutsam und die Gelegenheit nutzend, machte sich die Großmutter durch den hinteren Vorhang davon. Frl. Anni aber ließ sich jetzt von Hubmeier den großen Schlüssel für die Metzgerei geben, sie habe den ihren grad verlegt, sie müsse aber dem Praller sofort Filterzigaretten auf seine Kammer bringen. Der Praller liege oben im Bett und sei noch immer grippekrank.

Hermann war seiner Zukunft nun doch wieder recht unsicher. Die beiden Männer, der Kleine und der Witwer, hatten ihre Unterredung lang schon eingestellt und die Auseinandersetzung mitbelauscht. Der Witwer hatte achtsam den Mund offen, der Kleine sogar ein paarmal ganz leise gekichert. Von Hubmeier schon wieder freundlich belächelt, saugte Hermann an seinen Fingerspitzen. Allerhand Ungemach grummelte ihm durch den Kopf, still war es vorübergehend in der Stube. Hörte man genau hin, war aber auch vielleicht ein feines Summen und auch Weben zu vernehmen, wie in einem Bienenstock. Oder in einem Tannenwald. Der kleine Mann gegenüber hatte sich vollkommen wieder beruhigt, auch der Witwer schien nicht weiter mitteilsam. Die Kirchuhr schlug, aber Hermann zählte diesmal nicht mehr mit. Ein Auto fuhr vorbei. Gleich darauf erschien zusammen mit Frl. Anni eine dicke und noch einigermaßen jüngere und sehr schwitzende Frau in der Stube. Frl. Anni machte den Eindruck, als ob sie diese Frau sofort abschütteln und wieder loswerden wollte, aber die Dicke, die auch einen roten Faltenrock anhatte, zerrte Frl. Anni entschlossen zum Sitzen auf einen Stuhl. Unwahrscheinlich Glück habe sie gehabt, rief die Dicke und strahlte Frl. Anni an, ein Super-Zimmer habe sie in der Fleischbankgasse gekriegt, und zum Siemens habe sie dann nur eine Viertelstunde. Vor Freude gehe sie jetzt gleich ins Kino.

Die Frau kletterte wieder hoch, riß sich fast überhastet von Frl. Anni los und eilte, während Hubmeier gar nicht aufsah, sondern scharfsinnig den Spitz im Auge behielt, mit einem Ruck schon aus der Stube.

Keine fünf Sekunden später ging wieder die Stubentüre auf, herein aber schwang und schob sich mit federnden, wie aus Vorsicht federnden Schritten ein mittelgroßer dicker Mann. Beinahe vornehm, aber auch gleichzeitig dienstfertig wippte sein Kopf zuerst gegen Hubmeier hin und verneigte sich in Eile, dann schwang sich der Körperrumpf wieder andersherum, schon nahmen die Augen von Hermann jetzt Notiz. Es war ein sehr korpulenter, draller und sogar etwas schwammiger Mann. Er war im kurzen weißen Hemd erschienen sowie in einer beigegrauen Flanellhose, über welche ziemlich Speck sich spannte. Ob noch frei sei, frug der Dicke Hermann. Er frug es lebhaft aufmunternd, doch auch wie seiner Sache gar nicht sicher. Der Kopf legte sich bittend schief, der dralle Körper wippte einen Moment lang in den Knien ein. Der Dicke deutete auf den sonst leeren Tisch Hermanns und frug dann noch einmal sehr weich, fast zart und ehrerbietig, ob es erlaubt sei. Hermann hatte längst bejaht. Er überlegte, ob der Bisamratz nicht vielmehr doch ein Biber gewesen sei. Erst neulich war eine Photographie vom Reichswald in Nürnberg in der Zeitung gewesen, mit zwei großen Bibern. Doch diese waren größer gewesen als die Bisamratte vorn am Fluß, eindeutig und einwandfrei. Hermann nickte nochmals, der Dicke ließ sich seufzend nieder.

Er hatte sich schräg gegenüber gesetzt und bald von Hubmeier auf Zuruf einen Pokal erhalten mit goldgelb funkelndem obergärigem Bier. Der Dicke hatte zuerst einmal wie prüfend genippt, dann anerkennend mit dem Kopf gewippt, dann erst richtig angesetzt. Hermann war verblüfft. Mit einem Zug hatte er fast den ganzen halben Liter weggesogen. Nun schwang sein Rumpf sich schon zu Hubmeier zurück. Ob, rief der Dicke, das Bier nicht ein wenig angewärmt werden könne, zwei, drei Grad nur auf die Schnelle. Eilfertig einer Antwort harrend, legte der dicke Mann den runden Kopf halbschräg zur Seite, wie um Hubmeiers Einlassung besser verstehen zu können. Der Kopf war rund, fast kugelrund. Die nicht mehr gar zu vielen grauen Haare waren straff nach hinten hin gebürstet. Wartend auf eine Auskunft, zwickte der Dicke auch gleichsam halb scherzhaft eins der Augen zu.

Nicht ohne Sorgenfalten auf der Stirn kam Hubmeier endlich zu dem Korpulenten hingehunken. Er hatte dessen Frage nicht verstanden. Sich zum Lauschen ein bißchen abwärts neigend, führte Hubmeier schließlich sein Ohr recht nahe an den Mund des neuen Gastes, lauschig stellte er sogar den Körper schief, mit dem rechten Unterarm sich auf den Tisch auflegend, mit der Linken seinen Stecken haltend. Indessen der Dralle noch einmal und fast zu freundlich darum ersuchte, das Bier ihm anzuwärmen, schloß Hubmeier sogar beide Augen, um die Sache besser zu begreifen. Dem kugeligen Dicken seinerseits schien, so glaubte Hermann, diese Vertraulichkeit des Wirtes äußerst wohlzutun, schon übertrieben bildete seine linke gerollte Hand eine Art Sprachrohr zum Ohr des Wirtes hin. Gleichzeitig rieb die rechte Hand wohlgefällig über den geblähten und sehr weichen Bauch unter dem weißbauschenden Hemd. In Hermann, obwohl er nun sehr müde war, keimte eine Erinnerung auf. Der Dralle und der böse Blaue an der Ecke, beide konnten fast schon Brüder sein!

Nachdem Hubmeier endlich verstanden, schüttelte er so bedauernd wie entschieden den schweren grauen Kopf. Er teilte dem Dicken etwas schnarrend mit, das gehe leider nicht, der Tauchsieder sei gestern ausgefallen. Noch ehe Hubmeier fertig geredet, hatte der Dralle seinerseits wieder seinen Kelch gepackt, der kleine Mund rundete sich, lüstern spitzten sich die Lippen und umfaßten dann auch schon das runde Glas. Zügig trinkend hielt der Dicke seine Augen fest geschlossen, aber schon reckte die rechte Hand Hubmeier das leere Glas zum Nachfüllen hin. Anders als Hermann staunte sich Hubmeier keineswegs, sondern nahm das Glas, humpelte sogleich hinters Büfett und holte eine neue Flasche aus dem Eisschrank. Füllte sie achtsam in den Kelch und stellte diesen nach kurzem wieder vor den Dicken.

Neuerlich griff der Dicke sofort danach, atmete ein und beugte den Kopf zurück. Wieder und einprägsam saugend schloß er beide Augen. Er setzte den Kelch ab, ächzte begeistert auf, rülpste zart nach und wandte sich schon freundlich Hermann zu.

Herrlich frisch sei bei Hubmeier das Weizenbier, herrlich frisch, gar kein Vergleich zur Harrer-Wirtschaft, das wisse jeder in der Stadt. Die Kirchuhr schlug viermal und dann dreimal. Der Korpulente rülpste nochmals leicht im Nachgenuß und bat Hermann um Pardon. Schon griff er wieder zu seinem Kelch, um einen jetzt kleineren Schluck zu nehmen. Noch einmal beugte er sich zu Hubmeier zurück, vielleicht, um diesem zuzuprosten, vielleicht nur, um seine Hochachtung zu bezeugen. Nach Hermanns bisherigen Eindrücken war dem Dicken äußerst viel daran gelegen, sich durch gewinnendes Wesen zu empfehlen und allseits für sich einzunehmen. Davon werweiß schon ein wenig erschöpft, lehnte er den weichen Rumpf nun gegen die Stuhllehne zurück und schien die nächsten Minuten allerlei zu überlegen und zu brüten. Geringfügig überlastet, erkannte Hermann, wie hinterm Vorhang hinterhalb für wenige Augenblicke der Schopf der Großmutter sichtbar wurde, dann entwich er auch schon wieder. Hermann überdachte, ob nicht hinter diesem Vorhang unter Umständen nicht nur die Küche gelegen war, sondern alle Hubmeier-Mitglieder dort ihre Wohnung und Bettstatt hatten, auch die Großmutter. Noch während Hermann müßig mit den Gedanken spielte und gleichzeitig ersah, wie der Dicke einen Rest Schaum von seiner kleinen Nase wischte, riß plötzlich der Witwer gegenüber den Mund so kraftvoll zum Gähnen auf, daß ein Pfeifton hörbar wurde und gleich drauf ein verstümmeltes Knirschen. Eine ganze Weile war der Mund weit offen geblieben. Mehr Zahnlücken als Zähne hatte der Mund gezeigt. Hermann wurde etwas schlecht.

Dem Drallen seinerseits schienen allerlei schwere oder doch heikle Gedanken durch den Kopf zu schweifen, in vier etwas bedachtsameren Schlücken trank er seinen Kelch zu Ende. Versonnen oder auch bittend blickte Hubmeier aus der Ferne zu Hermann herüber, aus dem Hausflur hörte man das Bellen jetzt des Hundes. Es war ein kurzes jähzorniges Kläffen, vielleicht war der Hund ja dazu abgerichtet, unliebsame Gäste schon an der Türe zu verjagen. Gut hätte sich Hermann vorstellen können, daß es der Frau galt, die nach Schweden wollte. Sehr schweigsam saßen im Moment der Kleine und der Witwer. Der Witwer hielt den Kopf zum Fenster hin, werweiß dachte er auch über die in Frage kommenden Stücke im Musikapparat jetzt nach. Der Kleine spielte still mit seinem linken Ohr. Entmutigt trank er gelbes Limo. Hermann aber bemerkte, daß der Fernsehkasten vom Mitteltisch verschwunden war.

Als ob er seine Faulheit abschütteln oder andererseits nur seine vorübergehende Benommenheit überwinden müsse, straffte der Korpulente jetzt seinen Oberkörper, setzte ihn aufrechter und drehte ihn gleichzeitig etwas deutlicher auf Hermann hin. Abschätzig zog er seine

Mundwinkel herab, dann aber lächelte er Hermann ermunternd zu. Er empfehle ihm, er lade ihn dazu ein, sagte der Dicke weich und ermutigend, gleichfalls das Tucher-Weißbier zu versuchen. Praktisch nichts, sagte der Dralle und schaute träumerisch knapp an Hermanns Augen vorbei, gehe jetzt im Hochsommer über ein herrlich schönes, frisches, helles Weizen. Mit Zitrone und möglichst kalt, das tue den Magenwänden gut und auch der Schleimhaut. Ausschließlich aus diesem Grund, sagte der Kugelige noch weicher und lächelte Hermann warmherzig, aber auch ein bißchen wehe an, gehe er in dieses Lokal hier, weil das Weizen so gepflegt, das Lokal so angenehm auch kühl sei. Obwohl leider ihm durchaus mißliebige Leute hier ja auch verkehrten. Der Dralle schürzte nachsinnend die Lippen, schnupperte ein bißchen nach links und rechts durch die Nase und nahm mit geschlossenen Augen einen weiteren Schluck.

Des Dicken Nase hatte etwas von einem kurzen und gequetschten Würstchen. Die Augen starrten grünlichgelb, die Lippen waren dünn und mahnten doch recht schwülstig. Noch einmal trank der Mann begierig, flink leckte dann die Zunge Schaum ab. Wiederum streifte Hermann die schlimme Sorge, daß der Club schon im Herbst in den Abstiegsstrudel geraten möchte. Der Umbau der Hintermannschaft, es würde schwierig werden, der Abgang einiger Spitzenleute war nicht ohne weiteres zu verkraften. Zudem hatte der neue Trainer Gerland den Abwehrspieler Wagner allzu leichtfertig entlassen. Eckstein gut und schön, aber was war, wenn Schwabl im Zuge seiner Verletzungsanfälligkeit ausfiel, dann lag Eckstein mit seinem Torinstinkt auf Eis. Hermann seufzte. Auch der Dicke schien jetzt recht verstimmt. Einen sehr tiefen Seufzer hörte Hermann Hubmeier jetzt tun. Hermann gedachte des samtigen Fells der rötlichen Katze und beriet mit sich die Möglichkeit, vielleicht doch noch heute in den kühleren Abendstunden nach Ritzenfeld zu wandern, und morgen dann bis Schmidtstadt. Die Stubentür schlug auf. In ihr stand schon wieder die Frau, die nach Schweden fahren wollte. Sie warf einen gehetzten, aber auch schon glühend gehässigen Blick hinters Büfett, dann auch flüchtiger zu dem Drallen und ihm, Hermann, hin. Ihre Nase war gespalten und richtig spitz, die Augen schweiften giftig. Sie vollzog mit den Lippen und der Zunge eine rasche Bewegung, als wolle sie auf alles spucken. Ihrer selbst kaum mächtig, stieß sie einen kurzen, verächtlichen, wie ungläubigen Abscheulaut aus. Sodann ließ sie die Tür wieder zukrachen und war auch schon verschwunden.

Hubmeier im Hintergrund tat, als sei gar nichts gewesen, und putzte sich die Nase.

Spione verkehrten hier, teilte der Korpulente Hermann leise mit und legte dazu den Mund wehmütig schief, das sei nachgewiesen. Er biß sich auf die Ober- und dann eine Zeitlang auf die Unterlippe. Flüchtig beschaute er Hermann, dann wieder sah er vornehm knapp an ihm vorbei. Wie ein älterer und noch immer lediger Bursche erschien er Hermann, nein, nicht wie ein lediger, aber doch wie einer, der sich leidlich burschenhaft gehalten hatte, weit über fünf Jahrzehnte wohl hinaus. Kummervolle Blicke ließ der Dicke eine Weile über die Wand hin schweifen, dann unterrichtete er Hermann fast leichthin und oberflächlich, er sei heute früh auf dem Gesundheitsamt gewesen, wegen seiner vierten Tochter, dem siebenten seiner Kinder. Dabei sei er von zwei

Beamten absichtlich kompromittiert worden, jetzt sei er fix und fertig. Das habe ihn bewogen, hierher zu kommen, im allgemeinen verkehre er hier nicht. Man habe ihm, fuhr er etwas beschleunigter fort, im übrigen seitens der Arbeitsämter über seine eigene Parteiorganisation auch arbeitsrechtliche Zusicherungen gemacht, was seine Wiedereinstellung und die Wiederherstellung seiner gesellschaftlichen Reputation in dieser Stadt betreffe, das sei er seiner Familie schuldig gewesen, aber auch seiner Selbstachtung. Zwar sei er heute arbeitsrechtlich ein unbeschriebenes Blatt, aber wegen seiner politischen Vergangenheit und Aktivität nicht mehr vermittelbar und praktisch abgeschrieben. Man beschneide ihn fast aller seiner Bürgerrechte. Seit sieben Jahren habe er, sagte der Dicke geschmerzt, alles daran gesetzt, im Sinne seiner Kinder seine bürgerliche Rehabilitierung voranzutreiben. Aber er wisse, was gespielt werde. Man drehe ihm einen Strick aus seiner Vergangenheit. Von schmutzigen Faschisten sei er hintenrum abermals denunziert worden. Man wolle ihn mundtot machen und zertreten.

Der Dicke wischte sich über die rundliche Wange und warf mit viel Schmerz in den Augen wieder verschleierte Blicke um sich. Verbindlich sich bei Hermann dafür entschuldigend, schraubte er sodann sich hoch, um auszutreten zu gehen. Wie auf sehr leisen Sohlen schwang der Körper sich zur Tür hinaus, kugelig fast schwebte er.

Hermanns Gedanken schweiften bedächtig zurück zu seinem Kätzchen mit dem dicken Pelz, schon aber kam der Dicke wieder. Noch im Stehen schnallte er den Gürtel um den Bauch weiter, er hob seinen Pokal hoch, um Hubmeier Bescheid zu geben, und setzte sich wie leicht beschwingt. Hermann gewann den Eindruck, der Korpulente sei wenig beliebt in dieser Gaststätte, denn durchaus feindselig, ja giftig bohrte sich der Blick des Witwers von hinten in seinen Rücken, und auch Hubmeier schien zwar gelassen, aber nicht durchaus begeistert. Ohne daß es der Dicke bemerken konnte, machte der Witwer jetzt sogar ein Zeichen zu Hermann hin, er zischelte, rollte die Augen, fächelte mit der Hand und deutete heimlich lachend auf den Tischgast Hermanns. Hubmeier hingegen brachte diesem schon mit guter Miene sein drittes Bier. Übereifrig schleckte der Dicke sofort den obersten Schaum weg, nach Hermanns Eindruck aber mehr, um den Wirt damit zu beeindrucken.

Hier bei Hubmeier, fuhr der Dralle nach einer Weile dennoch etwas klagend und fast summend fort, sitze nur sozialer Kehricht, praktisch der Auswurf der Stadt, das sei bekannt. Aus seinem früheren Leben versuche man ihm ständig einen Strick nach dem anderen zu drehen. Man habe ihn heute früh im Kinderkrankenhaus geleimt. Der Chefarzt habe sich schändlich verleugnen lassen, sein Strohmann, ein gewisser Zwirn, habe ihn, den Dicken, dann auszutricksen versucht und abblitzen lassen. Brütend schien der Dicke momentan mehr mit sich als zu Hermann hin zu sprechen. Beide, Schildbach und Zwirn, sagte er leise, verkehrten übrigens auch in diesem Lokal, aber nur zur Tarnung und am Vormittag. Es sei ein Asozialenlokal, ein mickriges, ein ganz erbärmliches, auf das er spucke. Der Dralle stöhnte ein bißchen auf, wie in düstere, anwidernde Erinnerungen versunken. Dann aber, das linke Auge diesmal nur geschlossen, trank er wiederum vom quirlig goldiggelben Bier. Jetzt schloß er das rechte Auge, legte den runden Kopf sehr schief und sah mit nun beidseits wieder geöffneten Augen achtlos über Hermanns Kopf hinweg. Ein Auto hupte vor dem Fenster, der Dralle ließ das Ohr hochschnellen.

Heute sei er erpreßbar, fuhr er nach kurzer Zeit fort, und deshalb sollte er dieses Lokal eigentlich meiden. Heute sei er gezwungen, aus seinem Herzen eine Mördergrube zu machen. Denn seine eigentliche Heimat sei die Partei, die Lehre vom Kommunismus. Der Kommunismus biete dem Menschen Halt und verschaffe ihm jenen Anwert, der dem Menschen zugehöre. Am Kommunismus hänge all sein Herzblut. Auch wenn Kommunisten heute im Untergrund zu arbeiten gezwungen würden. Bald aber werde die Ernte eingefahren. Der Kommunismus nämlich werde kommen, noch eh man sich's versehe.

Hereinfallendes Licht prallte an seinem runden Schädel ab. Der Dicke rollte mit großer Besinnlichkeit die Lippen. Er lächelte abgebrüht, ja abgefeimt und legte, wie um Hermanns Antwort vorab zurückzuweisen, wiederum den Kopf sehr schief. Der Kopf war rund und auch sehr rosig. Die Unterlippe wölbte sich zum Kinn hin, zu einem weichen Doppelkinn. Dies Lokal sei ein Treibhaus von Spionen, von Staatsschutzagenten, faßte der Dicke nochmals leise und fast erheitert nach. Die Spionage aber bringe den Westen selber um. Marx habe es vorausgeahnt.

Hermann senkte den Blick und wußte nicht recht weiter. Das Leben, hatte er den Eindruck, war dem Dicken zweifellos recht lästig. Doch schien es ihm auch wohlzutun. Hermann wunderte sich, wie der fremde Mann von einer Sekunde auf die andere seinen Kopf zu verwandeln wußte. War da eben noch ein harmreich und bedenklich sich wiegendes Kugelantlitz gewesen, so jetzt plötzlich weich wallende Wärme, feste Vertrauenswürdigkeit und großer Kenntnisreichtum.

Er habe eine Vertrauensstellung bei der Regierung angestrebt, fuhr der Kugelige fort und sah ergeben auf sein Bierglas hin, in Regensburg beim TÜV. Doch Strauß und Tandler hätten es dann hintertrieben. Man habe ihm übel nachgeredet beim Verfassungsschutz, ihm das Wort im Munde umgedreht. Er aber, sagte der Dicke lächelnd und fast herablassend, werde die Zurückstellung unterlaufen und dem betreffenden Mann das üble Maul stopfen und ihn in die Pfanne hauen. Die Verfassungsschutzaffaire Otto John sei heute längst gelaufen, aber ideologisch noch immer nicht gegessen. Er kenne Ostberlin wie seine Hosentasche. Der Arm des Gesetzes sei lang, sagte der Dicke sehr nachdenklich und gedehnt, aber auch erbittert und verbittert.

Hermann war zuletzt ein bißchen übel geworden, seine Finger kratzten an der Tischdecke. Das Leben war auch ihm so lästig wie dem Dicken. Ihm ein bißchen gefällig zu sein, nickte er ihm freundlich zu. Der Dicke lächelte wehmütig zurück und trank dann rasch sein Bier zu Ende. Am Sonntag übrigens, er lachte Hermann ermunternd zu, bestreite hier der Club ein Vorbereitungsspiel gegen die hiesige Stadtauswahl. Man erwarte sich hier viel von den Neuerwerbungen des Club, vor allem von dem Neger Sane. Er selber, der Dicke, verspreche sich von Trainer Gerland jene Disziplin, die unter Höher zuletzt gefehlt habe. Noch rechne er fürs nächste Jahr nicht mit der Meisterschaft, aber der Club werde wieder ein Wort ganz vorne mitreden, dessen könne man schon sicher sein. Auch wenn selbstverständlich ein Morlock, Edi Schaffer, Kennemann noch nicht wieder zu sehen seien.

Der Dralle lächelte verträumt. Hermann fühlte sich durch seine Worte recht getröstet. Der Dralle bohrte mit dem kleinen Finger in seinem Ohrloch. Zwei kleine Zähne nagten mit Unrast an der Oberlippe. Sich entschuldigend, erhob sich Hermann, um sich zum Pieseln seinerseits auf den Abort zu orientieren. Im Hinterhof der Käfig mit dem schwarzen Widderlamm war nicht mehr da. Im Hausflur jedoch, als Hermann zurückkehrte, klappte plötzlich ein hölzerner Bodendeckel hoch und ein Mann wurde sichtbar, ein Hermann noch gänzlich unbekannter Mann. Er war unrasiert und stemmte, wohl auf einem Treppchen stehend, einen Kasten voll mit Flaschen in den Hausgang. Ein Auge, vielleicht der ganze Kopf kam Hermann etwas verunstaltet vor. Der Neue schien ihn gar nicht zu bemerken. Kaum aber stand der Kasten in dem Hausgang, da flog der Deckel wieder zu. Der Neue war verschwunden. Nichts mehr war zu hören, auch unter dem Deckel nichts.

Hermann verspürte einen stichelnden Schmerz am Herzen, das kam sicherlich vom Kaffee und vom dritten Cola. Plötzlich hörte man einen Schwall heftiger Geräusche aus der Gaststube, fast schon ein Gerassel. Dann war es wieder still. Hermann, bestürzt, brauchte ein paar Sekunden, um sich die Sache klarzumachen. Musik war es gewesen. Jemand drinnen hatte den Musikapparat in Betrieb gesetzt, ein anderer hatte es gleich unterbunden, er hatte den Stecker rausgezogen. Das war der Anhaltspunkt, der springende, das war die ganze Wahrheit.

Hermann war bemüht, Haltung zu bewahren, als er sich zu dem Korpulenten wieder an den Tisch setzte, dabei ein Geringes von ihm weiter wegrückend. In seiner Befangenheit hätte er ihn fast gern gefragt, was er, der Dicke, von Andersens Wechsel zu der Eintracht halte. Aber dann ließ er es doch lieber. Zumal der Dralle jetzt wieder stark in seine eigenen Gedanken versunken schien und sich dazu mit dem Fingernagel im Mundwinkel kratzte. Er schien gekränkt und unruhig, noch immer fast getrieben. Auf seinem Posten fest saß wieder Hubmeier. Leidiges schien auch ihm jetzt durch den Kopf zu gehen, er schien augenblicklich nicht ganz auf dem Damm zu sein. Der Mann, der immer noch vom Vormittag am Rundtisch saß und den vorhin jemand mal mit Hölzl angeredet hatte, klaubte sich müde hoch und überlegte im Stehen etwas. Auf einmal rannte er zur Tür hinaus. Hubmeier schrak ein wenig hoch. Treuherzig lächelte er ihm dann schon nach.

Bekümmernis erfüllte Hermann. Daß alles noch gut hinauslaufen möge, das hoffte er inständig und konnte es kaum glauben. Sehr opfermütig sah der kleine Gast, der sich ein Moped kaufen wollte, jetzt kurzzeitig zu Hermann herüber. Seit einiger Zeit vermißte man Frl. Anni. Ihr zuvorkommendes Wesen entbehrte Hermann sehr. Das unterschiedliche Licht in der Stube verteilte sich jetzt ruhiger. Hunger verspürte Hermann noch immer keinen. Der Kleine schwieg betreten. Ein besonders mildes und gefahrloses Aussehen erlangte dadurch sein Gesicht. Ein wenig dunkler war es in der Stube auch geworden. Schwarz und finster lagen schon große Teile des Musikapparats. Hubmeier saß gefaßt und beschattete mit friedvollen und stetigen Blicken den Spitz, welcher sich ihm auf Schrittweite genähert und dann auf den Boden gelegt hatte. Der Schwanz zuckte ein bißchen hin und wieder.

Durch einen Lockvogel, hob der Korpulente nach längerer Besinnung aufseufzend wieder an und ließ seinen Blick fast unmerklich in den von Hermann gleiten, sei er heute früh schon in einen Hinterhalt, in eine Falle gelockt worden, in ein Lokal am Stadtrand, das er eigentlich allen Grund habe zu meiden. Der Zusammenhang, murmelte der Korpulente, sei allgemein und hinlänglich und zur Genüge bekannt. Auch dieses Lokal hier, murmelte der Dicke mit Bedacht und beinahe säuselnd, sollte er eigentlich besser meiden. Nur Gesindel verkehre hier. Ein Mann vom Verfassungsschutz habe ihn gestern angerufen und gewarnt. Der Verfassungsschutz sei auf ihn als einen Ex-Stasi-Offizier seit Jahren angesetzt, um seine Unbescholtenheit in absentia zu unterlaufen und ihn rückfällig werden zu lassen, erläuterte der Dralle Hermann, ohne ihn doch richtig anzusehen. Der Staatsschutz, der Verfassungsschutz beobachte ihn seit zwanzig Jahren. Man habe damals ein Dossier über ihn angelegt, man beschuldige ihn des Geheimnisverrats. Aber er, der Dicke, er kenne den Namen seines Hauptfeinds, seines Denunzianten, es sei ein gewisser Schurrer Benno, ein ehemaliger Parteigenosse. Der Staatsschutz wisse natürlich haargenau, daß er, der Korpulente, einen hohen DDR-Orden besitze und ihn noch mitunter trage, wenn auch nicht immer öffentlich. Es sei der DDR-Orden für gutes Wissen, der Ostberliner Verlag Volk und Wissen habe ihn ihm 1956 schon verliehen, kurz nach dem Ungarnaufstand. Mit 27 Jahren habe er ihn gekriegt, als damals jüngster Kandidat.

Einatmend blähte sich der Dicke noch ein bißchen mehr auf und riß dann ungestüm den Kopf nach unten, um seinen Pokal zum Mund zu führen. Bald aber lagerte er den Kopf wieder etwas schräg und gleichzeitig leicht nach hinten, wie um sehr fernhin innerlich zu lauschen. Er kratzte sich am Kopf und schien, an Hermann vorbeistarrend, auch nicht ganz bei sich. Nun aber neigte er sich wieder vor und eilends Hermann zu. In sein linkes Auge, das rechte war geschlossen, trat verkniffen bosheitsvoller Glanz.

Ein Killerkommando sei auf ihn heute angesetzt des Staatsschutzes, sagte er mild, man bezichtige ihn des Hochverrats. Der Dicke schnitt eine schmale schmerzliche Grimasse und nahm wieder einen Schluck Bier. Es seien die üblichen Faschistenmethoden, erläuterte er wieder etwas singender und wehklagender, auch seien keineswegs zufällig die Anwartschaften auf seine vorgezogene Kriegsversehrtenrente verschlampt und mit allerlei Mätzchen dann verschleppt auch worden. So düpiere man ihn fortan, daraus gebe es kein Entrinnen. Seine Heimat sei die nationale Linke, an ihr hänge sein Herzblut. Entsprechend sei er heute als Existenz zerrissen und habe in dieser Stadt als Marxist sein Kreuz zu tragen, im Visier des Verfassungsschutzes. Dessen sei er sich gewärtig, sagte der Dicke und hüstelte heiser. Schurrer Benno habe ihn damals mit einem Dossier über sein Leben, sein angeblich liederliches Vorleben gelinkt. Er aber habe zurückgeschlagen und über ihn, Schurrer, gleichfalls ein Dossier angelegt, ein absolut vernichtendes Dossier. Heute, schloß der Korpulente wieder salbungsvoller, öffnete den Mund, ließ ihn für eine Weile kreisrund offen und spitzte ihn zu einem Schnorchel, heute habe er einsehen und begreifen gelernt. Diese Affaire sei gelaufen, und entsprechend gestatte er sich den Luxus eines bürgerlichen Lebens, praktisch in Notwehr und wenn auch nur als Tarnung, wie von Marx empfohlen.

Hubmeier hatte seinen Stuhl nun so gedreht, daß vor allem sein rechtes Ohr sehr groß zu sehen war. Es war sehr ruhig in der Stube. Der Witwer hatte seinen Kopf nachgrübelnd in die Hand gelegt. Recht vereinzelt saß der Kleine. Der Korpulente schielte gedrückt und etwas klagend und doch auch insgeheim verschwörerisch gegen die Stubentür. An einen überwiegend weißlichen Riesenschirmpilz erinnerte er jetzt Hermann, vielleicht auch an einen Bovist, einen freilich faltenlosen Bovist.

Sein Leben sei heute praktisch verwirkt, säuselte der Dicke nach einer Weile sehr weichlich vor sich hin und seufzte. Spitzel beschatteten ihn. Auf Schritt und Tritt werde in dieser Stadt verleumdet. Sein eigener Arzt, der Dr. Krautwurst, habe ihn denunziert, ein Gynäkologe. Als unbescholtenes Blatt sei er natürlich vielen hier ein Dorn im Auge. Dieser Mann dort hinten zum Beispiel, der Korpulente deutete, ohne den Kopf zu drehen, mit dem Daumen hinter sich und nach Hermanns Einschätzung auf den Witwer, dieser Mann da hinten sei auch Kommunist, er dürfe es aber nicht öffentlich machen. Der Mann sei heute bei der Wach- und Schließgesellschaft, vorher habe er jahrelang in Texas und Oklahoma gelebt. Sein Beamtenstatus zwinge ihn zu dieser Vorsicht. Wenn Kommunisten einander in der Öffentlichkeit träfen, empfehle es sich ohne weitere Absprache so zu tun, als kenne man einander nicht. Sie alle seien heute gebrannte Kinder der Revolution, flüsterte der Dicke leis und mit viel Wehmut. Er sei heute praktisch trocken. Er trinke nur noch sieben oder acht Bier am Tag, sieben, acht schöne frische Weizen. Gar nicht der Rede, gar nicht der Erwähnung wert. Diesen Luxus gestatte er sich, den sei er sich noch immer wert.

Jetzt zog der Dralle ein Schächtelchen aus seiner Hemdtasche, entnahm ihm zwei rosa Tabletten und schluckte sie sofort, die gelben Augen fest geschlossen.

Er schwitzte sehr im stark wulstigen Nacken. Er sei heute gezwungen, sich weitgehend zu tarnen, erklärte er. Er müsse täglich fünf Aspirin C nehmen, um seine Angina Pectoris zu bekämpfen, um seinem nächsten Herzinfarkt zu entgehen. Der fünfte Herzinfarkt, so habe ihm heute früh sein Vertrauensarzt, der Dr. Göttlicher, gesagt, sei der endgültige und tödliche. Die Ursachen lägen noch in den Entbehrungen, die Kommunisten in der Besatzungszeit ertragen hätten müssen. Hinzu komme eine Thrombose, ein Gerinnsel im Auge, praktisch ein Tumor. Der Dicke zog mit zwei Fingern, es Hermann zu zeigen, rasch sein rechtes Augenlid herunter. Tatsächlich sah es gerötet aus. Wegen dieser Thrombose sei er beim Dr. Notsch seit Jahren in Behandlung, bei Dr. Notsch, einer internationalen Kapazität. Verständlich, daß es unter diesen Umständen zu keiner Vertragsverlängerung gekommen sei. Dazu komme der Schlaganfall, erlitten in der U-Haft 1980. Bei allen auch von Marxisten erwünschten Fortschritten in der Humanmedizin sei sein Leben heute praktisch verwirkt. Der Tumor sei keine einfache Thrombose, wie der Arzt ihn glauben mache, faktisch sei er, der Dicke, heute beidäugig schon blind.

Hubmeier räusperte sich, der Korpulente fuhr aus seinem vorübergehenden Schweigen hoch und nervös herum. Er wirkte jetzt tatsächlich recht lädiert, auch schien die Tageshitze vermehrt ihren Tribut zu fordern. Schon war das vierte Bier getrunken. Unterderhand dachte Hermann wieder an das Kätzchen. Der Witwer schaute sehr verdattert, die Wangen waren ihm stark eingefallen. Sein Freund Harry, er dürfe hier den Nachnamen nicht nennen, fuhr der Korpulente aber schon wieder fort, habe ihm über einen Mittelsmann eine Warnung zukommen lassen, einen absolut zuverlässigen Vertrauensmann, Spitzl Theo sei sein Name. Hermanns Augen glitten zu Hubmeier hinüber, der jetzt mit seinem Stecken seinen Spitz zu ärgern oder immerhin gutmütig zu necken schien. Mit außerordentlichem Wohlwollen musterte er das gewiß schon alte und beinahe hinfällig gelblichweiße Tier und munterte es durch allerlei halblaute Redensarten auf. Von draußen kam der Kleine, der ein Moped kaufen wollte, in die Stube zurück. Er hatte eine Packung Tabak mitgebracht und drehte und stopfte sich eine Zigarette. Er zündete sie an und begann ganz froh zu paffen. Hubmeier gebot seinem Spitz Einhalt, als dieser seine Vorderpfoten in den Schoß des Wirtes betten wollte. Da legte sich der Hund wieder auf den Boden und streckte ermattet hechelnd seine Zunge vor. Der Kommunismus, nahm der Dicke noch im gleichen Augenblick den Faden wieder auf, sei heute Weltreligion, niemand könne es verleugnen. Was über den Kommunismus heute an Lügen verbreitet werde, sei glatte Lüge, Verleumdung, westliches Propagandamärchen. Die Archipel-Gulag-Lüge sei die größte Sabotage. Heute gelte es für die westlichen Vertrauensmänner, die Lehre Lenins rein zu erhalten durch Glasnost. Der Kommunismus im Geiste des Urchristentums werde wiederkommen, denn er müsse wiederkommen. Zum Teil, der Kugelige sah erschöpft zur Decke hoch und seufzte auf, sei er schon da.

Eine kurze Pause trat ein, und der Dicke legte wiederum den Kopf sehr schief. Plötzlich aber sagte der Witwer vom anderen Tisch herüber, das sei ja gar nicht richtig. Er wisse genau, daß im Kommunismus elektrische Stromstöße ausgeteilt würden an die Feinde. Das zwicke unwahrscheinlich. Das habe er schon oft gehört.

Der Korpulente in seiner vorübergehenden Versunkenheit merkte wohl nur verspätet, daß die Worte ihm galten. Er erkannte auch erst nach ein paar Sekunden, wo genau die vielleicht etwas nörglerische, vielleicht auch nur gutmütige Stimme herkam. Hermann sah furchtsam zu, wie der Korpulente sich zu dem Witwer zurückdrehte, ihn wiedererkannte und ihm dann mit schon ausgeklügelter, wenn auch wohl etwas zu üppiger und überheblicher Freundlichkeit zulächelte. Nun erst drehte er auch seinen Stuhl zur Hälfte herum. Als Kommunist, sagte der Korpulente etwas zugeknöpft, aber auch sehr sanft, müsse er das soeben Gehörte zurückweisen, auch wenn er es, er nickte dem Witwer mehrmals zu, nicht einmal übelnehme. Er erlaube sich aber die Bemerkung, daß er, der andere, damit Opfer der üblichen üblen Mund-zu-Mund-Propaganda geworden sei. Gehirnwäsche, wie heute jeder wisse, sei in der UdSSR seit Sacharow längst verpönt und abgeschafft. Im Unterschied zu den Vereinigten Staaten. Dort sei sie gang und gäbe, gang und gäbe mehr denn je.

Flink, fast überstürzt trank der Korpulente sein goldenes Bier an, der Witwer neigte sich vor, als habe es damit noch längst nicht sein Bewenden – schon aber hatte sich, von einer Sekunde auf die andere, Hubmeier von seinem Stuhle hochgeschraubt, war kraftvoll nach vorne gehumpelt und gebot dort gleich der Sache schärfstens Einhalt. Vom Hausgang her vermeinte Hermann einen zarten und sehnsüchtigen Miau-Laut zu hören, und einen Augenblick lang malte er sich aus, daß die rötliche Katze vielleicht doch zu den Hausbeständen gehörte – aber schon schwang Hubmeier seinen erhobenen Zeigefinger und schwenkte ihn sowohl gegen den Drallen wie auch gegen den Witwer hin. Hier in der Stube erlaube er keinen Streit, drohte Hubmeier mit seiner schnarrend quengelischen und doch befehlsgewohnten Stimme scharf nach beiden Seiten hin. Darauf werde auch weiterhin peinlichst geachtet! Auseinandersetzungen dieser Art lasse er, Hubmeier, in diesem Haus nicht durchgehen!

Der Wirt stand mit dem Krückstock bewehrt zwischen beiden Gästen und lauerte, ob es etwa Widerspruch gegen seine Worte gebe. Deutlich verstimmt, schien er in dieser Sache keinem seiner Gäste auch nur um einen Zentimeter nachgeben zu wollen, und er ließ deshalb im Nu sogar seine zusammengebissenen Zähne blitzen. Streit werde draußen auf der Straße ausgetragen, redete Hubmeier ein bißchen schon ins Blaue hinein. Ermattet schwieg er, warf aber noch einmal unbeirrbar den Unterkiefer nach vorne. Er schaute scharf zum Witwer und zum Dicken hin und kratzte sich am Ohr. Sodann machte er sich wieder auf den Weg nach hinten, sich zu seinem Hund zu setzen. Zur Begrüßung stand der Hund sogar auf, er legte sich aber gleich drauf wieder hin.

Schwalbenzwitschern drang von draußen in die Stube. Es war ganz still in ihr geworden. Der Dicke lächelte herb, fast spröde. Seine Zunge rankte sich um beide Lippen. Er schien beeindruckt, fast gebeugt. Auch den Witwer hatte die Gardinenpredigt sichtlich erschrocken. Die Arme ineinander verhakt saß er ganz stumm und brav, um es wieder wettzumachen. Sich mit seinem fünften Bierkelch labend saß breitspurig der Dicke und schwieg bekümmert, ja fast eingeschnappt. Hermanns Gesicht war heiß und sicher rot. Der Kleine wagte nicht mehr, den Witwer noch einmal anzusprechen, er umgarnte ihn aber weiterhin mit ehrfurchtscheuen Blicken.

Alle in der Stube saßen mit gesenkten Köpfen. Es verstrichen einige Minuten. Zuerst fast unhörbar, dann etwas vernehmlicher, wenn auch noch immer sehr gedämpft, murmelte der Dicke endlich auf Hermann hin, das sei der Beweis gewesen, Kommunisten, Aufklärern würde in dieser Stadt aus ihrem Bekenntnis immerzu ein Strick um den Hals gedreht. Alle zögen in dieser Beziehung am gleichen Strang, fuhr er verdrießlich säuselnd, doch mit Gleichmut fort. Der alte Mann dort hinten, der Dicke fuhr mit der flachen Hand nach rückwärts aus und zeigte auf den Witwer hin, ohne doch den Kopf zu wenden, der sei ein stadtbekannter Lockvogel. Er provoziere in vielen Lokalen der Stadt derartige Auseinandersetzungen, um dann im geeigneten Augenblick den Staatsschutz anzusetzen. Dafür gebe es genügend Mitwisser und Zeugen.

Noch verdrießlicher, von mißlaunigen Gedanken umhüllt, ließ der Dicke die eine Faust eine Zeitlang gegen die andere boxen. Schloß die Augen und trank voll Bitternis wiederum vom obergärigen Biere.

Hermann war dieses Drallen und gar zu Prallen zuletzt schon reichlich müde geworden. Um sich seiner wenigstens für ein paar Minuten zu entledigen und sich darüber hinaus auf möglichst unverfängliche Weise etwas Bewegung zu verschaffen, machte sich Hermann noch einmal auf den Abort. Zurückgekehrt und schon wieder bei dem Drallen niedergelassen, dauerte es wohl an die zwei Minuten, ehe Hermann einer neuen Person innewurde. Obgleich dieser Gast sogar eine Frau war. Es war eine noch jüngere, vielleicht sogar sehr junge Frau, die da am Rundtisch saß, die Beine übereinandergeschlagen. Ihr Haar war bräunlichschwarz. Neben ihr auf dem Stuhl war eine große blaue Tragetasche abgestellt. Die Frau hatte ihr Haar offen, lang und strähnig fiel es über ihren Rücken. Hermann spürte, daß Hubmeiers Strafpredigt schon verpufft war. Der Witwer lieh sein Ohr dem Kleinen, der ein Moped wollte und jetzt sogar um einen Tisch näher an den Witwer herangerückt war. Der Dralle versicherte Hermann ganz gemütlich, das Tucher-Weizen halte ihn heute nach dem sechsten oder siebten Herzinfarkt praktisch am Leben. Während er Hermann in der Folge augenschwänzelnd und fast beflissen mitteilte, der Club habe sich um ein paar junge Talente verstärkt, davon der eine ihn sogar stark an Szymaniak erinnere, wegen dessen Fore-Checking und Sliding-Tackling, griff die junge Frau ihre Tragetasche und stellte sie mit einem Ruck auf den Fußboden. Verbindlich nickte der Dralle Hermann zu, machte die Augen enger und schien sich in der Vorfreude auf die neue Spielzeit zu wiegen. Vor allem auf den Schwarzen freue er sich, sagte der Dicke und strich zufrieden seinen Bauch.

Aus der Tragetasche drang ein Laut. Ein Quiek- oder auch Piepslaut. Hermann hütete sich, dem sogleich nachzugehen, doch sah er jetzt im Tascheninneren so etwas wie eine Häkeldecke und gleich darauf ein nacktes kleines Beinchen oder Ärmchen. Ein molliges Ärmchen war es. Hermann hielt es nun nicht mehr, er beugte sich ein bißchen vor über den Tisch hinweg. Da sah er auch den Kopf und das Gesicht. Es war ein kleines Kind, ein Baby. Die Frau, die es hereingebracht, war also seine Mutter. Sie mochte zwanzig Jahre sein, vielleicht auch eher dreißig. In einigermaßen verdrehter Weise saß sie am Tisch und lehnte und lümmelte sie sich über ihn und redete wohl auch einige Worte mit dem Gast, der heute mittag eingeschlafen war. Die Frau schien nicht gut aufgelegt.

Mal fuhr ihr Kopf hoch, dann wieder wild zurück. Mürrisch, unfriedlich starrte sie auf die Holztischplatte und rieb mit den Fingernägeln über sie. Dann warf sie wieder verstiegene Blicke in die Luft und strich das Haar sich glatt.

Der Dralle ließ nun durchblicken, er werde bei den amtlichen Stellen ausgerichtet und desavouiert. Auch sei bekannt, daß Dr. Göttlichers Atteste keinen Schuß Pulver wert seien, der Mann habe, was jeder wisse, Gelder und Policen veruntreut, schon seit Jahren. Hermann erkannte, daß die Haare der Mutter nicht gut frisiert waren, eigentlich schon gar nicht. Sie hatte ein weißes Leibchen an, darunter einen braunen Lederrock mit schönen gelben Mustern. Der Rock ging kaum zum Knie. Achtlos trank die Frau vom Cola, wieder lümmelte sie sich mit beiden Armen über den Tisch, als ob sie des Ganzen hier komplett schon überdrüssig sei. Dann aber, der Dralle trank sein fünftes Bier zur Neige und berichtete von Verfolgungen durch Dritte, denen er hier seit Jahren ausgesetzt sei, an denen zu leiden er sich aber schon praktisch abgewöhnt habe, dann aber, als wollte sie Hermann besseren Einblick verschaffen, zerrte und ruckelte die Frau auf einmal an der Tragetasche auf dem Fußboden und stellte sie schließlich so, daß Hermann fast alles gut erkennen konnte.

Das Kind mochte, nach Hermanns Schätzung, wohl ein knappes Jahr alt oder weniger sein. Die Augen hatte geschlossen. Ähnlich wie eine Kutsche besaß die Tragetasche ein übergespanntes Dachteil, darunter lag der runde Kopf. Mit ganz feinen blonden Haaren. Hermann zauderte. Einerseits wollte er aufstehen, um alles näher noch zu sehen, andererseits fürchtete er Zurückweisungen der Mutter oder aber Verwahrungen des Drallen. Des Drallen an seinem Tisch, der sich im Weiterreden schon wieder und immer gewaltiger zu blähen schien. Das Kind hatte die Augen noch immer zu, doch zog es ein vergrämtes Schnütchen. Es druckste. Vielleicht verspürte es Magenschmerzen. Das Strampelgewand war weiß und teils auch gelb geblümt. Ein Schnuller tauchte jetzt neben den Beinen auf, im Schlaf krabbelte das Ärmchen über die Stoffkante der Tragetasche. Vielleicht war wiederum ein Piepslaut erfolgt, die Mutter jedenfalls sah kurz und recht unleidig auf das Baby hinab. Sie zog die verwurstelte Häkeldecke über seinen Leib und schlug dann neuerlich ihre Beine übereinander. Durchaus mißgelaunt nippte sie von ihrem Cola. Der Mann an ihrem Tisch sagte etwas Abgehacktes, das Hermann nicht verstand. Er deutete auf die Blumen auf dem Büfett. Oder auf die Bonbon-Stellage daneben, vielleicht auch auf das Reklame-Bierplakat darunter. Nun aber holte die Frau aus ihrer großen Umhängtasche ein Heft, bei dem es sich um eine Illustrierte handeln mochte. Sie schlug es auf und zeigte dem Mann etwas. Der sah es lange und genau an. Schien aber nicht vollends zu begreifen. Die Mutter schnappte nach der Illustrierten und schob sie wieder in die Umhängtasche. Dann kraulte sie nervös ihr Haar und stemmte beide Ellenbögen auf.

Etwas achtlos unterbreitete der Dralle Hermann, Deutschland sei heute ein Rattennest für nicht bewältigte Hitlervergangenheit. Der Fall Nachmann spreche Bände, er gebe nicht nur im nachhinein Fellner recht, sondern auch General Manstein. Marianne Zahnweh, seine frühere Verlobte, sei es vor allem, die heute über ihren Mann, Zeitvogel Siegi, seine, des Drallen, Rehabilitierung hintertreibe. Er, der Dralle, plane heute seinen Exitus. Er werfe die Brocken hin und gehe nach Kalifornien, um alte Indianerkulturen zu studieren. Dort nur sehe er für sich ein neues Morgenrot.

Das Baby schlief noch immer. Seine Mutter steckte eine Zigarette an und blies ihrem Nachbarn Rauch in die Augen. Unverzüglich sagte der Korpulente, die Justiz, allen voran der Klausner Wolf, zertrete und vernichte in dieser Stadt ohne Rücksicht andersgesinnte Existenzen. Daß sein ältester Sohn neulich einen Suizidversuch unternommen habe, liege auf der Linie. Er, der Korpulente, aber wahre seine letzte Chance für seine Rehabilitation, er warte auf die Stunde der großen Abrechnung, die Stunde der Vergeltung. Ganz ruhig warte er. Häßliche Revanchefouls prallten seit langem an ihm ab, es seien solche schmutziger Faschisten, sagte der Dralle sehr gelassen und trank Bier. Da schlug das Kind die Augen auf.

Es hob sogleich auch seinen Kopf. Es schaute nach oben, dann im Kreis herum. Nach einer Weile fanden seine Augen Hermann. Es schaute ihn vielleicht neugierig, vielleicht auch nur erstaunt an, ohne mit der Wimper zu zucken. Dann etwas ruckartig kippte der Kopf ihm wieder weg. Das runde nackte Ärmchen schwang wie eckig hin und her, die winzigen Finger preßten sich zur Faust. Es war ein rosig schönes Baby. Hinter den goldblond feinen Haaren wurde ein weißes Kopfhäubchen sichtbar, es war wohl nach hinten abgerutscht. Die Beinchen hatten die Zudecke schon wieder abgestrampelt, sie krümmten rundlich sich nach oben. Wieder schaute das Kind auf Hermann hin. Und behielt ihn fest im Auge. Durch irgend etwas vergrämt runzelte sich dann die Stirn. Nochmals sah das Baby Hermann freundlich an, dann schloß es wieder seine Augen.

Seine Mutter hatte inzwischen einen Zahnstocher in der Hand. Unruhvoll bohrte sie in den Zähnen und verbiß sich in das kleine Stäbchen.

Während Hermann mit sich zu Rate ging, ob er diese als Frau sich wünschte, ließ ihn der Korpulente wissen, diese Stadt wimmele von Verrätern, ein Judas um den anderen, und alle kenne er. Dies Lokal hier zum Beispiel sei vergleichsweise harmlos, Underdogs verkehrten hier, es sei ein Hungerleiderlokal par excellence. Nur Abschaum treibe sich hier herum, sagte der Dicke voll Verachtung. Mit aller Kraft versuchte Hermann herauszufinden, ob er die Mutter nicht heute schon gesehen hatte, als er jemanden nach dem Weg zu Hubmeier gefragt hatte. Auf einmal machte sich der Spitz auf den Weg, er kam am Rundtisch an, zögerte unschlüssig und schaute dann aus nächster Nähe in die Babytasche hinein. Er schien nicht sehr beeindruckt. Mit schon nachhaltigerem Interesse schaute er dann zur Mutter hoch. Schüttelte den Kopf aus und ging auch schon zur Stubentür. Er setzte sich auf die Hinterbeine, sah konzentriert zur Klinke hoch und wartete darauf, daß ihm jemand öffne.

Schon aber ging die Türe auf, ein junger Schutzmann ließ sich in ihr sehen. Er trug ein mattgrünes kurzärmeliges Hemd, eine olivgrüne Diensthose und eine Mütze mit staatlichen Rangabzeichen. Es war einwandfrei ein Polizist. Noch in der Tür stehend, wedelte er mit der hochgerissenen Hand zu Hubmeier hin, das Auto müsse sofort weg. Wegen der Feuerwehr, rief er im Schwung, müsse die Durchfahrt für zwei Stunden freigehalten werden. Außerdem sei gerade der Gschwandner von gegenüber gestorben, da stehe jetzt zusätzlich ein Leichenauto und hindere alles. Der Schutzmann, nachdem der Spitz an ihm vorbei und längst ins Freie vorgerückt war, griff an seine Kappe und sah Hermann gar nicht an. Erschrocken wirkte nur der kleine Gast. Steil und mit Umsicht nickte Hubmeier, hinter dem Büfett postiert, sein Einverständnis. Jetzt ließ der Schutzmann, der auch einen Schnurrbart hatte, doch noch seinen raschen Blick über die Stube hin kreisen, kurz blieb sein Auge an dem Drallen hängen, den er sekundenlang musternd zu prüfen schien. Hermann sparten seine Augen aus. Grüßend sein Kommando abrundend hob der Polizist jetzt noch einmal zu Hubmeier hin die Rechte, ließ die Tür hinter sich zufallen und war verschwunden. Im nämlichen Atemzug stellte die junge Frau ihre Tragetasche mit dem Kind darinnen wieder auf den Stuhl. Und zündete eine Zigarette an. Ganz überhastet stieß sie Qualm von sich.

Man unterschätze, fuhr der Korpulente, kaum hatte er sein wohl siebentes obergäriges Bier angetrunken, fort, Judas im Vergleich zu Jesus. Der Dicke besah seine dicken Finger und betupfte die schweißige Stirn. Judas sei jahrelang von der Forschung niedergemacht worden, die Beweise lägen heute historisch klar zutage. In Wahrheit sei Judas ein Aufklärer, die menschlich wertvollere Gestalt gewesen, sagte der Dicke, ließ den Kopf ein bißchen zur Seite und nach vorne plumpsen und überlegte weiter, die Unterlippe jetzt stark zum Fußboden hin gewölbt. Zu Unrecht werde Jesus hochgeschätzt, säuselte und sang der Dicke absichtsvoll schleppend, aber auch wohl wirklich schon ermüdet. Jesus sei ein typisches Pfaffenprodukt, er, der Dicke, könne an dem Mann nichts finden. Als ob er alle Umstände nochmals gegeneinander abwäge, wiegte der Dicke leicht den jetzt ganz käsig bleichen Kopf und ließ ihn sogar ein wenig beben.

Jesus habe fürs Urchristentum zweifellos einiges, für den Kommunismus aber wenig geleistet, murmelte der Dicke weh und fast schon abwesend. Hermann seinerseits verspürte seit Minuten starkes Magengrummeln. Gleichzeitig vermochte er keine allzu große Neugier auf sein Nachtmahl aufzubringen. Übrigens die Frau da drüben mit dem Kind, der Korpulente riß sich fast mit Gewalt aus seinen schweren Träumereien und wippte zur rascheren Verständigung den Kopf nach hinten, die Frau sei eine Schlampe, eine stadtbekannte Hure, eine Amischickse. Trotzdem, der Korpulente ging für Sekunden mit sich zurate und lächelte sodann behaglich, würde er, sei er nur ehrlich, sie heute nacht gern aufstechen. Im Stile eines Genußmenschen, der ungern etwas ausläßt, schleuderte er die Unterlippe in Richtung Nase hoch. Und wahrscheinlich, er ließ den Kopf zweimal zur Seite hin zucken, werde er es auch tun. Des Dicken Augen blinkten lüstern und sogar fettig, wenn auch noch nicht ganz siegessicher. Seine, des Dicken, Frau nämlich, erläuterte er Hermann, mit dem Kopf ihm näherrückend, habe seit gestern Kirchweih. Da könne er nicht drüberrutschen. Früher habe er einen unwahrscheinlichen Frauenverschleiß gehabt, auch heute noch. Seine Frau zuhause habe eine herrliche, eine wunderbare Figur, herrliche, göttliche Formen. Mit den Händen malte der Dicke schon überstürzt zwei geschwungene Linien in die Luft. Seine Ehe sei ihm heilig, sagte der Dicke getragen, seine sieben Kinder zumal, vor allem aber seine Frau. Herrliche Formen, führte er unter schwärmerischen Blicken weiter aus und keuchte jetzt sogar, aber zum Teil wohl spielerisch und wie ein Schauspieler übertreibend, habe seine Frau, göttliche Formen, üppig wie nur Helena, wie eine Königin, wie eine Olympiaschwimmerin. Herrliche Brüste habe sie, dabei sei sie von Haus auf zart gebaut wie eine christliche Madonna, wie eine Ophelia, wie Marilyn Monroe. Schade, daß sie Kirchweih habe, lachte der Üppige sonnig und wieder etwas keuchend und endlich sogar japsend. Gestern habe er sie noch gepackt, heute würde er es wieder gerne tun. Der Dicke lachte jetzt laut und hielt, gleich einem aufgabebereiten Boxer, zum Spaß seine beiden hochgerissenen flachgemachten Hände vor den Schädel, gleichsam um sich vor Hermanns eigentlich hochverdienten Schlägen zu schützen und, den Schädel duckend, abzuschirmen. Fast unvermerkt war Hermanns Tischgast in äußerste Wallung geraten, heftig scheppernd lachte er noch eine Weile vor sich hin, der Schweiß rann ihm vom weichen Halse. Plötzlich ließ er es genug sein und setzte, sich über die Stirn streichend, eine sehr ernste Miene auf. Selbstverständlich, korrigierte er sich fast eilig, denke er nicht im Ernst daran, die Schnalle da drüben je zu stopfen, Hermann möge ihn da um Gotteswillen nicht falsch verstehen. Die rosigen Lippen saugten sich am Rand des Bierkelchs fest, flink legte sich der Kopf des Üppigen zum Trinken schräg nach rückwärts. Er habe, um ganz offen zu sein, fuhr der Dicke hastig schon zu reden fort, auf dem Weg hierher seiner Frau sogar ein Lederjäckchen im Indianerstil kaufen wollen. Er liebe seine Frau, seine Frau sei für ihn alles, an der Familie klebe all sein Herzblut. Bei den Glob-Schwestern im Schaufenster habe er vorhin das Jäckchen gesehen, setzte der Dicke nach und lächelte wie verzeihungsheischend, er habe aber nicht genügend Geld bei sich gehabt, momentan sei er nicht sehr solvent, sei er etwas illiquide. Er bleibe oft vor Schaufenstern stehen, da sehe er sich alles in Ruhe an, das treffe sich gut, das entlaste seine Herzkranzgefäße und komme seiner Krankheit sehr entgegen, intermittierende Schaufensterkrankheit heiße sie in der Schulmedizin. Seine Frau, sagte der Kugelige ernst, sei für ihn ein glatter Sechser im Lotto. Von dem, was er, der Dicke, gerade im Halbspaß gesagt habe, möge Hermann um Gotteswillen keinen weiteren Gebrauch machen. Rasch wurde der Dicke erneut fröhlicher und japste schon wieder ein bißchen. Hermann möge ihn nicht verraten, bat er, er dürfe ihn nicht verpfeifen.

Ein wenig spaßend, aber auch ernsthaft treuherzig bittend sah der Dicke Hermann inbrünstig in die Augen. Dann stürmisch trank er wieder Bier. Schon seit einiger Zeit war aus dem dunkleren Stubenhintergrund ein Sägen zu hören gewesen. Zuletzt war es immer zäher und regelmäßiger geworden. Endlich hatte Hermann Zeit, sich zu überzeugen. Er hatte recht vermutet. Die Großmutter war schon wieder weggeschlafen. Immer beharrlicher wurde ihr Sägen. Wahrscheinlich zur Gegenkontrolle zog Hubmeier linkerhand endlich seine Kettenuhr aus der Hosentasche und las an ihr die Zeit ab. Hermanns aufgeblähter praller Tischgast lächelte ermüdet vor sich hin, werweiß in allerlei Abenteurerträume weich versunken.

Das Sägen der Großmutter wurde noch dringlicher, fast schmerzhaft. Auch der Witwer beugte sich sorgend schon nach hinten. Hubmeier schien an einer Lösung zu überlegen. Da kam auch schon der Spitz zurück und nahm zu seinen Füßen Platz. Hermann tat es leid, daß er das Baby nicht mehr sehen konnte. Er verzettelte sich in mancherlei müßige Pläne. Zu der Mutter zu treten und sie zu fragen, ob er noch einmal in die Tasche hineinsehen dürfe, das traute er sich trotzdem nicht. Wie eine Kreissäge schnarchte die Großmutter. Hubmeier zögerte noch immer. Er sah nochmals nach der Uhr, wartete noch ein paar Sekunden ab, dann aber sorgte er für klare Verhältnisse. Er zog am blauen Kleidschurz der Großmutter so lange, bis sie wach und die Lage wieder soweit bereinigt war. Verwirrt und verdrossen schaute die Großmutter um sich. Hubmeier schmunzelte und flüsterte ihr schließlich etwas ins Ohr. Die Großmutter und Hubmeier standen gleichzeitig auf, der Wirt geleitete die Großmutter, sie am Rücken abstützend, hinter den Vorhang. Nach Hermanns Eindruck hatte Hubmeier der Großmutter empfohlen, sich notfalls eben jetzt schon zur Nachtruhe zurückzuziehen. Tatsächlich, allmählich war der Tag schon hingeschwunden. Auch der Dicke war zuletzt recht wortfaul geworden und schien saumselig zu dämmern. Hermann machte sich die Situation zunutze und stahl sich vorsichtig auf den Abort hinaus, dort auch ein bißchen zu verweilen.

Schon auf dem Abort war der Radau zu hören. In kürzester Zeit seit seiner Abwesenheit mußte es in der Stube zu Streit gekommen sein, zu großem Schreien und Gerangel. Im Zurückkommen unterschied Hermann auch zwei, drei Stimmen. Die sonst so fleischig weiche des Dicken war in toller Wut. Hubmeiers scharfer Quengelton rief einmal zäh darwider. Ein Trampeln, Tischerumpeln war zu hören, dann ein sehr fremdes ungefüges Lachen. Unter Herzklopfen öffnete Hermann die Stubentür. Der Dicke hatte seinen Platz verlassen und stand mit hochschwingendem Arm knapp schon vorm Büfett. Er lasse sich nicht länger demütigen, schrie er schimpfend und fuchtelte mit den beiden Armen. Hermann schlich durch die Tür und ließ sich nieder. Jetzt stand auch der Witwer auf und rief etwas nach hinten. Hubmeier hielt seinen Krückstock wehrhaft vor den Bauch, gerade dem Dicken zugereckt. Der Dicke tat drei Ausfallschritte auf den Wirt zu und wich dann doch wieder zurück. Jetzt waren auch zwei andere Männer aufgestanden und schauten gierig zu. Er lasse sich das nicht länger bieten, schrie der Dicke nochmals. Und warf zwei Zehnmarkscheine aufs Büfett, beide flatterten zu Boden. Der Mund des Dicken stand weit aufgerissen, immer ein paar Schritte vor und zurück rennend, drohte der Körper zu taumeln und zu fallen. Sein Tischgast, ahnte Hermann, war vollkommen rebellisch geworden, einem Nervenzusammenbruch vielleicht schon nahe. Jetzt griff die Hand links nach der Klinke. Hermann zog die Schultern ein. Des Dicken Stuhl flog um. Etwas derart Schäbiges, rief der Dicke wild und in Hast auf Hermann hin, sei für ihn als Lokal indiskutabel. Der Dicke ließ die Klinke los, schmiß den Leib nochmals auf Hubmeier zu und spuckte, freilich trocken, aus. Einen rostigen Nagel sollte man ihm, Hubmeier, ins Hirn hauen für seine Unverschämtheiten, für sein stadtbekanntes Biergemantsche. Hubmeiers Rechte hielt den Stock, die ausgestreckte Linke wies tapfer nach der Stubentür. Der Witwer rief Hubmeier zu, er solle die Polizei schnell rufen. Endlich hatte der Dicke die Tür jetzt aufgerissen, um sich aus ihr zu stürzen. Er reckte den Kopf noch einmal hoch, schien vollkommen entrückt. Im Zorn schon rasend schwang er den Leib ein letztesmal in Richtung Hubmeier herum und zurück, diesem zu fluchen und ihn zu verwünschen. Im nämlichen Augenblick schlüpfte der Spitz, ohne weiter nach dem Rasenden hochzusehen, durch dessen gespreizt gelagerte Flanellbeine hindurch gelassen in den Hausgang.

Die Beulenpest möge diese Wirtschaft heimholen, rief der Dicke, wild rundum schauend noch mit aller Kraft. Pfui, sage er, und dreimal Pfui!

Dann schmetterte die Türe zu.

Hermann war ein wenig kühl. Keine Minute später wurde ihm klar, daß der Rundtisch nicht mehr besetzt war. Die Mutter und ihr Baby waren weg. Und auch der Mann von heute vormittag.

Neugierig sah Hubmeier auf Hermann hin, vielleicht auch etwas schämig. Er wirkte schon wieder sehr ruhig, wenn auch noch verdrossen. Hubmeier zupfte an seinem Pullover und war dann eine Zeitlang auf der Suche nach einer günstigen Stellung für seine Beine. Immer wieder rutschte das linke ihm vom Schemel ab. So insgesamt gelassen Hubmeier noch vorhin des Dicken Angriff abgeschlagen hatte, erstmals glaubte ihn Hermann aber jetzt in einer gewissen Verlegenheit zu sehen. Endlich schob der Wirt den Schemel weg und schlug die Knöchel kreuzweis übereinander.

Hermann war, als sei schon der Abend herniedergesunken, rötlicher schimmerte das Holz der Wände. Eingeschüchtert kam sich Hermann vor, womöglich durch des Dicken harsch grußlosen Abgang. Ein sehr dürrer, magerer Mann trat in die Stube, legte seinen Hut über den Kleiderhaken und nahm seitlich von Hermann an der Wandbank Platz. Als wären sie miteinander verabredet, stieß ein anderer Mann, der sich bisher in der Nähe des Witwers aufgehalten hatte, postwendend zu ihm. Es war dies ein ganz langer Mann, jetzt erst sah es Hermann, als jener stand und sich gebeugt vorwärtsbewegte. Er trug eine kurze hellblaue Hose und sehr gelbe Socken. Soeben sei sie heimgegangen, die blöde Henne, rief er im Näherrücken noch dem Neuen zu und lachte. Das Lachen klang verhärmt und hilfsbedürftig. Aber er werde sie noch niedermachen, wie er es brauche, setzte der lange Mensch nach und rückte seinen Stuhl zurecht. Oft genug sei er ihr Depp gewesen, he, sprudelte der Lange hervor, als ob er schon gar zu lang zum Schweigen verurteilt gewesen sei. Jetzt aber, wenn es Hermann recht verstand, könne sie ihm nicht mehr hinterisch kommen und dumm dazwischenreden. Jetzt werde er abrechnen und es ihr heimzahlen, ohne weiteres.

Eine zierliche Wespe surrte ein paarmal um Hermanns Kopf, wie zur Prüfung oder Kontrolle. Dann flog sie über die beiden Männer rechts hinweg und fand den Weg durchs angelehnte Fenster. Hermann fühlte sich müde und zerbröselt, in seiner Not schaute er auf die beiden Männer hin. Der Magere war ein sehr bleicher Mann mit ungepflegtem Bart und spitz zulaufendem Kinn. Die Arme waren ihm sehr abgedürrt, mißtrauisch flackerte sein Auge, dann wieder warf er knauserige Blicke um sich. Er beließ seine schwarze Jacke an und hatte auch nicht sehr erfreut zur Kenntnis genommen, wie der Lange sich zu ihm setzte. Dem Langen hing allerlei angefeuchtetes Haar übers Gesicht. Es war gleichfalls nicht allzu fleischig, aber weniger düster und ausgezehrt als das des Dürren.

Genau auf Hubmeiers Pulloverknöpfen leuchteten späte Sonnenstrahlen. Über dem Kopf des Wirts wirbelte kleinster Staub wie Rauch im Licht. Hubmeier schob den Unterkiefer hin und wieder. Der Lange freute sich offenbar sehr, den Mageren zu sehen und sagte, gerade vorhin sei vielleicht was losgewesen. Das hätte der andere sehen sollen, da habe es vielleicht gekracht. Der Magere war anscheinend an den Mitteilungen des Langen nicht recht interessiert, aber schon kriegte er seine Flasche Bier herangeschafft, seitens von Frl. Anni, die sich wiedereingefunden hatte. Wahrscheinlich hatte er die Bestellung schon im Hausgang aufgegeben. Frl. Anni trat nun zu Hermann und bat um Verständnis, wenn sie ihn hiermit bitte, für heute hier auf sein Nachtmahl zu verzichten. Alles sei schon am Mittag restlos weggegangen, erst morgen früh komme von der Fleischbank wieder eine Lieferung.

Hermann nickte dankbar. Vom vielen Sitzen waren seine Glieder ihm recht steif geworden. Er freute sich auf einen weiteren Auslauf, um womöglich anderwärts zu speisen. Auch immer müder wurde er. Er bat um eine Kanne Tee mit Milch. Überschwänglich lächelnd sagte Frl. Anni diese sofort zu und eilte in den Hausgang. Genauestens hörte Hermann, wie sie die Tür zur Metzgerei aufschloß.

Innig schaute der Lange den Mageren an und stieß schon zum wiederholten Mal an dessen Bierglas seines. Der Magere schwieg hochmütig oder vielleicht mit anderweitigen Gedanken belastet, der Lange aber neigte sich noch näher zu ihm hin und berichtete beinahe schwärmerisch, schon Ende 1941 habe man kurz vor Moskau zurückweichen müssen. Da sei ihm klargeworden, daß der Krieg verloren, daß das der Anfang vom Ende gewesen sei. Der Lange wartete auf irgendeinen Beifall des Mageren. Als dieser nur seine Fingernägel beschaute und seinen Tischgesellen gar nicht ansah, fuhr sich der Lange durch das Haar und lachte schnaubend los, wenn auch ziemlich unsicher. Heute habe er ausgesorgt, fuhr der Lange schließlich fort. Er habe, was er brauche. Neulich habe er eine Omnibusfahrt durch die Alpen gemacht, im Frühjahr, kurz nach Ostern. Der Lange kicherte. Da denke man immer, daß die Alpen so krumm und hoch seien. Das stimme aber nicht. Ihm sei vielmehr aufgefallen, daß gerade die Alpen die ebensten und breitesten Täler hätten. Der Lange wischte mit beiden Handflächen über den Tisch. Da tue man sich mit dem Fußballspielen leicht. Ganz gerade, breite, flache Täler gebe es im Gebirge.

Der Lange meckerte. Der Dürre schwieg und sah an ihm vorbei. Nach Hermanns Einschätzung behandelte er den Langen schon sehr von oben herab. Unverzagt gleichwohl setzte der Lange heftig nach, kürzlich sei ihm zwar sein Ausweis verloren gegangen, zwischen Lohr und Berlin, aber das mache nichts. Bei Lohr habe es jede Menge Schlaglöcher. Lohr liege links vom Main, kurz vor dem Spessart. Wenn er, der Lange, mit dem Rad durchfahre und es werde ihm zu steil, dann steige er halt ab. Ob er, der Magere, nicht einmal mitkommen wolle, warb der Lange jetzt schon gierig. Im Spessart kenne er sich aus. Man trinke dann zusammen Most und mache echt Rabatz.

Des Langen Augen flehten, der Magere schwieg beharrlich. Hermann spürte, wie froh er war, daß er seinerseits nichts gefragt wurde. Ein Rumpeln war von der Gasse herein zu hören, sodann ein langwährendes Surren. Wahrscheinlich war ein Motorrad angelassen worden. Es kam Hermann so vor, als ob auch Hubmeier, der nun schon fast im Dunkeln saß, gleichfalls die Ohren spitzte. Falls der Blaue noch an seiner Ecke stand, bedachte Hermann beinahe unbefangen, würde er ihn übergehen, einfach an ihm als an etwas Unangebrachtem vorübergehen. So tun, als ob er ihn nicht kenne. Unabhängig davon spürte Hermann, wie sein Herz ihm dennoch klopfte. Wenn auch nicht stark. Sondern erträglich.

Die Straße über Tabernackel sei gesperrt, hörte Hermann rechterhand den Langen schon allzu schreiend rufen. Aber das sei völlig gleich. Denn die acht Kilometer Umweg über Altensittenbach und Alfalter, der Lange hob noch einmal die Stimme an und lachte, die setze er dann jederzeit gleich von der Steuer ab. Das sei ihm zugesichert worden. In Weiden zum Beispiel, berichtete der Lange weiter, sei neulich erst wieder einer in eine Wallfahrtsgruppe reingefahren und habe dreizehn Mann glatt wegrasiert. Ein Polizist sei tot, die anderen zwölf glatt wegrasiert. Der Lange lachte, aber eher gutartig. Als Frontkämpfer, er patschte sich gegen die Brust, wisse er jederzeit Bescheid.

Der Lange hustete und fragte den Mageren, was 1941 denn gewesen sei. Auf dem Bauch im Schnee sei er gelegen. Er rieb mit der geballten Faust quer über den ganzen Tisch. So sei man oft vorangerobbt. Das sei die größte Winterschlacht gewesen, die Winterschlacht vor Moskau 1941, he! Elf Jahre sei er im Soldatenberuf eingesetzt gewesen, zwei davon in Rußland. Heute wolle davon keiner mehr was wissen, rief der Lange ganz verzweifelt, heute stürben die Soldaten aus. Alte Soldaten seines Jahrgangs kenne man kaum mehr. Heute diene er, der Lange, beim Bereitschaftsdienst. Aber schon im November 1941 sei man im weißen Schnee in Rußland auf dem Bauch gelegen. Der Lange hauchte in seine Hände, lachte und schnalzte mit der Zunge. Jede Menge

Schnee, unwahrscheinlich Schnee gebe es in Rußland oft, he, he!

Kaum wunderte sich Hermann, daß der lange Mensch schon so bejahrt war, schon trat Hubmeier zu ihm, eine Kanne Tee mit sich führend, dazu eine Tasse, zwei Zuckerstückchen und zwei Schnitten Nußzopf. Der werde ihm guttun, sagte Hubmeier und deutete lächelnd und zuvorkommend auf den Kuchen und kam auch Hermanns fragendem Blick zuvor. Der Zopf, der sei noch übriggeblieben von der Geburtstagsfeier vor einer Woche, unterbreitete Hubmeier Hermann und klopfte ihm beschwichtigend auf seine Schulter. Sehr annehmlich sei das Wetter heute den ganzen Tag gewesen, faßte Hubmeier zusammen, schaute rasch zum Fenster hin und stieß mit dem Handballen, der zuletzt auf der Tischplatte aufgesessen hatte, den leicht gebeugten Rumpf schon wieder hoch und aufrecht. Eng waren die Beine des Wirts aneinandergefügt. Hubmeier dachte nach, dann wies der Zeigefinger Hermann nochmals auf den Zopf hin. Morgen, so lese man, hörte Hermann Hubmeiers Stimme über sich, werde es noch einmal genau so schön werden wie heute.

Mit dem größten Zartsinn, mit der allergrößten Anhänglichkeit und doch gleichzeitiger Festigkeit tätschelte Hubmeier Hermann nochmals an das Schulterblatt und dann am Oberarm. Hermann verstand dies als leisen Wink, er möge nun auch aufbrechen. Hubmeier wandte sich und drehte ab, Hermann saß etwas verlegen. Rechterhand der Lange mühte sich noch weiter ab und schraubte werbende Blicke in den Mageren. Doch der blieb einsilbig und kaum mitteilsam. Der Rundtisch war ganz unbesetzt. Hermann erhob sich, um zu gehen, da aber kam Frl. Anni schon wieder in die Stube gelaufen. Sie trippelte zu Hermann, ergriff seine Hand und legte etwas hinein. Hermann auf Geheiß von Frl. Anni öffnete die Hand. Eine Walnuß lag darin. Die solle er sich heute abend schmecken lassen, riet Frl. Anni fast frohlockend und lachte Hermann an, die möge er ihr nicht verschmähen. Der Wirt, Hubmeier, brauche ja nichts davon zu wissen, kicherte Frl. Anni innig und fast lausbübisch. Hermann bedankte sich, nickte mehr aus Versehen dem Langen und dem Mageren zu und trachtete, ins Freie zu gelangen. Der Lange sah zu Hermann hin. Ihn schien Hermanns Abgang plötzlich recht zu reuen. Doch nun war es zu spät für ihn. Hermann hatte längst die Tür geöffnet.

Im Hausgang roch es säuerlich, fast ja schon muffig. An der Tür spitzte Hermann erst nach links. Tatsächlich, an seiner Ecke stand bequem der Blaue. Er rauchte, bewegte den Mund und lächelte dann überaus gewiegt, ja süßlich hin auf eine blondlockige Frau in blauer Uniform. Auch eine blaue Kappe hatte die Frau auf, sie schien vergnügt und schabte die Beine aneinander. Rasch wurde Hermann einsichtig, daß es sich um eine Polizistin handelte, eine von denen, die sich um das Parken kümmerten. Kurzentschlossen und wie schon am Nachmittag wandte Hermann sich konträr nach rechts und bog gleich wieder in die breitere Straße ein. Hermann lachte sich ein bißchen aus. Immerhin war er dem Widersacher abermals entschlüpft. Leichtsinnig lief er sogar nochmals ein Stückchen zurück und gab sich aus der ziemlich sicheren Entfernung dem Blauen zu erkennen. Taghell war es noch immer. Aus Hubmeiers gelbem Haus drang grauer Rauch, aus einem Schornstein. Von hier aus, aus der

Ferne, schrumpfte der Blaue, zwickte Hermann nur die Augen leicht zusammen, zu einer kreisrund großen Niveadose. Er hantierte mit etwas Länglichem in seiner Hand, gewiß war es der Meterstab. Doch schwangen kleine blaue Seitenarme gleichzeitig immerzu auf die Polizistin hin. Hermann vermeinte zu hören, daß die beiden wie in Heimlichkeiten lachten.

Der Himmel stand noch immer blau, ganz hell- und himmelblau. Hermann schwenkte um drei Ecken und fand wiederum den Fluß. Gelbe Schmetterlinge flogen am Uferweg entlang. Das Kätzchen war nicht mehr da. Hermanns Freude hielt auch an, als ihn am Herzen wieder ein Züngeln und ein Schmerz ankam. Wie das zuckte, wie das pickte. Dann wurde es wieder weniger.

Auf einem Parkplatz in einem Hinterhof spielten zwei hübsche Eheleute Federball. Beide trugen Trainingshosen. Sie eine rote, er eine blaue, mit schönen weißen Seitenborten. Unbeabsichtigt geriet Hermann nun wieder an die gefährdete Hubmeiersche Straßenecke. Hermann erschrak kräftig, stellte aber fest, daß der Blaue plötzlich weg war. Gewiß war er zum Abendessen untergetaucht. Dafür aber, zwei Meter vor der Ecke, in einem maisgelben und sehr breiten Kombiwagen, erspähte Hermann auf einmal Hubmeiers sehr blasses Bleichgesicht. Die Sonne war nicht mehr zu sehen. Hubmeiers Krückstock lag gegen die Kühlerhaube gelehnt. Hubmeier sah ihn, Hermann, nicht. Es sah so aus, als ob der Wirt sich von der ordnungsgemäßen Verfassung dieses Autos oder jedenfalls seines Armaturenteils vorm Schlafengehen noch überzeugen wolle. Magsein wollte er auch nur für eine Viertelstunde anders sitzen. Einen Druck im Kopf verspürte Hermann. Hubmeiers Haupt war käsebleich.

Doch schaute es beruhigt drein, wenn auch an Hermann glatt vorbei. Jetzt wußte Hermann es. Er fühlte sich durch Hubmeier an einen Onkel in Mürzzuschlag erinnert, welcher einmal ein Gelübde geleistet hatte. Hermann entsann sich dessen Inhalt nicht, aber Hubmeier sah gerade so aus. Nur noch bleicher, noch achtbarer und noch hochgesinnter. Vorsichtig machte sich Hermann, zum Teil rückwärts gehend, nach hinten um die nächste Ecke.

Schwalben schwirrten über dem Fluß. Die Innenstadt war beinahe leergefegt. Es mußte auf halb acht zu gehen, Hermann hatte einen kürzlichen Kirchuhrschlag im Ohr. Ohne weitere Anfechtungen studierte er an einem Kino bunte Photos und vertiefte sich gleich darauf in den hölzernen, mit Glas verschlossenen Ankündigungskasten eines Sportvereins. Zu lesen stand, daß das Spiel des Eisenbahnersportclubs DJK gegen die SpVgg Hersbruck direkt bevorstand. Es beginne um 17 Uhr, vorher aber seien noch die beiden Damenmannschaften gegeneinander aufgeboten. Die Aufstellung der DJK-Damen studierte Hermann sehr genau. Aus irgendeinem Grund kam sie ihm sehr vertraut vor. Sie war mit Hand geschrieben und mit Tesafilm in den Kasten geklebt und lautete: ›Strobl II – Fiesler – Zistl Barbara – Fruth – Wellington – Vierzig – Rußwurm – Spitzl Thea – Meßmann – Strobl I – Todorowicz – Strobl III. Ersatz: Duda – Lineker – Strobl IV. Trainer: Eugen Kederer sen.; Spartenleiter: Sittner Hermann‹.

An irgend etwas erinnerte ihn diese Aufstellung, Hermann kam nicht drauf, an was. Hermann ging weiter, gemächlich setzte er ein Bein vor das andere. Es fächelte jetzt ein sanftes Lüftchen, die Luft war freilich noch brutheiß. Hermann streifte durch ein Stadttor mit zwei runden Türmen. Bald merkte er, daß er in die Vorstadt geraten war, etwas hinterhalb begann auch schon das freie Feld. Unter einer kleinen Brücke hindurch floß geradeaus ein schmaler Bach, ganz ordentlich plätscherte er dahin. Auf einmal sah Hermann das Tier wieder schwimmen. Das Tier, das sicher eine Bisamratte war. Hermann lehnte sich auf das Steggeländer, das Tier schwamm direkt auf ihn zu. Emsig schwamm es geradeaus, da aber sah es Hermann stehen. Sofort tauchte es unter, tauchte wieder auf und verschwand blitzeilig in einem Eisenrohr, das halb nur aus dem Wasser schaute. Das Rohr lag halb unter einer Schmutzanschwemmung aus Algen, Gras und Dreck verborgen, das Tier schien wohlvertraut mit ihm.

Hermann, noch rastend, vertiefte sich in einen dicken schwarzen runden Käfer, der ihm durch die Beine kroch. Zur nämlichen Zeit und etwas benommen bedachte er, ob der Ratz in kurzer Zeit so weit geschwommen war, daß er vom Fluß in diesen Bach gelangen konnte. Denn zu Fuß konnte er die Stadt ja kaum unbelästigt durchquert haben, diese Absicht hätten schon der böse Blaue und seine Bekannte, die Polizistin, sicherlich durchkreuzt. Das Tier dingfest gemacht hätten sie beide. Hermann lehnte sich übers Geländer. Am Horizont, unterhalb der schon tiefen Sonne, war ein merkwürdiges Anwesen zu erkennen, es mochte wohl ein Friedhof sein. Linkerhand zu seiner Seite erkannte Hermann Schafe, wohl an die zweihundert Schafe oder mehr. Dazu zwei schwarze Hunde. Ein Schäfer war doch nicht zu sehen. Nun war das Muhen einer Kuh zu hören, leicht waren es auch drei. Als Hermann neu belebt sich wandte, ersah er auch den Gasthof. Erbaulich hinter zwei schönen Linden gab es die Gastwirtschaft Nübler. Die Linden auf dem Vorplatz dufteten sehr süß. Hier, beschloß Hermann, wollte er sein Abendbrot nehmen, wenn es irgend ginge.

Zwei knusprige Bratwürste bekam Hermann hingestellt mit Sauerkraut, dazu ein Brot und Schwippschwapplimo. Kaum war das erledigt, auf einmal ging die Türe auf, und herein sprangen, hüpften, schwärmten in kürzester Zeit ungefähr acht kleine Mädchen. Sogleich verteilten sie sich auf drei Tische, ein mit ihnen gekommener lockig angegrauter Mann händigte ihnen vier Bretter und entsprechende Figuren aus, und schon begannen die Mädchen Schach zu spielen. Hermann sah verstohlen, dann, sich lang machend, etwas freier zu. Wie vor unterdrückter Spielwut schon fast berstend, legten die Mädchen los und hatten in Sekunden schon fünf oder acht Züge absolviert. Sie mochten sieben oder auch elf Jahre alt sein. Das Kleinste hatte sogar seinen Teddybären mit angeschleppt, einen Eisbären, es hielt ihn auch noch in den Arm geklemmt, als es seinen Springer angriffslustig sofort von f6 nach g4 galoppieren ließ. Ein anderes Kind hatte seine Puppe dabei, diese aber neben sich auf die Bank gelegt, ihrer im Spieleifer dann glatt vergessend. Hermann kam sich in all dem Getümmel etwas verloren vor, dennoch wurde ihm sehr warm ums Herz und lustig. Um dem Spielgeschehen besser folgen zu können, streckte er die Schultern und bog den Kopf zur Seite. Der graugewellte Begleiter der Mädchen merkte es wohl und lachte Hermann zu, als ob er auch sehr stolz auf alles dieses sei.

Nur zum kleineren Teil saßen die Kinder ruhig, die mehreren wetzten hin und her auf ihrer Sitzbank und fuhren sich wieselnd in die Haare, wie wenn sie es vor Aufregung nun bald nicht länger aushielten. Einige hatten die blonden oder braunen Köpfchen fest zwischen beide Arme gepfercht, ein schon etwas größeres Mädchen mit einem schwarzen Pferdeschwanz kniete zuerst mit dem einen, gleich darauf mit dem anderen Bein auf der Sitzbank, endlich auch mit beiden. Beinahe sich ringelnd krümmte es sich über das Schachbrett, so daß der Kopf in Leidenschaft schon mit dem der Gegnerin zusammenstieß. Um besser denken zu können, steckte es sich den Mittelfinger in den offenen Mund und preßte ihn gegen die unteren Zähne. Dann aber, nach einem offenbar übereilten und unbedachten Zug, biß es sich vor Gram und Ärger in diesen Finger und schlug mit der Hand gleich in die Luft, die andere war zur Faust geballt. Das Kind rief nach dem grauen Mann und wollte anscheinend den Zug zurückgenommen wissen. Der Mann lachte vergnügt und schüttelte den Kopf.

Blonde, fast quittengelbe Haare hatte ein anderes der Mädchen. Über den schönen und aber bräunlichen Wimpern war ihm ein Kranz mit weißen und roten Papierrosen um die Stirn gewunden. Ruhig und konzentriert saß es übers Brett gebeugt und hielt die Hände vor die Brust. Es zog langsam und bedächtig. Jedesmal, bevor das Mädchen zog, überflog ihr rasch huschender Blick zur Sicherheit das ganze Regiment noch mal. Es hatte, erst jetzt bemerkte Hermann es, zum Spiel auch seinen kleinen rotkarierten Rucksack auf der Schulter behalten. Auf dessen Seitenfach war eine handgezeichnete Ente aufgeklebt. Mit einem Mal verzweifelt rieb sich dies Mädchen mit den Fingerknöcheln beide Wangen. Es war sogar aus der Entfernung klar zu sehen, daß die Stellung nicht mehr zu halten war, trotz untadelig erfolgter großer Rochade. Mit der weißen Dame spazierte die Gegnerin, ein recht braunes Mädchen mit kurzem Fransenhaar, ohne Mühe durch die ganze Abwehr. Mutwillig, indessen die Quittengelbe mit der rechten an allen fünf Fingern der linken Hand zog, schien das braune Mädchen aber nicht gleich mattsetzen, sondern erst einmal alle feindlichen Figuren rauben zu wollen. Das war ihm das Allerschönste. Unwillkürlich wippte unentwegt der Kopf und immer schneller.

Zur weiteren Erläuterung gesellte sich nun der graue Mann im Vorübergehen an Hermanns Tisch und gab sich als Trainer des Gärmershofer Schachclubs zu erkennen. Am Sonntag gelte es, gegen die schon berühmten Gegnerinnen aus Ammerthal zu bestehen. Es geschehe dies ferner alles im Rahmen einer großen Sommerschach-Rallye, die sich von Ammerthal über Viehberg, Kotzheim und Götzendorf bis hierher nach Gärmershof erstrecke. Gegen Ammerthal, der Graue stöhnte spaßhaft, werde es natürlich schwer. Zumal die Mädchen vor lauter Erregung immer nur angreifen wollten und kaum zur Abwehr oder zur Rochade zu bewegen seien.

Einige der Kinder hatten das Spiel schon beendet, wer fertig war, bekam jetzt einen großen Eisbecher, mit schneeweißer Sahne drauf. Am vierten Tisch das quittengelbe Mädchen gab noch immer nicht auf. Mit dem alleinigen König rannte es vor der feindlichen Dame und deren Läuferpaar davon, immer wieder fand es einen Schlupfwinkel und rammte dann die Fäustchen in die heißen Backen. Er sei der Gemeinderat Leberfinger, unterrichtete der Trainer Hermann, und habe als solcher auch ein Mädchen dabei, das im Musikalischen noch viel weiter entwickelt sei als im Schachspiel, wo es aber auch brilliere. Leberfinger winkte das kleinste der Kinder zu sich, sofort kam es angehüpft und setzte sich in Neugier neben Hermann auf die Bank. Es hatte eine Ponyfrisur, die Haare waren blond teils, teils auch bräunlich. Es trug ein schneeweißes Kleidchen mit einem himmelblauen Gürtel. Um den Hals mit den kleinen Sommersprossen war ihm zugleich ein rotweiß gepunktetes Ziertüchlein geschlungen. Auf Anordnung des Trainers berichtete das Mädchen keck und ohne Umstände, es sei jetzt genau sechs Jahre alt und es beherrsche aus der Oper zwei Rollen komplett schon auswendig, den Papageno und die Königin der Nacht. Was er, Hermann, lieber hören möge, frug es eifrig. Hermann war beinahe, als habe er das Kind heute schon und anderswo gesehen. Sogleich aber verwarf er die Erinnerung als gewiß nur trügerisch und wünschte sich die Königin der Nacht. Die anderen Schachspielerinnen waren teils auf die Straße, teils die Kellertreppe der Gastwirtschaft hinuntergelaufen, das Mädchen mit dem Ponyhaar aber verschränkte jetzt sehr ernst die Arme und begann zu singen. Hermann muckte sich nicht, der Trainer schmunzelte verhalten. Es waren einige Hermann sehr erstaunende Melodien und schwindelerregende Kurven, die das Mädchen glockig und ein bißchen hastig sang. Hermann verstand genau: Der Hölle Rache koche in seinem Herzen, sang das Mädchen, denn eine Tochter fehle ihr, haha! Ha-ha-hahahahaha-ha!

Fortan schmunzelte der Trainer und klatschte auch kurz Beifall. Es heiße übrigens Natascha, sagte das Mädchen stolz und aber auch wie um es hinter sich zu bringen. Aber nun sollten, befahl es flink, Hermann und der Trainer raten, warum es sich so freue. Hermann und der

Trainer brachten es nicht heraus. Weil es nämlich heute nacht bei der Oma und beim Opa schlafe, erklärte Natascha, hopste hoch und sprang armeschlenkernd weg nach draußen zu den anderen.

Ein schon unverständlich großer Mond hob sich soeben ab vom Horizont, als Hermann wiederum ins Freie trat, ein riesiger Orangenmond und völlig kugelrund. Zügig kletterte er empor, im Klettern ward er etwas kleiner. Hermann orientierte sich in die Stadt zurück. Vollkommen windstill war es abermals geworden. Der Himmel stand noch immer blau, trug aber nach unten zu einen teils bräunlichen, teils schwefelgelben Streifen quer. Kurze Zeit später war der Streifen verschwunden, der Mond wieder etwas höher geklettert und nochmals schmächtiger geworden, so wie Hermann ihn sonst kannte. Hermann schätzte die Zeit auf wohl neun Uhr. Hinter einem Holzzaun, in einem Gemüsegarten, in den letzten Sonnenstrahlen war ein Igel zu erkennen. Mit bedächtigem Behagen lief er voran, verweilte sich und horchte auf. Gleich drauf sputete er sich, um in den Busch nach hinten zu gelangen. Bohnen nickten Hermann zu. Wohl im Westen schwand hinter rötlich angehauchtem Wald das letzte Scheibenstück der Sonne, schon hoch droben schwebte rund der Mond und prächtig. Ein paar Stauden und Sträucher nach Osten zu sahen traulich aus wie Scherenschnitte, vor des Abends schöner Röte. Traurig stimmte Hermann das Dunkelgrün des Klees. Hermann las einen großen dicken Heuhüpfer von der Straße auf und setzte ihn in die Weggrasböschung. Fern war ein Martinshorn zu hören. Schon verhallte es auch wieder.

Leise Furcht vor dem Blauen beschwerte wieder Hermanns Herz, versetzte seinem Kopf einen Dämpfer oder

Nasenstüber. Der Kopf zerbrach sich, wie es gelänge, daß der Blaue nochmals zu umgehen sei. Kopflos schüttelte Hermann seinen Kopf. Gewissenhaft setzte er seinen Weg doch fort.

Am Abendhimmel die vielen kleinen Wolkenknäuel bildeten einen breiten Haufen. Teils waren die Knäuel weiß und golden, teils rußig blau, teils beides. Auf der Bank am Fluß wollte Hermann rasten und noch etwas zuwarten. Der Platz war schon besetzt. Es war nach Hermanns Dafürhalten eine Türkenfrau. Breit und nudeldick, doch zugleich sparsam kauernd, hockte sie auf der Bank. Ihr eingegipstes Bein hatte die Frau locker auf die Bank gelegt, das andere saß auf dem Grase auf. Ein violettes Tuch lag auf dem Kopf der Frau. Zu ihrer Sicherheit hatte sie eine Strickweste an. Die Frau sah lange in den Fluß, nun rieb sie sich die weiche Wange. Sie schien trotz ihres bösen Beins ganz unbeschwert und unverstockt. Und ihre Zuversicht bewahrend. Sie war, soweit zu sehen, gewiß mit allem einverstanden.

Um die Ecke spähend, sah Hermann schon die Zigarette funkeln. Wie ein Leuchtkäfer, wie ein Glühwurm funkelte, glitzerte sie im fortgeschrittenen Dunkel. Die Umrisse des blauen Manns hingegen waren schwer erkennbar. Ein Motorrad brummte aus der Gasse. Sein Lichtschweif fiel auf das Profil des Mannes. Er war es, er, der Blaue. Es war ein besonders boshaftes und ränkevolles Lächeln, das der blaue Mann versandte, gleißend bald vor Niedertracht. Dann war es wieder finster. Und nur die Glutspitze zu sehen.

Hermann zerbrach sich nicht länger den Kopf, er umkreiste über den Umweg des Gassenvierecks wiederum seinen Feind und hatte schon Hubmeiers Haustür erreicht. Das gelbe Haus stand hoch und prächtig. Heruntergelassen waren schon seine Rolläden. Hinter dem Dunkel der Fensterlöcher war gleichwohl winziger Lärm vernehmlich. Hermann wollte in die Haustür schlüpfen. Die Haustür war verriegelt. Kaum hatte Hermann gegen die Tür geklopft und auch geruckelt, schon ging im Flur das Licht an. Hinterm Milchglasguckfenster tauchte im Nu Frl. Annis weißes Schurzkleid auf. Frl. Anni schob den Riegel vor und tat sogleich die Türe auf. Hermann eilte sich, hineinzugleiten. Frl. Anni rieb sich müde die Augen, freute sich aber dann sehr, daß Hermann schon wieder wohlbehalten hier sei. Nein, einen Hausschlüssel, belehrte sie ihn nochmals, den brauche es hier wirklich nicht. Sie, Frl. Anni, sei ja immerzu bis zwei Uhr morgens auf, auch wenn keine Gäste mehr zu erwarten seien. Zwischen zehn und zwölf Uhr, erklärte Frl. Anni, könne sie freilich die Augen nicht mehr offenhalten, da schlafe sie in der Gaststube das Nötige vor. Dann halte sie leicht durch bis weit nach Mitternacht.

Kaum hatte Frl. Anni ihren Riegel wieder vorgeschoben, da pochte es schon wieder. Frl. Anni, den Riegel wieder einholend, öffnete sogleich. Es war ein Hermann unbekannter Mann. Er gab an, daß er noch Bier abholen wollte. Etwas verloren stand Hermann im Hausgang nahebei, als Frl. Anni zwei Halbliterflaschen Starkbier in die von dem Mann eigens mitgebrachte Emailmilchkanne fließen ließ. Der Gast brauchte nicht mal zu bezahlen. Aus dem Hinterhof heraus war der Spitz hinzugeeilt. Er überzeugte sich, daß alles seine Ordnung habe, und wedelte mit dem Schwanz dazu. Verständig drückte er mit seiner Nase sodann eine nur leicht angelehnte Türe auf.

Sie war als Tür kaum zu erkennen und Hermann vorher noch nicht aufgefallen.

Hubmeiers zarte Augenbrauen hoben sich freundlich und freudig, als Hermann wieder in die Stube trat, noch etwas zu verweilen, vor dem Schlafengehen. Der Fernseher auf dem mittleren Tisch war wieder da und aufgedreht. Hubmeier, der davor saß, schenkte ihm gründlich seine Aufmerksamkeit. Bei ihm saß die Großmutter, die sicherlich wieder aus dem Bett geholt worden war. Verschüchtert stand Hermann hinter beiden. Ein Leichtathletik-Zehnkampf war zu sehen, vielleicht auch eine Weltmeisterschaft. Hubmeier trug bereits Filzpantoffeln und sah gebannt dem Hochsprung zu. Die Großmutter schaute gleichfalls fest mit zu, überließ sich wohl aber doch mehr ihren eigenen Gedanken. Der Kopf sank ihr erleichtert immer tiefer. Hermann setzte sich an seinen alten Platz.

Die Kirchuhr schlug jetzt oftmals. Viel sprach dafür, daß es schon zehn Uhr war. Noch ein Mann schaute in den Fernseher, er saß am Rundtisch etwas weiter abseits. Über dem Büfett hatte man eine flache Lampe eingeschaltet. Die Stube war recht dunkel. Derweil Hubmeier gewissenhaft und mit großem Beharrungsvermögen in den Kasten schaute, war auch der Mann vom Rundtisch mit seinen Gedanken gewiß woanders. Hermann ging es ebenso. Der Hermann Fremde starrte böse, zerklüftet, zerrüttet fast schon vor sich hin. Er schob das Kinn vor und zurück. Ein leeres Teeglas stand bei ihm.

Hermann vermißte nichts. Im großen und ganzen hatte er seine Sache ordentlich gemacht und sich heute wenig vorzuwerfen, auch hinsichtlich des blauen Eckenmanns. Gleichwohl war ihm recht beklommen. Hermann beruhigte sich bei dem Gedanken, daß er ja morgen früh schon weiter ziehe, wenn nichts Böses mehr dazwischen käme. Hubmeier lachte zart. Beim Einlauf der Langstreckenläufer war es, dem Geschrei des Sprechers nach zu urteilen, zu einem Gerangel und dann zu allerlei Stürzen gekommen. Plötzlich sah Hermann jetzt Frl. Anni. Ihr Kopf lag mit dem Gesicht nach unten auf der Tischplatte. Es war ein Tischchen hinter dem Kanonenofen, das bisher dort noch nicht gestanden hatte. Frl. Annis Kopf lag schlafend auf der Platte hingestreckt, allein durch das ineinander verschränkte Armpaar etwas abgestützt und abgepolstert. Weich schnaufend hob und senkte sich der Rücken. Keinen Laut gab Frl. Anni von sich. Hingestreckt war sie am Schlafen.

Der Gast am Rundtisch glotzte sparsam und verbittert. Alsbald gähnte er. Hubmeiers düster sorgliches Gesicht, es war von der Seite her sehr scharf geschnitten. Von vorn, wendete der Besitzer den Kopf, wollte es trotz der starken Furchen sehr ins Weiche schon zerfließen. Nun gleichfalls nach dem Hochsprung richtete Hermann sein Augenmerk, leise fragte er den Wirt nach den betreffenden Kämpfern. Hubmeiers eingesunkenes Augenlid rollte nach oben, zugleich stand der Wirt auf und nahm, ihm das bewegte Bild belassend, dem Fernsehkasten schon die Stimme weg. Die Großmutter raffte sich sogleich auch hoch und watschelte nach hinten zu Frl. Anni. Der späte Gast bewegte pfeifend seine Lippen. Hubmeier humpelte nach kurzer Bedenkzeit gleichfalls nach hinterhalb, versicherte sich der Anwesenheit Frl. Annis und schaltete sodann, vielleicht um die belastende Stimmung etwas aufzulockern, noch eine zweite Lampe über dem Musikapparat ein. Geschwind begab er sich nun an Hermanns Tisch, dort auf einem Stuhle Platz zu nehmen. Hubmeier räusperte sich dreimal und sprach Hermann seine Entschuldigung aus wegen der Vorkommnisse und wegen des Verdrusses von heute nachmittag. Der Wirt bat insbesondere um geduldige Nachsicht hinsichtlich des drallen Gasts und seiner Randaliereien. Verhaßt seien ihm, Hubmeier, diese, und man werde ihnen künftig wahrscheinlich einen Riegel vorschieben müssen durch ein unverbrüchliches oder zumindest befristetes Lokalverbot. Belästigungen durch diesen Dicken seien jeden zweiten Tag an der Tagesordnung, es sei dies ein fast immer unleidlicher Gast, ein wenig ehrbarer Mann, dem jede Schlechtigkeit auch zuzutrauen sei, bis hin zur Verleumdung bei der Polizei, wegen der Einhaltung der Sperrstunde. Das wolle er, Hubmeier, ihm, Hermann, nicht verhehlen.

Im Schlaf schlug Frl. Annis linker Arm schonungsbedürftig nach einer Biene oder einem anderen Ungeziefer aus. Der Mann, fuhr Hubmeier sehr schmerzlich berührt fort und ließ die auf dem Tisch aufliegende Hand zu der von Hermann wandern, dieser dicke Mann sei hier seit Jahren nur gnadenhalber noch geduldet und gelitten. Er, Hermann, Hubmeier hob besonnen warnend den Zeigefinger seiner anderen Hand, solle sich dem Dicken gegenüber in acht nehmen und sich nichts vergeben. Auch wenn der Mann nicht einmal leicht zu entfernen sei. So lästig seine Art, so minderwertig sein Charakter, so trinke er doch Bier genug. Für einen Wirt werde es heutzutage immer schwerer.

Hubmeier und Hermann schwiegen. Im Fernsehkasten war nun wahrscheinlich ein Mittelstreckenlauf zu sehen. Falls aber er, Hermann, setzte Hubmeier nach und zog die Hand vom Tisch zurück, heute noch einmal weggehe und etwas ausschreite, dann sei das immerhin und ohne weiteres möglich. Man bleibe hier für ihn verfügbar. Hubmeier stemmte sich an seinem Stecken hoch und wies in Richtung Hausflur. Er, Hermann, brauche nur den Türriegel vorzuschieben und dann die Tür zuzumachen. Wenn sie, Frl. Anni, Hubmeier nickte mit dem Kopf auf seine schlafende Frau hin, aufwache, schiebe sie ihrerseits den Riegel wieder retour. Sobald er, Hermann, aber dann wieder heimkehre, so brauche er nur abermals zu pochen.

All das sei gewährleistet.

Von Hubmeiers schmeichelnden Blicken umsponnen wie von seiner Umsicht überrumpelt, machte Hermann wiederum sich auf, den Wirt nicht zu enttäuschen, ihm nicht zu widersprechen. Feinfühlig nickte der ihm nach und stellte den Fernseher sogleich wieder laut. Im Flur stand ein vollgepackter, gut verschnürter roter Rucksack, daneben lag verkehrtherum gestülpt ein blauer Kindersocken. Hermann entriegelte die Tür und lugte gleich nach links. Der Blaue war vom Eck verschwunden. Leis schloß die Türe Hermann hinter sich. Wie weggeblasen war der Blaue. Im Hausgang hörte man eilige Schritte, schon hatten sie die Tür erreicht. Durch das matt erleuchtete Milchglasfenster erkannte Hermann die Umrisse von Frl. Anni. Hermann hörte, wie Frl. Anni etwas murmelte, wie sodann der Riegel kraftvoll wieder vorgeschoben wurde. Dann trappelten die Schritte wieder alsgleich weg.

Unter allen Umständen galt es den Blauen zu meiden, jetzt in der Nacht, wo er, Hermann, ihm ja erst recht weit unterlegen war. Um alle Zweifel auszuräumen, blieb Hermann noch unter der Haustür stehen. Bedachtsam lauschte er nach links und spähte. Ob ihm im Stockfinstern einer auflauere. Hermann verharrte zehn Minuten. Der Blaue blieb verschollen. Hermann wagte sich hervor zur Ecke. Schaute nach links, in die hohe schmale Gasse. Der Blaue, er war zu Bett gegangen.

Der Mond stand hoch im Himmel. Er war noch etwas geschrumpft und auch nicht mehr so orangen wie ein Feuerball. Sondern nur sehr rund und hell und wohlvertraut. Dazu roch es sehr schön und süß. Obschon er keinen entsprechenden Strauch sah, meinte Hermann zu wissen, daß es sich hier um Jasmin wohl handeln mußte. Er wunderte sich ein Weilchen, denn nach seinem Dafürhalten duftete Jasmin im Mai oder Juni, und jetzt war wohl schon Ende Juli. Hermann erwischte sich bei dem Gedanken, daß ihm die kleine Schachspielerin im weißen Kleid schon sehr gefallen hätte. Er schämte sich ein bißchen. Da war er auch schon bei der Brücke angelangt.

Es war eine der drei oder vier Holzstege, welche in dieser Stadt das Flüßchen überquerten. So viel wußte Hermann längst. Die Brücke besaß ein Giebeldach aus Holz und Schindeln. Beidseits an den Enden gab es Treppen. Der Himmel war jetzt blau wie dunkle Tinte. Dieser gemeine Blaue an der Ecke, das wußte Hermann ganz gewiß, er war wie ein Geschwür, wie eine Wunde. Für heute war er, Hermann, ihm entronnen und enthoben. Hermann verweilte in der Mitte der Brücke und lehnte sich unverfänglich ans Geländer. Der Fluß rann sprudlig auf die schwere, hohe Kirche zu, die fast im Dunkeln ragte. Bis zur Brücke zog der Fluß ganz still und lautlos hin. Von der Brücke ab, in die Richtung, nach der Hermann schaute, plätscherte und murmelte er ganz munter und fidel. Wahrscheinlich war er da viel flacher. Und scheint's von Steinbröckchen belebt.

Beidseits die Uferwege kannte Hermann schon. Sie waren mit je drei Lampen gesäumt, ihr weißes Licht streute sich sprenkelnd über die winzigen Strudel hin. Die Uhr der großen Kirche schlug viermal, dann noch elfmal. Wenn man ein Auge zuzwickte, erkannte Hermann bald, wurde das Lampenlicht viel kleiner. Senkte man zudem noch den Kopf, verschwand das Licht schon gänzlich. Der Fluß plätscherte gleichwohl fort.

Gern hätte Hermann gesehen, wie die kleine Schachspielerin schon bei den Großeltern schlief. Lieber noch wäre er jetzt auf dem Fluß gefahren, auf einem Kahn, der Donau zu, vielleicht nach Linz, nach Wien dann weiter. Sanft verhalten stand der Mond, glitt kaum merklich nur dahin. Hermann, schon wieder ein bißchen ermüdet, lehnte sich weiter übers Geländer hin, legte die beiden Arme auf. Weiße Blumen waren in den Kästen, ihr Name fiel Hermann noch nicht ein. Fünfzehn oder zwanzig Meter flußabwärts, erst jetzt und deutlich ersah Hermann es, hockte ein Entenpaar. Es saß am Uferrand in einer Ausbuchtung, nahe dem nächsten Brückensteg. Anscheinend schon schlafend saßen die beiden ganz ruhig und traulich nebeneinander. Köpfe waren nicht zu sehen, gewiß ja steckten sie in den Federn.

Der Fluß plätscherte ruhig und doch munter. Schwiegen die näheren oder ferneren Motorengeräusche, dann schien der Fluß in aller Stille auch zu rauschen. Dann wieder war's ein Murmelplätschern. Vom Kirchturm schlug es Viertel nach elf. Im nämlichen Augenblick verspürte Hermann, wie etwas gegen seine Wade rieb. Gegen sein Wadenbein rieb und wetzte, sehr dringlich und fast kitzelnd. Hermann fürchtete sich ein bißchen und erschrak. Das Wetzen doch ging weiter. Ein Reiben und ein Schmiegen. Hermann wandte sich und sah der Ursache nach. Ungeachtet des nur bleichen Lichts erkannte Hermann es sogleich. Es war das weizengelbe Kätzchen.

Es war eine richtig große, sehr mollige und kräftige Katze. Nur vorübergehend sah sie Hermann in die Augen und gab keinen Mucks von sich. Dann aber rieb ihre rechte Flanke schon wieder gegen das Hosenbein, der ganze Körper aber machte dazu einen wohlig fließenden Buckel. Mattes Licht fiel der Katze auf das Fell, das Fell war genau so orangengelb, wie der Mond beim Aufstieg heute war. Für Hermanns Ohren plantschte und plätscherte der Fluß noch silbriger, schon wieder preßte, schmiegte sich das Tier. Seinen ganzen weich geschmeidigen Leib wand und schlängelte es, dazu abermals einen biegsamen Buckel bildend, um das linke Wadenbein herum, jetzt stieß der Mund auch einen schmalen Laut aus. Abwartend schaute die Katze dann, einen Schritt zur Seite weichend, von Hermann weg nach Westen. Hermann ging in die Knie und kraulte ihr vorsichtig zart die Brust. Das gelbe Fell durchschimmerten kaum sichtbar helle Streifen, an Kopf und Brust hatte die Katze weißlich bleiche Flecken. Das Kraulen schien ihr auch wohl zu behagen. Sie hielt ganz still und schnurrte. Und reckte steiler hoch den Schweif. Auf lautlosen Pfoten drehte sie zu Hermann um, rieb innig wieder gegen das Bein, jetzt auch mit dem dicken gelben Kopf, und ließ sich dazu gerne kraulen. Durchs Kraulen wohlgestimmt, rieb sie nur noch fester.

Nicht ohne Bekümmerung bedachte Hermann, daß er

das Tier ja morgen schon wiederum verlassen mußte, um es werweiß nie mehr zu sehen. Der Fluß plätscherte traurig, unbekümmert aber hatte die Katze sich inzwischen auf den Rücken gelegt. Ein Fieplaut forderte Hermann auf zu neuem Kraulen. Hermann begriff. Wieder in die Knie gehend, kniffelte und knetete er wie gewünscht der Katze Bauch, ihr dickes, warmes, weiches Fell. Wohlgeformt geschmeidig ließ sie das schnurrend sich gefallen. Rotblond und weizengolden wälzelte sie sich schmeichelnd brav vor Hermann und schaute ihm dabei zuweilen sogar in die Augen, zum Zeichen ihrer vorübergehenden Ergebenheit. Gleich kam auch der Fieplaut wieder.

Im Hintergrund ein Motorrad brüllte auf und quietschte. Sofort sprang das Kätzchen auf die Beine. Es überlegte eine kleine Weile, dann, als nichts weiter geschah, rieb es wieder gegen das Hosenbein, fast schon mit hoheitlicher Huld, kaum noch zum Vergnügen. Die Katze wirkte auf einmal etwas gedankenabwesend. Plötzlich, vielleicht hatte sie ein Geräusch im Ufergras gehört, nahm sie Reißaus und sprang die Stegtreppen hinunter und davon.

Noch in der gleichen Sekunde verspürte Hermann wiederum flußabwärts eine gewisse Bewegung. Etwas wie ein noch fernes Gerumpel und Geschnaufe und Gebrabbel auch. Noch war nicht klar, was es damit für eine Bewandtnis hatte, jetzt aber sah man auf einmal einen Menschen um die Ecke biegen, einen Mann vermutlich. Linkerhand im Mauerweg über dem Fluß, im verstreuten Lampenschein, kam ein Mann zum Vorschein, ein recht stattlich strammer Mann. Mit Schwung wollte der Mann wohl um die Ecke in den Mauersteig einbiegen, im Vorwärtsdrall kriegte er aber die Kurve nicht ganz und wäre sicherlich in den Fluß gefallen, hätte das hüfthohe Eisengeländer ihn nicht aufgefangen.

Das Licht der Lampe fiel nun deutlich auf den Mann. Noch aus zwanzig Metern, von Hermanns Brücke aus, war der Gamsbart auf dem Hute prächtig zu erkennen. Wohl um sich von seinem Schreck zu erholen und wieder zur Besinnung zu gelangen, blieb der Mann gebückt, fast wie geknickt im Steggeländer hängen. Nach einer Weile rackerte und richtete er sich empor und stand wieder, wackelte aber stark. Der Mann sah sein Unvermögen nun wohl selber ein, und also auf gut Glück legte er den Oberkörper wieder aufs Geländer und auch über es. Hermann erschaute alles ganz genau. Der Mann drückte seinen Hut fester übers Gesicht und schien zu überlegen. Er reckte den Kopf nach oben, das Licht fiel hell jetzt ins Gesicht und auf den Schädel mit dem grünen Hut, dann, noch beschwerter, legte und faltete er alles wieder übers Geländer und schaute in den Fluß. Er schaute lang und schweigsam. Hermann gruselte sich im geheimen, und er fragte sich, ob er den Mann nicht heute schon gesehen hatte, in Hubmeiers Hinterhof. Der Mann lag noch immer breit über der Stange und ließ es scheint's dabei bewenden. Hermann schaute gebannt, wenn auch etwas ängstlich. Da drang eine Stimme an sein Ohr, eine tiefe, rauhe Stimme:

»Antn!«

Hermann schreckte wohlig auf. Die Nachtluft war ganz warm und weich. Der Mann über dem Geländer fuhr sich bedächtig dreimal mit der gewölbten Hand über die Nase und übers Auge, da kam die Stimme wieder, diesmal mächtiger noch und rauher:

»Antn!«

Hermann lauschte wie gefesselt. Der Fluß murmelte leise fort. Jetzt erst begriff Hermann es ganz. Der späte Mann hatte die schlafenden Enten gemeint. Die Enten, welche er seinem Lagerplatz gegenüber inzwischen ausfindig gemacht hatte. Es hörte sich so an, als ob er mit ihnen derart ins Gespräch zu kommen hoffte. Vielleicht auch, dachte Hermann, wollte er sich aber auch durch seine eigene Stimme nur versichern, daß es wirklich Enten waren. Und schon im nächsten Augenblick verspürte Hermann wieder das Schmiegen an seinem Wadenbein, druckvoll und doch zart. Lediglich ein bißchen verschreckt drehte sich Hermann um. Das Kätzchen war zurückgekehrt. Jetzt aber schallte die Stimme schon zum drittenmal:

»Antn! Antn! Broooove Antn!«

Unentwegt drückte das Kätzchen gegen Hermanns Wade und schmiegte ohne Falsch an sie sein Fell. Der Mann mit dem Gamsbart aber lehnte sich nun ganz weit über das Geländer nach den beiden Enten hin, an ihnen weiter sich zu weiden. Der rauh kraftvolle Klang der Bärenstimme, noch immer hallte er in Hermanns Ohren nach. Das Kätzchen drückte sanft betörend. Der Gamsbartmann wollte die Enten ganz für sich alleine haben, unbeweglich freilich saßen die angeredeten Tiere ruhevoll an ihrem Ufer und rührten sich keinen Zentimeter; wiewohl es Hermann auch beinahe so vorgekommen war, als hätte eine Ente den Kopf kurzzeitig aus ihren Federn hoch gelüftet.

Der Himmel stand blauschwarz. Der Mann mit dem Hut rieb sich das Kinn und wischte sich wiederum über beide Augen. Er richtete sich ein wenig hoch, um sich zu schneuzen, laut rumpelte der Schall über den Fluß. Dann

noch hingegossener breitete der Mann sich wieder über das Geländer und legte jetzt sogar den Kopf bequem in seine offene Hand zum noch günstigeren Schauen. Hermann seinerseits langte, ohne nach ihm zu sehen, zu seinem Kätzchen hinunter. Kraulte seine Brust und spielte mit den Ohren. Der Fluß plätscherte zierlich fort. Sonst war die ganze Stadt sehr still. Bleibhier, bleibhier, plätscherte der Fluß, bleibhier. Die Verschleierung der Lage, erkannte Hermann wohl, zwar insgesamt war sie sehr groß, doch konnte jetzt nichts Böses mehr passieren. Die Enten hockten mäuschenstill. Der mit dem Gamsbart streckte jetzt beide Arme über das Geländer, es sah so aus, als ob er aus seinem Sinnen gar nicht mehr herausfand. Noch interessierter, fast bockisch schon richtete er seinen Schädel auf die Enten hin. Jetzt hörte Hermann ihn auch seufzen. Er seufzte gut vernehmlich. Da, noch einmal, kam die Stimme wieder, diesmal weniger laut schon, nur wie zu sich selbst gesprochen:
»Antnantn. . .«
Ein Moped hupte nah. Dann herrschte wieder Stille. Hermann sah zu seinem Kätzchen nieder. Es hatte sich vom Bein gelöst. Etwas herablassend schaute es zu Hermann hoch. Dann noch einmal schmiegte es sich um das Wadenbein. Der Mann mit Gamsbart war gedrungen und sehr kräftig gebaut. Im Profil erinnerte er ein bißchen an ein Wildschwein. Weiterhin unbeirrt schaute er in Richtung auf die Enten, jetzt hatte er zum besseren Schauen die Hände auch noch aneinandergefaltet. Nochmals ein Seufzen glaubte Hermann zu vernehmen, doch war er nicht so sicher. Hinter einem hohen Giebeldach der Mond kam wiederum hervor, plötzlich aber verspürte Hermann, daß sein Kätzchen weg schon war. Der Brük-

kensteg war leer. Im nächsten Augenblick aber hörte man flußabwärts schon wieder ein gewisses Stöhnen und auch Werkeln. Hermann erkannte, daß der Steirerhut sich endlich wieder hochgerappelt hatte. Es dauerte allerdings, bis er in der gewünschten Marschrichtung stand. Sofort auch mußte sich seine Rechte wieder am Geländer abstützen, sehr schwer waren ihm offensichtlich auch die Beine. Nur mühvoll und gleichzeitig doch sehr bedachtsam bewegten sie sich ihm nach Wunsch nun vorwärts, näherzu auf Hermann hin. Die Turmuhr schlug drei Viertel zwölf. Jetzt war der Steirerhut immerhin schon fünf oder auch acht Meter vorwärts gerückt. Hermanns Gehör nach war es nicht ausgeschlossen, daß er im Schreiten wieder seufzte. Oder auch halblaut sich etwas vorsang. Ein Liedchen mochte es sein, eine wacklige, heitere Melodie. Sei es deshalb, sei es, weil der Tag so schön gewesen und es ja noch immer war: Eine rechte Lust zum Wandern kam Hermann mit einem Mal und unversehens an, er wußte nicht, wie ihm da wurde. Auch wenn sein Kopf zum Bleiben riet. Noch immer war es warm, fast heiß. Ein bißchen zur Stadt hinauszulaufen gelüstete ihn, die Lage vielleicht zu seinen Gunsten nochmals zu verbessern. Zur Stadt hinaus drängte es Hermann, um dort zu sehen, wie es weiter dann wohl gehen mochte.

Immer wieder hatte der Steirerhut sich am Geländer abstützen müssen oder war nach der anderen Seite hin geschwankt, gegen die blaue Mauerwand. Hell war der Trachtenjanker. Im Vorwärtswalzen warf der Gamsbart mehrerlei Schatten, einmal sogar drei. Das kam sicher von den Lampen. Knapp schon hatte er Hermanns Brücke erreicht und schritt nun etwas fester. Unterm sandfarbenen, mit grünem Zierat bestückten Janker wurde der weißblau rautierte Binder kenntlich. Der Mund schnob nun doch sehr vernehmlich. Das Gesicht kam Hermann bald bekannt vor, gleich darauf wußte er Bescheid. Es glich ganz stark dem von Zapf Gebhard, dem einstigen Trainer des Nürnberger Clubs. Verblüfft vermerkte Hermann, daß das Entenpaar nun auch seinen Platz verlassen hatte. Um dann flußabwärts davonzumachen.

Auf der Brückentreppe kreuzten sich Hermann und der Steirerhut. Eine Kornblume stak ihm im Knopfloch. Die Augen waren dem Mann schon äußerst klein, er ächzte, als er dahin sich schleppend hoch das Treppchen stieg. Ohne Hermann direkt anzusehen, zog er wohl in Gedanken auch schon grüßend seinen Hut.

Heumännchen standen im gemähten Feld. Blätter von Bäumen zitterten schwarz und stumm. Keine Viertelstunde später fand Hermann sich in freier Aue wieder. Noch beim Gasthaus Nübler hatte er der Schachmädchen gedacht, dann war er nach rechterhand in einen Teerweg eingeschwenkt. Der Heuduft nistete bedrängend, darunter war auch Mais. Den Weg besäumten Sträucher mit hellrosa Blüten, welche Hermann für Heckenrosen erachtete. Im dunkelblauen Zelt des Himmels war jetzt ein großes Loch gerissen, in ihm glühte es weißlich, ein heißfeuriger weißer Strahl. Fernes Grollen ließ sich hören. Der Wolkenschlund glühte wie Lohe jetzt, allmählich verglomm der Feuerstrudel. Hermann folgte einer Lockung. Die Zukunft lag im dunkeln. Von Pommelsbrunn aus würde er schon übermorgen seine Schwägerin in Schwaig aufsuchen, um dann vielleicht am andern Tag auch noch bei den Iberer-Brüdern in Dünklingen vorbeizuschauen. Erfrischt ging Hermann scharf voran.

Kornähren wogten sacht. Der volle gelbe Mond leuchtete in eine neue Wolkenscharte. Aus ihr sprühte ein sowohl hellblauer als weißer als auch grünlich gelber Nebelstrahl. Hermann konnte sich nicht genug darüber staunen. Die drei Lichtgarben, sie waren wie ein Regenbogen. Etwas huschte durch das Gras am Wegrand, vielleicht etwas sehr Gemeines. Kaum fröstelnd gebot sich Hermann Zuversicht. Der schmale Weg schlängelte sich durch ein sehr weites Tal, so viel war auch im Dunkeln zu erkennen. Entfernt hallte ein Knattern. Hermann unerschrocken dachte an Zapf Gebhard. Häufiger noch an sein Kätzchen. Eine kleine Verzweiflung schlich ihn an. Doch das ging gleich vorüber.

Hermann ließ den Mut nicht sinken. Bei einem halb vermoosten Grabstein zweigte sich der Weg. Hier galt es der Entscheidung. Der Hauch der Nachtluft streichelte sehr freundlich. Schon wieder raschelte es im Gras, dann kam was hervorgelaufen. Es war eine kleine Maus. Sie schlug sogleich den Weg nach links ein. Hermann folgte ihr getrost. Die Maus lief am linken Wegrand an die fünf Meter vor Hermann her, vom Monde blau beschienen. Zart schlängelte das Schwänzlein. Dann huschte sie ins Gras zurück. Ihre Aufgabe war erledigt.

Die Schatten, die das Mondlicht an den vereinzelten Bäumen zeugte, sie kamen Hermann schwerlich düster vor, sondern vielmehr freilich traurig. Mit Zuversicht schritt Hermann voran. Noch eine Weile schlängelte sich der Weg durch ein noch ungemähtes Kornfeld, dann führte er über einen sehr schmalen Bach und wand sich schließlich hügelan. Er führte durch eine Menschenansiedlung hindurch, es war bloß eine Häuserzeile. Nirgends doch war Licht zu sehen. Lengenlohe hieß die

Ortschaft. Vor einem Haus stand eine Wiege, eine blaue Schaukelwiege. Der Weg am Ausgang der Siedlung krümmte sich nach rechts, jetzt wurde er wieder breit und stark. Hermann hatte sich warmgelaufen. Seitwärts im Norden rötete sich der Himmel über einer dunklen Hügelzeile, rötete sich ins Lilablaue. Weit vorne, in vielleicht noch tausend Meter Entfernung, war ein weißer Fleck auf schwarzem Grund zu sehen, womöglich waren es auch zwei sehr weiße Flecken. Der Mond entschwebte einer braun gescheckten Wolke, gleich drauf hörte Hermann fernes und sehr sanftes Donnerbrummen. Links war der Himmel blau und schwarz, rechts ward er immer rötlicher, das Blau verschleierter. Vom Mond weich übergossen lag sehr still die Wiese. Mitternacht war sicher schon vorbei.

Noch immer munter schritt Hermann voran. Die beiden weißen Flecken vor dem Schwarz des Waldes wurden größer, kamen näher. Gern hätte Hermann jetzt geraucht. Der Mond schwebte sehr undeutsam, von kleinen Wolkentrupps spärlich umschart. Die Wölkchen mahnten lustig. Mit einem Mal fühlte Hermann sich so zerrieben und schwer erschlagen, erschlagen und zerdengelt, als hätte die Grippe ihn getroffen. Da blitzte es zum erstenmal. Es war freilich kein richtiger Blitz. Vielmehr etwas Ähnliches, doch anderes. Hermann hätte einerseits gern kehrtgemacht. Aber so mitten auf dem Feld gab das ja keinen Sinn, so mitten auf dem Wege. Es blitzte schon zum zweitenmal. Dann grollte brummend etwas nach. Es war von rechterhand, von der fernen, schwarzen Hügelkette hergekommen. Es war kein Blitz gewesen, aber auch kein Wetterleuchten, keines von beidem kam hier in Betracht. Es war etwas dazwischen, das leuchtete Hermann sogleich ein. Zagend schritt er stetig weiter, es war ihm ziemlich klamm zumute, gleichzeitig kamen die beiden weißen Flecken immer näher. Es mochte die Mauer eines alleinstehenden Anwesens mitten in Feld und Wiese sein. Wieder zuckte Lichtschein auf von rechts. Jetzt sah es Hermann deutlich. Es war über dem fernen und waldschwarzen Hügelstück. Etwas wie Blitz und Wetterleuchten zugleich. Eine kurze Sekunde lang sah es aus wie ein Lichtgekräusel, wie im Nu glühend gemachte zarteste Drähte, wie ein entzündetes Haarnetz fast. Hermann wunderte sich und zwang sich doch zum Weitergehen. Nicht einmal das kleinste Donnerrollen war jetzt mehr zu hören. Doch gleich kam die Erscheinung wieder. Fern am Horizonte war es gut zu sehen. Es war eine äußerst zierliche und moosig haarige Leuchtgarbe am Horizont, es war wie ein aufgeknotetes und sich wiederum verknotendes Garnknäuel aus ausfransendem Licht, ein brennender und sofort auch schon verglühender Busch, ein Busch in seiner eigenen schlanken Zweige Licht – schon war es wiederum zu sehen: Wie durch einen Blasebalg entfacht zu hellem Glimmfeuer stand der Busch für einen Augenblick, als Züngeln ferner feinster Flammenfäden. Die sogleich wieder loschen.

Noch weiter in der Ferne war jetzt zusätzlich ein Leuchtschein zu erspähen, es war ein Nachglanz des brennenden Busches, gleichsam dessen eigenes Echo. Voll Bangnis ging Hermann immerzu voran. In eine recht knifflige Lage hatte er sich da manövriert. Sanft rötete sich wiederum der Himmel, nördlich von den Leuchtefäden, doch hatte nach Hermanns Ermessen das eine kaum mit dem anderen zu tun. Der Teerweg bog nach links ab, in einen gelben Feldweg. Hermann schalt sich seiner Furcht. Um nichts mehr zu verscherzen, ging er beharrlich weiter. Mit ihm war der Mond gewandert, milchweiß schwebte seine Scheibe. Hermann blieb stehen und wandte sich um. Verschleiert glitzerten ferne Lichter. Das war bestimmt die Stadt. Hauchiger Glanz durchfächelte die Luft. Etwas schnarrte, schnatterte zur Linken, dann war es wieder still. Hermann spähte nach dem Wetterleuchten, nach der kaum deutsamen Buschentzündung. Doch beides kam nicht wieder. Hermann bedachte, wo er war. Ihm schwindelte kurzfristig. Morgen, sagte er sich, gleich nach dem Frühstück würde er über Wurmrausch nach Velden weitermachen. Von dort mit dem Zug nach Pegnitz. War die Straße bei Tabernackel nicht verschüttet, wie es heute geheißen hatte, dann blieb noch Zeit, in Vorra auch Station zu machen.

›Militärischer Sicherheitsbereich‹. Gerade noch sah Hermann die weiße Druckschrifttafel auf dem Pfahl am Wegrand. Der Mond schien zutraulich darauf. Auch das Kleingeschriebene war leicht zu entziffern: ›Grenze des Standortübungsplatzes. Berühren und Aneignen von Geräten, Munition und Munitionsteilen ist verboten. Vorsicht. Schußwaffengebrauch! Der Standortälteste.‹

Ein ganz feiner Windstoß hauchte. Wieder und nun viel deutlicher erglühte der untere Teil des Himmels, im Nordwesten, rechterhand über den schwarzen Hügelzeilen. Über dem Schwarz wurde der Himmel schon orangen, höher oben schillerte er ganz lilablau. Hermann bedachte, wie er mit seinem Freund Josef einst in frühen Jugendjahren im Militärgelände nahe der Stadt Nancy sich in der Nacht verlaufen hatte. Damals hatte Josef die meiste Angst gehabt. Doch war alles gutgegangen, und schon am Abend hatten sie Paris erreicht. Im gleichen

Augenblick sah Hermann es ganz klar. Die beiden weißen Flecken mitten in der Wiese hinterm Kornfeld, sie waren eine kleine Kirche, eine Kirche und ihr Turm. Der Mond stand akkurat darüber und leuchtete sehr deutsam auf den Bau. Rechts aber, gleich als unterstütze er Hermanns weichen Freudenschauer mit einem bunten Knalleffekt, errötete wiederum der Himmel, überm Horizont glomm er ganz goldgelb auf. Endlich erfaßte Hermann den Zusammenhang. Es handelte sich um den Anstich in der nicht gar zu fernen Eisenbergwerkshütte, die er von früher her schon kannte.

Das Kirchlein lag sehr abgesondert, traulich hockte es im Feld. Hermann tastete sich weiter vor. Er passierte etwas, das im Mondlicht dunkel spiegelte, es mochte ein versteckter Teich sein. Der Weg bog noch einmal nach rechts. Bäumchen, Büsche säumten ihn. Von links roch es nach Stall. Schon ein paar Atemzüge später stand Hermann vor dem Kirchlein.

Es war ganz weiß und hatte einen pummeligen Turm. Es war ein Zwiebelturm mit Fenstern und vier Seitenkanten. Doch sah der Turm ganz rundlich aus. Hermann wurde nicht gleich daraus schlau, doch kam es wahrscheinlich daher, daß alles an dem Kirchlein recht rundlich und gemütlich wirkte. Mondlicht streute über Dach und Mauern, das Dach schimmerte rötlich und auch grünlich. Nach Hermanns Schätzung war der Turm wohl achtzehn Meter hoch, werweiß auch dreiundzwanzig. Es war ein durchaus ansehnliches Kirchlein. Links von der Eingangstür vor einem Zierblumenbeet stand eine Ruhebank, rechts eine wohlgeformte Kiefer. Hermann wich ein paar Meter zurück. Mit unbewaffnetem Auge erkannte er, daß es hinterhalb noch zwei oder drei große

Bäume gab. Durch sie hindurch säuselte leiser Wind und bog die Zweige hin zum Kirchlein. Ein paar streichelten leicht sein rotes Dach.

Es war mit Ziegeln wohlbestückt, sehr hellen und fast neuen Ziegeln. Die Zwiebelkuppe des Turms mochte blau oder grün, vielleicht auch schwarz und ganz aus Schiefer sein. Insgesamt elf Fenster barg der Turm. Die Mauer um das Kirchenschiff besaß, wenn Hermann richtig zählte, fünf größere, nach oben rundgeschwungene. Von ferne quakten drei, vier Frösche. Jetzt brach über dem Horizont ein neues Glühen aus, breithin sickerte das Rotorange durchs Blau und Schwarz des Himmels. Die Lohe verglühte rasch, doch blieb das Blau ein Weilchen noch gerötet.

Rundum schneeweiß war das Kirchlein. Das Ziegeldach über dem Schiff war abgeteilt. Über der Eingangstür hatte der Erbauer ein gewissermaßen zweites Türmchen im Sinne gehabt. Gemächlich steil liefen die Ziegel auf die Bleistiftspitze zu, in fünf abgeteilten Flächen. Die Kiefer vor der Tür erreichte gerade die Dachrinne. Eine bräunlich helle Holztür schloß das Kirchlein ab.

Ein Teil der Wiese stadtzu war gemäht, anderswo waren im halbhohen Grase Gänseblümchen, Dotterblumen noch gut zu erkennen. Hermann setzte sich auf das Ruhebänkchen, hinter sich das Kirchlein. An seiner Seitenflanke gab es ein Kellerfenster. Mohn wuchs daraus hervor. Eine Fuhre Luft schmeichelte Hermann an. Ihm wurde leicht ums Herz und lind. Tief holte er Luft. Es war ein warmer, heißer Tag gewesen. Hermann war nicht müde. Auch wenn die Sohlen schmerzten. Etwas hinter der Kirche platschte auf den Boden. Es mochte eine Birne sein.

Hermann gruselte sich ein bißchen, er machte sich wieder Bewegung. Die Kirchtür war mit einem Vorhängschloß versperrt. Es war eine Flügeltür. In ihrem rechten Teil hatte man ein Guckfenster eingelassen, welches lediglich mit etwas schmiedeeisernem Zierat nochmals abgesichert war. Hermann entzündete ein Streichholz, um hineinzuschauen. Im Dunkel war nichts zu erkennen.

Lindblau im Mondlicht schimmerte das Zwiebeldach. Es mutete sehr traulich an. Unterm Herzen verspürte Hermann ein sanftes Ziehen und Pressen, gleich war der Druck wieder erloschen. Das Froschquaken ward dringlicher. Hermann, vorübergehend wieder etwas müde, umzingelte den Bau. Weilchenweise im dunklen Waldsaum westlich vermeinte er einen Lichtschein wahrzunehmen. Gewiß doch war es nichts.

Dunkle Wolkenscharten legten sich nun quer zum runden Mond. Hermann machte noch eine Runde um das Kirchlein. Wieder blieb er bei der Pforte haften. Alsbald wurde er gewahr, was ihm bisher entgangen war. Das Kirchlein besaß auch eine Nummer. Eine Tafel ›18‹ war links vom Eingang angenagelt. Hermann war federleicht, fast schon verdreht ums Herz. Übermütig machte ihn die Luft auch, es wehte eine seidig weiche Brise. Sehr fern bewegte Lichter huschten, wahrscheinlich von der Autostraße.

Der Mond zog hinter einen dicken schwarzvioletten Wolkenballen, um darin annähernd gänzlich wegzuschmelzen. Scheu und ziemlich ratlos sah Hermann nach der dunkleren Kirche hin. Er spürte nicht geringen Durst. Nach Cola oder wenigstens doch Bier. Die Kiefer bog sich leicht. Hermann war sehr froh, daß noch nicht Herbst war. Im Herbst, da wollte er in Kärnten sein.

Etwas scharrte oder schnarrte in der Kirche. Hermann ging zum Gucklochfenster, um zu lauschen. Er überzeugte sich, daß doch nichts war.

Ganz fern im Osten war gut Licht ersichtlich, eine matt erhellte Schleiersträhne. Das war immer noch die Stadt. Ein Teil der Lichter wirkte größer, bunter, näher, beinahe schon wie Lampionbälle. Man feierte ein Gartenfest, so dachte Hermann. Der Mond trat geschwinde aus der Wolke. Sein Licht kroch am weißen Kalk der Mauer entlang und ließ sie bläulich und auch golden schimmern. Hermann fühlte sich besänftigt. Etwas Musik hätte er jetzt gern gehabt, Musik am besten aus der Kirche kommend. Nicht gar zu ferne bellte zornig los ein Hund. Hermann wußte, daß große Kirchen Orgeln, kleinere ein Harmonium besaßen. Diese hatte mit Gewißheit ein Harmonium. Das hätte er gern gehört.

Ein spätes Fahrzeug surrte halblaut übers Land dahin. Noch einmal erglühte der Himmel im nördlichen Westen, verhauchte sich ins Lilablaue. Unverbrüchlich stand das Kirchlein. Leise Geräusche sirrten durch die Nacht. Hermanns Gemütsverfassung ließ wenig mehr zu wünschen übrig. Über der Krone der Birnbäume segelte jetzt der pralle Mond und versilberte die oberen der Blätter. Etwas Schmachtendes hauchte Hermann an, er setzte sich ins grüne Gras. Das Kirchlein stand still stumm. Hermann drehte sein Gesicht dem Mondlicht zu und schloß die Augen, umwogt von warmer, linder Luft. Er entsann sich seiner Mutter, seiner zuletzt immer kleiner gewordenen Mutter. Hermann hielt die Augen zu. Wie war er wandermüde. Gelb und weißlich rieselte Mondlicht über das Weiß des Kirchbaus. Zur anderen Seite hin warf die Mauer leichthin grünbläuliche Schatten auf die gemähte

Wiese. Sein Kätzchen hätte Hermann gern bei sich gehabt, es sich gern herbeigewünscht. Auf daß es an ihm schnuppere und schnurre. Sein Herz war gar zu leicht. Hermann seufzte wie zum Spaß. So hatte er heute schon jemand seufzen hören, nur noch steiler. Er kam nicht drauf, wo es gewesen war.

Hermann bedachte, ob ihm Sterne fehlten. Er hob sich wieder hoch und entfernte sich an die hundert Schritte vom Kirchlein weg dem Walde hinten zu. Der eine Birnbaum mochte auch ein Nußbaum sein, der Rinde nach zu schließen. Unentwegt fächelte warme Luft, Luft ganz mild und gut und zart. Noch lagen allerlei Gefährdungen vor ihm, doch wollte er, Hermann, sich noch längst nicht darein ergeben. Flüchtige Reue kam ihn noch einmal an, daß er heute nicht nach Pommelsbrunn weitergereist war, dem Militärkameraden seines Großvaters aufzuwarten. Hermann gedachte seines Großvaters, der jetzt auch schon unermeßlich lange tot war. Er befürchtete, daß bald ein Unglück geschehen würde, falls nur noch ein paar alte Soldaten übrigblieben, ohne die Hinwendung der anderen Frontkämpfer. Ein rasches Grauen kam da Hermann an, doch das Kirchlein war ja nah. Die Nacht umhüllte ihn und auch das Kirchlein warm. Daran gab es vorerst nichts zu deuten, zu bemängeln.

Hermann ging zurück. Rüstig im Gemüt, wenn auch doch mürb und müde. Der Himmel um den runden Mond stand wieder rein und blau. Fern sang ein dunkler Vogel. Heu war wiederum zu riechen. Dazu etwas Würziges, wahrscheinlich Gutes. Es mochte sich um Walderdbeeren handeln.

Besänftigt an Herz und Gliedern stand Hermann vor der Kirchentür. Still ragte übers Dach der traute Turm.

Im blauen Nachtlicht der große Birn- oder auch Nußbaum tauchte auf in einem stark violetten Dunst. Wind säuselte kuschlig im Geäste. Hermann drückte wiederum gegen die Klinke, die Klinke gab nicht nach. Von weit ferne links dröhnte ein Lastwagen rumpelnd auf. Werweiß war es ein Hanomag. Jetzt kehrte gänzlich wieder Stille ein. Zum Zeitvertreib ging Hermann fünfzig Schritte rückwärts in die Wiese. Das Kirchlein, von vorn besehen, hockte gebückt und lauschig kauernd. Sehr weiß und truglos saß es da. Mit einem Male verspürte Hermann den Wunsch, ein unermeßlich reißender Strom möchte alles, alles fort- und hinwegschwemmen, und nur das Kirchlein sollte bleiben. Bleiben, wo es immer war.

Keine zwei Minuten später war Hermann klar, daß er den Rückweg zu Hubmeier nicht mehr schaffte. Daß er viel zu müde, daß das viel zu mühsam war. Die Augen fielen ihm schon dauernd zu. Müd und ein bißchen durcheinandergebracht zugleich, erwog er, auf der Bank zu schlafen. Da fiel ihm der Busch ein, die große Staude in der Wiese. Zwanzig Meter vor der Kirchentüre stand der breite Strauch. Hermann ging zu ihm hin und stellte fest, daß es eine dichte, fünf Meter lange und zusammenhängende Johannisbeerstaude war. Sogar ein paar rote Trauben hingen dran. Die Staude war als Schlafplatz wohl geeignet.

Vor einer Kreuzotter hatte Hermann die wenigste Furcht. Viel mehr schon ängstigte er sich vor den Vorwürfen Frl. Annis, auch vor den stummen Hubmeiers. Zwischen den Johannisbeerzweigen hingen feine Spinnwebfäden. Nah bellte noch einmal ein Hund. Aber nachdem er ja bei Hubmeier die 7 Mark 50 schon beglichen hatte, sagte sich Hermann ein wenig schläfrig, konnte er ja gleich hierbleiben. Das lief ja auf das gleiche raus. Unter diesen Umständen, dachte Hermann und gähnte, würden Frl. Anni und selbst Hubmeier sein Ausbleiben wohl zur Not entschuldigen, da konnte er sich drauf verlassen. Daß sich dann alles wieder einrenkte und besserte. Und außerdem, bedachte Hermann freudig und gähnte wieder, zum Lohn oder zum Ersatz wollte er dann eben noch eine Nacht bei Hubmeier in Logie verbringen.

Das Kirchlein stand im vollen Mondschein, als Hermann unter seinen Strauchbusch schloff. Der Mond war buttergelb. Im Busch glaubte man ein einzelnes Glühwürmchen blinken zu sehen, doch war es schon gleich wieder weg. Seine leichte blaugrau gestreifte Sommerjacke nahm Hermann als Zudecke oder auch als Unterdecke, wie gut, daß er sie mitgenommen hatte. Das Strauchwerk knisterte gelinde. Schleier aus Spinnweben schwebten in den Ästchen, Hermann bettete den Kopf aufs Gras. Er lag etwas beengt, zwischen Busch und Wiesengras. Der Busch deckte ihn ziemlich zu. Hermann spähte aus ihm.

Das Kirchlein stand etwas entfernt und einsam. Zwischen ihm und sich ersah Hermann jetzt erst den niederen, dürren, vom Ostwind schief gemachten Apfelbaum. Wieder und noch einmal errötete im Nordwesten der weiche blaue Himmel. Ob das am Ende nicht doch auch schon die Morgenröte war? Jammer kam Hermann nochmals an, das Herz im Leibe knirschte, wollte fast zerbrechen. Hermann hörte fernes Quaken, dann ein winziges Geknatter. Schon erstarb es, fing aber nochmals an, ehe es endgültig versiegte. Vom Erdboden aus sah das Kirchlein etwas größer, gesetzter, auch viel dunkler aus. Der Mond war hinterm Turm entschwunden, so erklärte es sich Hermann. Vielleicht würde er in Pommelsbrunn die

Nichte des alten Soldaten heiraten, sann Hermann sehr verschlafen, dann würde alles richtig werden. Frische Blumen am Altar. Auch in Kummerthal kannte er eine. Das war die Base seiner Patin, Frl. Annis Großbäslein, das zirpte.

Hermanns Herz schrak hoch. Sein Kopf hob sich und lauschte. Etwas schien im Gras zu lispeln. Wenn auch ein durchaus Wohlgesonnenes. Hermann hörte nichts mehr, seufzte durch. Dann schlummerte er ein.

Im Dämmerdunst des frühen Morgens, als er, Wasser zu lassen, aus seinem Busch hervorkroch, sah Hermann in der Koppel nahe seiner Bettstatt zwei schwarze Rösser weiden. Sie standen aufrecht und ganz ruhig. Das weiße Kirchlein stand sehr blaß und unabhängig, aber auch fast verfroren. Wohlig fühlte Hermann sich schon wieder müde werden. Und kroch in seinen Busch zurück.

Es war hellichter Tag und mochte, der Sonne nach zu urteilen, schon auf halb neun gehen, als er endlich aufwachte. Erst nach ein paar verdatterten Sekunden vermerkte Hermann, wer ihn geweckt hatte. Ein schlanker, bräunlichschwarzer Hund von mittlerer Höhe stand über seinem Kopf und sah ihn fragend an. Dann knurrte er und bellte wieder auf. Jedoch gar nicht feindselig, sondern vielmehr wie zur Ordnung rufend. Die Wiese war noch vom Tau benäßt. Der Hund warf Hermann einen verwunderten und auch fast beleidigten Blick zu, diesmal auch nicht ohne Mißtrauen. Er schaute sprungbereit. Andererseits, da Hermanns Augen jetzt endlich aufwaren, schien er es auch ganz zufrieden. Bellte gewohnheitsmäßig noch einmal und schnüffelte dann im Gras. Hermann rappelte sich hoch.

Ihm war rechtschaffen wohl. Mit dem Kirchlein hatte es

noch immer seine Richtigkeit. Reichlich verwundert aber erkannte Hermann nun, wie es auf seiner Wiese zwar tatsächlich ganz allein und abgesondert stand, daß aber keine zweihundert Schritte stadtzu eine Ansiedlung offenbar zu ihm gehörte, eine wenn auch nur winzig kleine Ortschaft. Hermann schüttelte den Kopf aus und zwickte zum besseren Wachwerden die Augen kräftig auf und zu. Die Turmzwiebel des Kirchleins war moosgrün. Schräge Sonnenstrahlen kitzelten Hermanns Augen. Der Hund war inzwischen, als wollte er eine gewisse Arbeit und Amtlichkeit vorspiegeln, einmal um den Kirchenbau gestreift, jetzt schaute er, unter der Kiefer stehend, aus der sicheren Entfernung wieder vorwurfsvoll zu Hermann hin. Es war ein schlankes, dunkelbraunes, jagdhundartiges Tier mit einem weißen Fleck auf seiner Brust. Es schaute tadelnd, unter Umständen aber auch schon spielfreudig nach dem ihm fremden Mann. Am blauen Himmel schwebten leichte Bauschewölkchen. Hermann verspeiste ein paar von den Johannisbeeren. Viele waren nicht mehr an der Staude, die meisten waren schon verdorrt.

Es waren drei oder vielleicht vier weißliche Bauernhäuser, die da in einiger Entfernung vor dem Kirchlein hingelagert waren. Aus einem Schornstein kräuselte feiner brauner Rauch. Der Hund gehörte gewiß zu einem der Häuser. Er stand gleichwie verstockt, zum Zeitvertreib bellte er wiederum auf Hermann hin. Ein bißchen durchfroren fühlte sich Hermann, jedoch bestens ausgeruht. Einen grünen Schatten warf das Kirchlein in das Gras. Es stand sehr regungslos. Der Hund sah drein, als erwarte er nun aber schleunigst von Hermann, daß endlich einmal was passierte, etwas einigermaßen Buntes und auch möglichst Lebhaftes.

Ein milchig fahler Kondensstreifen durchschnitt in Halbkreisbahn das frühe und noch leise Blau des Himmels. Am Morgen noch mehr als gestern nacht machte das Kirchlein auf Hermann einen schmiegsamen und vor allem sehr treuen Eindruck. Es saß im Gras, als habe es schon immer da gesessen und wolle das auch weiter tun. Aus der nahen Siedlung heraus krähte ein Gockelhahn. Die Gräser und die Sommerblumen zitterten sehr zart, es waren insbesondere viele Büschel Dotterblumen auch darunter. Etwas entfernter sodann hörte Hermann mäßiges Gehämmer. Hermann verspeiste noch ein paar Johannisbeeren und raffte sich endgültig auf. Zu den drei Bauschewölkchen gesellte sich ein winziges viertes, hinterm Nußbaum kam es soeben hervorgeschwebt. Kaum war es hervorgekommen, löste es sich wie zerschmelzend wieder auf.

Die beiden Pferde weideten noch immer. Äußerst ruhig standen sie und schauten beide in die nämliche Richtung, unwiderruflich von der Sonne weg. Eins glich aufs Haar dem anderen.

Nicht allzu ferne war die Stadt zu sehen. In mäßiger Höhe schwebte ein Segelflieger lautlos durch das helle Blau und tauchte sodann hinter einem blaubraungrünen Wälderstreifen unter. Ein winziges und fast durchsichtiges Insekt kroch Hermann über die Hand und flog dann aber surrend schon ins Gras zurück. Immer wieder und in gewissen Abständen hörte man aus der Talsenke zur Linken Automotoren brummen.

Das Kirchlein stand recht treu und hold. Dreimal segelten drei Lerchen oder vielmehr Schwalben um den Zwiebelturm, dann verloren sie sich im Blätterdach des Birn- oder auch Nußbaums. An ihm stand eine hölzerne

Leiter angelehnt. Geräuschlos flink schlüpfte ein Tierlein durch das Gras, eine Eidechse oder ihr sehr Ähnliches. Der Hund hatte sich mittlerweile nach etwas hinterhalb verzogen und schnuffelte zuweilen an den Mohn- und Dotterblumen. Das Kirchlein wirkte aus der Nähe recht eindrucksvoll und fest und trutzig, erst wenn man etwas weiter von ihm weg stand, erst dann schaute es gar so niedlich. So niedlich, treu und treulich. Gleichwohl schlug Hermanns Herz beklommen. Ein Weilchen lang fragte er sich, ob er wohl hier wohnen bleiben möchte, vielleicht in dem Holzschuppen hinter und zwischen den großen Bäumen. Der Schuppen war geschlossen. Er hatte eine ausklappbare Lade. Es sah so aus, als werde er manchmal geöffnet, vielleicht einmal wenigstens im Jahr zum Kirchenfest. Auf daß man hier Bier und Bratwürste kaufen könne, Kaffee auch und feine Küchel.

Vor Hermanns Augen flimmerte weich die Luft. In seinem Bauch klopfte etwas. Das war sicherlich der Hunger. Hermann ließ den Blick zufrieden über das gelbe und grüne Land hin wandern. Ein bißchen Sorge nagte. Der Hund ließ sich nicht abschütteln. Aus einiger sicherer Entfernung sah er streng nach Hermann hin, als heische er von diesem Auskunft. Frischer und würziger Geruch strömte vom Kornfeld her, duftig fächelnd kühl strich hin die Morgenbrise.

Zwei nicht mehr junge Frauen in Trachtenkleidern waren scheint's grade aus dem Wald gekommen, plaudernd schoben sie ihre Fahrräder am Kirchlein vorbei und lachten zweimal fröhlich. Weil Hermann sich duckte und im Gras sich unwillkürlich kleiner machte, sahen sie ihn wahrscheinlich gar nicht. Der Hund im Hinzutreten bellte heftig, aber die Frauen lachten nur halblaut. Kaum waren sie verschwunden, trat Hermann an die Kirchentür. Er drückte noch einmal die Klinke. Die Klinke war sehr blank geputzt. Wieder war die Tür verschlossen, wie schon gestern nacht. Hermann schaute in das Gucklochfenster. Auch am Tag war nichts zu sehen. Weil nämlich, Hermann wunderte sich, etwas wie ein Butterbrotpapier hinter das Fensterchen geklebt oder geheftet war. Hermann nickte einverständig. Es war nicht zu ersehen, was das Kirchlein barg.

Im Blumenbeet seitlich der Ruhebank aus dem weiß kräuseligen Schleierkraut heraus entsprang eine einzelne hohe Rose, eine purpurrote Rose. Wundern mußte sich Hermann noch einmal, daß die Kirche eine Nummer ›18‹ hatte. Um ganz sicher zu gehen, pochte Hermann an die feste, bräunlichgelbe Flügelpforte. Nichts antwortete, niemand. Der Hund stand neben Hermann jetzt, sah interessiert zur Klinke hoch und ließ den Schweif unruhig wandern. Ein winzig rotgepunktetes Tier flog auf die Klinke hin, ein rundes Frauenkäferchen. Es krabbelte die Klinke entlang und dann aufs Schlüsselloch schon zu. Es kroch hinein und kam gleich wieder. Und flog auf und davon.

Es waren allesamt kleine, niedere Bauernhäuser, welche die Ortschaft abgaben. Von mancherlei Holzteilen abgesehen, schauten sie weiß und weißlich wie ihr Kirchlein. Hermann säuberte ein paar Erd- und Grasreste von seiner Hose und seiner Jacke ab, die Jacke legte er über den Arm. Schon wieder war es warm und fast schon heiß. Hermann beschloß, es gut sein zu lassen und in die Stadt zurückzukehren. Heimtückisches pickte ihn am Herzen. Es war die Reue und auch Angst. Angst vor Frl. Anni. Frl. Anni, die sich gestern seinetwegen so abgeplagt und abgerackert hatte. Vor Hubmeier bangte Hermann kaum. Nein, Hubmeier würde sicher für ihn bürgen!

Die Ansiedlung lag sehr friedlich. Drei silberne Milchkannen standen auf einem Holzbock. Hinter einem überwiegend eingefallenen Zaun saß ein weißes Häuschen mit einem zugespitzten Schlot. Es mochte dies einst ein Backofen gewesen sein, dachte sich Hermann und beschaute mit großem Wohlgefallen den breiten Blumenkasten mit Alpenveilchen im Erdgeschoßfenster des dazugehörigen Hauses. Niemand schien daheim zu sein. Kletterrosen fingerten und rankten sich über das Fenster hin, die Blätter, selbst die Dornen warfen genaue lila Schatten auf die sahnigweiße Hauswand.

Es roch nach Stall und Schmalz und Heu. Wieder ließ sich der Gockelhahn vernehmen. Bis auf drei Meter machte der braune Hund sich wiederum an Hermann heran, er war ihm vom Kirchlein her gefolgt. Hermann schaute streng. Da ließ er ab und schlich in eines der Gehöfte.

In kurzen Lederhosen ein kleiner Bub zog ein Auto hinter sich her, ein Seifenkistelauto. Dort wo der Teerweg nach links und abwärts sich senkte, setzte der Bub sich ins Gefährt, schob mit den Händen auf den Teer greifend nach und rollte langsam etwa zwanzig Meter abwärts. Ausrollend blieb das Auto einfach stehen. Der Bub blieb sitzen, überlegte. Frohbewegt sah Hermann zu und summte. Der Magen brummte ihm nicht schlecht. Der Weg, den der Bub gerollt war, mit einem Schild war er als Maria-Schnee-Weg ausgewiesen. Ein gelbes Schild bezeichnete die Ortschaft auch als Atzlricht.

Im Drahtkäfig im Gärtchen hockten, ihre Nüstern wachsam blähend, fünf silbergraue Hasen, vielleicht auch nur Kaninchen. Steif, ja abweisend starrten sie mit großer Stetigkeit an Hermann still vorbei, schienen ihn aber gleichwohl im Visier behalten zu wollen, derart starrend hockten sie. Ein Kaninchen lief frei im Garten herum. Mit Eifer tat es sich an Grünzeug gütlich, knabberte an einer zarten Wurzel und trank aus einer Schale Wasser. Beschaulich und zugleich beharrlich machte es die lieblich rötlichgelbe Rübe klein.

Ein Wölkchen schwamm hoch oben. Schon hatte Hermann die Ortschaft hinter sich gelassen, da gesellte sich erneut der Hund zu ihm und trottete unentschlossen und mit zum Boden gesenktem Kopf hinter ihm schon wieder her. Nach Hermanns Eindruck suchte er Anschluß, möglicherweise Hinwendung, vielleicht auch nur geringen Zeitvertreib. Lautlos lief der Hund hinter Hermann her zum Ort hinaus, schnüffelte mitunter im Gras und scharrte einmal Erdreich, vermutlich nur, um Eindruck bei dem Fremden zu erzielen. Hermann gab dem Hund ein gutes Wort. Da lief er schließlich wieder fort und hatte wohl genug. Mit gesenkter Nase lief er in den Ort zurück.

Zwei Vogelscheuchen standen auf dem Rübenacker. Unterhalb der Pferdekoppel, vorgelagert einem recht wilden und verhauenen Buschwerk hatte es einen kleinen, zur Hälfte algengrünen Teich. Im braunen Wasser spiegelten sich sieben weiße Gänschen, geruhsam umeinander schwimmend.

Das Korn stand hoch im Feld. Im Kartoffelacker in einer Furche lag ein silbrig graues Faß. Gerne sah Hermann Rittersporn und Wiesenschaumkraut. Die blauen Blumen, welche im Gras am Wegrand leuchteten, waren nach seiner Kenntnis keine Kornblumen. Hermann dachte lange nach. Sie hießen, bald war er sich dessen sicher, vielmehr Wegelagerich. Hermann fand den Rückweg ohne Mühe, alles kannte er von gestern wieder. Heimlich sah er sich mehrmals um. Aus der etwas größeren Entfernung sah jetzt das Kirchlein aus wie ein dickes weißes Kätzchen, welches sehr sanftmütig im Grünen lagerte und alles ruhig wohl besah.

Zum guten Teil waren die Kornähren schon gemäht, Wiesengras lag zu losen gelben Büscheln aufgehäuft. Auf einer hohen Blume saß ein Vogel, sang und sann. Hermann schritt gut aus. Alles erkannte er wieder. Kleine Belastungen saugten gelegentlich in seinem Kopf, gleichwohl freute er sich der Licht- und Sonnenwellen, die aus freilich unbekannten Gründen über den hochstehenden Weizen jagten und wogend helle, dunkle, gelb schmiegsame Streifen machten. Linkerhand hinter einem Föhrenwäldchen kam eine schön bunt gesprenkelte und ungemähte Wiese zum Vorschein, mitten in ihr stand ein nicht sehr großer, moosgrüner und wahrscheinlich schon angerosteter Panzer. Soldaten waren nicht zu sehen.

Die Luft war rein und duftig. Kurz vor Lengenlohe drang eine zweite Kolonne Gänse streitlustig auf Hermann zu. Am Straßengraben freilich machte alles mit einem Schlage wieder kehrt und suchte überstürzt das Weite. Hermann wandte sich noch einmal. Fast alle Wölkchen waren weg, nur noch ein hauchweich weißer Flaumball schwebte. Das Kirchlein war schon sehr fernhin gerückt. Bald waren es wieder nur zwei weiße Flecken. Bei einer Wegsenke entschwanden auch sie.

Hermann näherte sich stark der Stadt. Wieder, wie am Abend schon, sah man am gewellten Horizont eine Hundertschaft von Schafen, dazu die beiden schwarzen

Hunde und wohl noch ein Lebewesen. Einmal war Hermann, als höre er auch Kinderjauchzen, bestimmt aus einem nahen Schwimmbad. Mannigfache Blumen und Kräuter blühten am Wegesrand und rochen auch recht wohl. Hermann bedauerte, daß er die Namen der meisten nicht kannte, und stellte freilich belustigt fest, daß er sie ja auch nicht kennen wollte. Doch waren auch marineblaue darunter, teilweise ähnlich wie das Enzian. Am besten sagten ihm die runden lila Bommeln zu. Sie schaukelten leicht hin und wieder.

Frohe Musik wehte übers Flachsfeld. Hermann hörte ein Banjo heraus und mindestens zwei Schlagzeuge. Die Musik kam vom Traktor her, der im Bogen über das gemähte Feld kurvte. Hoch oben saß vergnügt der Bauer. Der Himmel war jetzt blau und vollständig wolkenfrei. Ein bißchen ekelte Hermann vor der neuen Hitze. Sehr geschickt seilte sich ein großes Spinnentier vom Stengel einer hohen rosaroten Blume. Hermann tat der Kopf bald weh. Zu seiner Erleichterung fing er an, ein bißchen loszurennen. Sein anfänglicher Verdacht verfestigte und bestätigte sich schon. Zum Weiterwandern war es heute ja zu heiß. Zum wiederholten Male und in Wiedersehensfreude dachte Hermann an sein Kätzchen. Mit seinem dicken roten Pelz war es schlimm dran. Es mußte ja jämmerlich schwitzen.

Drei kleine Buben spielten Seifenblasen. Nicht ließ der Bisamratz im Bach vorm Gasthaus Nübler heute sich schon sehen. Doch kaum war er in der Stadt beim Postamt eingetroffen, sah Hermann, wie ein Vater und sein Sohn einen großen Tannenbaum in eine Toreinfahrt schleppten. Der Vater trug das obere, der Sohn das schwerere untere Teil. Die Stadt war gut belebt. Zimmerer, Tapezierer und Straßenarbeiter waren unterwegs, dazu zahlreiche Menschen mit Sturzhelmen auf dem Kopf. Oder aber in der Hand. In einem Handwägelchen transportierte ein alter, schon sehr dürrer Mann im Übergangsmantel vielerlei Gerätschaften, es waren auch eine Kommode und ein Lampenschirmgestell darunter. Hintendrauf saß seine Frau, sie war recht dick und bleich und ließ die Beine schlenkern. Dem Mann hing ein Brotbeutel vor dem Leib, die Frau trug eine blaue Pudelmütze mit einer weißen Bommelquaste. Ihr Gesicht lag recht entgeistert schief, doch andererseits auch still und friedsam.

Versunken reglos weilte ein Schutzmann stramm am Rathauseck und sorgenschwer. Unzugänglich stand er, wie versteinert, derart der Beschwerlichkeit der Hitze gleichsam störrisch trotzend. Ein kleiner Schnauzer schien ihm eben deshalb zugetan. Er roch an des Beamten Schuhen und schlug warmherzig mit dem Schweife aus. Stutzig gemacht, nahm der schon recht betagte Polizist da Hermann als den vermuteten Besitzer ins Auge und drohte, indem er einen Schritt auf jenen zumachte, ihn auch schon zur Rede zu stellen. Aufgerüttelt schüttelte Hermann flehlich seinen Kopf und ging an einem Parkplatzschild in Deckung. Schon war der Polizist beschwichtigt. Gleichzeitig erspähte er zur Linken eine Ruhebank. Er tat sich keinen Zwang mehr an und ließ sich nieder, um sofort die Augen auch zu schließen.

Gegenüber an der Mauerwand der großen Hauptkirche stand in weißer Kreideschrift zu lesen: ›Nieder mit dem verfluchten Pfaffenspuk!‹ Daneben hieß es etwas kleiner und in gelber Malerfarbe: ›Töten muß ich Sabine, die ich liebe!‹

Hermann nahm sich vor, Wundsalbe für seine abgeschürften Fersen zu besorgen, Frl. Anni nicht damit zu belasten. Es war ihm ohnehin noch nicht so ganz klar, wie er den Wirtsleuten gegenüber sein ungehöriges Ausbleiben begründen und seine Schuld so zügig wie nur möglich tilgen sollte. Aus Furcht auch vor dem frisch ausgeschlafenen blauen Mann ging Hermann noch ein bißchen hin und wieder, wiederholt sah er die Auslagen sich an. Ein Teddybär, ein ganz riesiger und schon alter Teddybär im Fenster der Schwestern Glob, hätte ihm gut gefallen, Hermann erwog sogar, ihn gleich zu kaufen. Aber auch ein kleineres braunes Nilpferd aus Lederstoff tat es ihm an. Hinter den beiden Tieren war eine Serie Hüte ausgestellt, zum Teil mit Gamsbärten ausgestattet, dergleichen Hermann neulich erst gesehen hatte. Weil er sich nicht zu entscheiden wußte, gab Hermann es auf und strich ein bißchen weiter. Mancherlei Sorgen lagen in der heißen Luft, vielerlei Gefährdungen. Die künftige Clubabwehr stand noch nicht zum besten, noch weniger war sicher, ob Hubmeier und Frl. Anni ihn, Hermann, so ohne weiteres wieder aufnehmen und ihm von einer Sekunde auf die andere weiteren Unterschlupf gewähren wollten. Gram nagte, kitzelte an Hermanns Herz. Ein etwas zu fülliger Mann mit geröteten Glubschaugen glotzte Hermann boshaft und verschlagen an. Ein Ohr war ihm verstümmelt oder vielmehr zugewachsen. Die städtische Alarmsirene heulte los. Der Mann verfolgte Hermann mit den Augen. Ein Auto hupte, hielt vor ihm. Eine Frau streckte den Kopf heraus. Der Mann schwang zur Begrüßung den Arm hoch in den blauen Himmel und neigte stürmisch sich dem Auto zu. Stracks war sein Interesse an dem Fremden auch erlahmt.

Hermann, ein wenig beleidigt, spähte um die Ecke.

Dann trat er aus seinem Versteck hervor. Nein, der blaue Mann stand nicht an seiner Ecke. Das Glück war günstig. Mit nichts Bösem im Sinn passierte Hermann die gefährdete Ecke und erreichte Hubmeiers Bau. Stattlich war das Haus, ocker- und auch sandgelb und sehr schön gemörtelt. Wie neu stand es, ganz fest. Verworrenes Lachen drang aus der Lokalsektion. Zwei Männer lachten wohl und eine Frau. Die Frau kreischte schon wie verrückt. Dazu war auch der Musikapparat in Betrieb gesetzt worden. Die Sonne sengte steil. Zügig und fast furchtlos bestieg Hermann noch unversehrt die Haustürstaffel.

Hermann fiel gleich auf, daß die Kreidetafel, welche den Gassenverkauf trotz der Betriebsferien garantierte, heute nicht an die Haustüre gelehnt stand, sondern gegen die Metzgereitüre im Flur. Ihr gegenüber fand sich noch eine andere und zweite Tafel, ebenfalls mit Kreide beschriftet: ›Heute vorzügliches Frühlings-Tatar und prima Pußta-Gulasch‹. Noch einmal fiel es Hermann schwer aufs Herz, weil er heute nacht geschwänzt hatte. Aus der Gaststube tönte jetzt, unterhalb der Musik, ein recht gleichmäßiges Schnarren, ja bestimmt schon Getrappel. Gerade vorhin hatte die Musik trotzig, mürrisch auch geklungen, jetzt machte sie einen mehr ländlichen und gütlichen Eindruck. Doch brach sie unvermittelt ab. Ein kältlicher Hauch strich durch den Hausgang. Auf leisen Sohlen kam ein Mann von der Pensionstreppe herunter und hielt auf den Abort im Hinterhofe zu. Es war der Witwer von gestern. Er sah Hermann nicht. Sein beiger Hut trug eine braune Krempe, diese ein lila Band. Süßlicher Geruch fuhr wehend, saugend vom Abort her. Musik setzte wieder ein, durchstieß die Stubentür. Es war diesmal etwas Lautes und Hartes, doch auch Lückenhaftes und stellenweise Klammes. Eine Männerstimme sang etliche Takte mit und verlieh den Tönen ein Beschwingtes, ja schon Tückeloses. Die Zusatzstimme brach bald wieder ab, jetzt war es nur noch ein übersichtlicher Marschrhythmus, was da dengelte und spielte. Hermanns Wagemut war gleichwohl noch erschüttert. Der Witwer kam aus dem Abort heraus. Knöpfte die Hosentüre zu. Sah prüfend in den blauen Himmel hoch. Nach Würsten roch es auch und ziemlich pelzig. Vielleicht nach Mottenpulver. Hermann ermannte sich mit Macht. Die Sache litt keinen Aufschub mehr. Die Würste sollten ihn nicht hindern. Zumal der Blaue abgetan. Noch einmal, den Gewinn zu kosten, lugte Hermann um den Haustürstock. Der Blaue war nicht da. Beherzter stahl sich Hermann in den Hinterhof. Musik verfolgte ihn verheddert. Der Witwer saß auf einem Stuhl. Er starrte in den Boden. Die Hitze war sehr stark. Der Witwer schwankte mit dem Haupt. Hermann sah er nicht. Der Kopf schwang hin und wieder.

Hermann sträubte sich nicht länger. Fast schon gefaßt tat er die Türe auf. Und glitt rasch in die Stube.

Unbeabsichtigt laut knallte die Türe zu.

Der Eindruck des Wogens, der Hermann empfing, er kam ganz bestimmt von der maßlos auftrumpfenden Musik her. Ans Ohr drang aber auch sogleich noch etwas anderes, etwas wie Geraune, wie Gewisper. Die Luft war sehr verraucht und vom hereinstürzenden Sonnenlicht in kleinsten wirbeligen Staub gemahlen. Hermanns gestriger Platz war unbesetzt. Der Ventilator surrte. Hermann stand verkrampft. Geschwind wollte er sich niederlassen, doch schon kam Hubmeier mit freudiger Miene extra hinterm Büfett hervorgehumpelt und griff sich Hermanns Rechte, ja nacheinander beide Hände. Mit halbhoch quäkender und sogar näselnder Stimme erkundigte sich der Wirt, ob Hermann endlich wieder da sei, und er bedauerte, daß Frl. Anni nun momentan und umgekehrt fehlte, sie müsse aber gleich wieder kommen, Hermanns Wünsche entgegenzunehmen. Mit einigem Stolz und den Arm auf seinen Krückstock lagernd, sah Hubmeier über seine Gästeschar hinweg und lächelte versonnen. Hermann wurde deutlich, wie ein Mann, der sich schon längere Zeit nicht mehr rasiert hatte, über ein braunes Schnitzel oder Kotelett herfiel und mampfte. Ganz in der Nähe des Musikapparats erkannte er den Kleinen von gestern wieder, er hatte sich wieder eingefunden und war soeben dabei, eine Bockwurst zu verspeisen, und schlug mit dem rechten Bein und dem Kopf den Musiktakt mit. Als er Hermann wiedererkannte, kicherte er erfreut und zwinkerte ihm ganz verschlagen zu. Sehr leise verrichtete Hermann Hubmeier seinen Dank und murmelte eine Entschuldigung für sein Ausbleiben heute nacht. Hubmeiers geneigt lauschendes Ohr drückte eine gewisse Besorgnis aus, aber nach Hermanns Gefühl jetzt wohl doch mehr über die Musik aus dem Apparat, die an Kraft prompt nochmals zulegte. Hermann drückte sich von Hubmeier weg und setzte sich gefügig und schon halb entkrampft. Da kam auch schon Frl. Anni aus dem Vorhang hervor und im weißen Kittelschurze huldreich lächelnd spornstreichs zu Hermann hin gelaufen.

Ein besonders feines Mineralwasser, rief Frl. Anni, während Hubmeier sich mit Bedacht zurückzog, noch halb im Laufen Hermann zu, habe sie heute anzubieten, eins, das soeben auch erst eingetroffen sei. Schon seit Stunden, bescheinigte Frl. Anni Hermann und sah etwas aufgelöst im Kreis herum, gehe es hier heute zu wie in einem Wespennest, schon seit sieben Uhr früh. Sie habe alle Hände voll zu tun, sagte Frl. Anni und schaute immer abwesender. Sie kramte in ihrer Schurztasche und spielte mit den Münzen drin. Sah dann zum Ventilator hoch. Jetzt kam auch der Spitz zum Vorschein, ging aber sofort wieder weg.

Vielleicht wegen eines irgend unbotmäßigen Gastes stampfte Frl. Anni kurz und recht zerstreut mit dem Fuße auf, um dann schleunigst wegzutrippeln. Rege kam sie sofort wieder und stellte Hermann die neue Wasserflasche zu seiner freien Entscheidung vor. Frl. Annis Stimme tönte heute etwas anders, heiterer als gestern, aber auch in allem Singklang noch viel eigensinniger. Hermann gab sein Einverständnis kund und gestand Frl. Anni, daß er aber auch noch ein Kännchen Kaffee dazu haben wolle. Schweißperlen sickerten ihm auf die Stirn. Das kitzelte und kitzelte. Das Fenster war gänzlich geschlossen. Alles war sehr aussichtslos. Jetzt galt es freilich durchzuhalten. Der Kleine kaute seine Wurst. Die Musik hatte für Sekunden ausgesetzt, längst war sie wieder angelaufen und tat jetzt ganz unbändig. Dem Kleinen stand der Mund beim Kauen offen, aus irgendeinem Grunde starrte er nach hinten. In einem abgelegenen Winkel der Stube schien er etwas zu sehen, was ihn sehr erstaunte. Frl. Anni streifte die Schürze glatt. Noch zerstreuter wiederholte sie Hermanns Kaffeebestellung und sah fast starr zur Türe hin. Mit der halbgeöffneten Hand wischte sie, achtlos und ohne hinzuschauen und sicher nur gewohnheitsmäßig, über die schon blanke Tischplatte. Tätig rannte sie hinter das Büfett, von dort, nach einem kurzen Aufenthalt, hinter den Vorhang.

Hermann richtete sich auf eine längere Wartezeit ein, doch es waren noch keine zwei Minuten vergangen, da war das Kännchen Kaffee da. Rastloser als am Vortag kam Frl. Anni Hermann vor, sie glühte schon vor Eifer. Hermann, zu seiner großen Erleichterung, verspürte, wie er auch weiterhin in ihrer Gunst stand, heute noch entschiedener vielleicht als gestern. Köstlich mundete das Mineralwasser, der Bohnenkaffee nicht minder. Nicht verfehlte er seinen Zweck, Hermann gänzlich wach zu machen und freilich auch noch mehr zu schwitzen. Das Schwitzen tat auf einmal wohl. Hermann spürte große Kraft.

Sorglos trank er seine zwei Tassen auf und widerstand vorerst auch dem bösen Blick, mit dem die Frau vom runden Tisch, sich immer wieder nach rückwärts drehend, unentwegt ihn anstarrte. Es war die Schwedenfahrerin. Sie hatte ein Glas Portwein vor sich stehen. Und ein neues Kleid am Leibe. Es war ein gelbes Strickkleid, ein sonnenblumengelbes Kleid, mit einer gleichfarbigen Kapuze, die auf den Rücken hing. Auch trug sie hohe Stöckelschuhe. Die Haare waren wilder und noch verschlissener, als Hermann sie in seiner Erinnerung hatte. Schmerz schien an der Frau zu fressen. Sobald sie sich zu Hermann drehte, war es, als ob sie bei ihm Unrat wittere. Gleichzeitig hatte Hermann das Empfinden, als ob er der Frau noch etwas schulde. Hermann beschwichtigte sich mit der Überzeugung, daß die Frau keine Ansprüche geltend machen konnte, daß all ihr Schmerz zudem ja bald verpuffen würde.

Hubmeier schien heute besonders gut auf dem Damm, vorm Büfett aber kniete Frl. Anni und suchte jetzt anscheinend heruntergefallene Münzen zusammen. Die

Musik hatte seit geraumer Zeit schon ausgesetzt, der Wirt sah seiner Frau behaglich zu beim Suchen. Frl. Annis etwas verfilzte Locken wackelten über dem gekrümmten und sich immer tiefer krümmenden Halse. Zum Zuschauen war jetzt auch die Großmutter herbeigetreten, sie sah besorgt, doch auch ein bißchen abenteuerfreudig auf den Fußboden nieder, auf dem Frl. Anni lag und dann auch wieder kniete. Lautlos unaufhörlich regten sich, wie in Hilfeleistung für Frl. Anni, der Großmutter Lippen, ihre Hand zog eine Schrankschublade auf und schob sie wieder zu. Beim Suchen zu helfen, klatschte das hereinfallende Sonnenlicht jetzt noch breiter auf den Fußboden hin. Hubmeier stand abwartend neben seiner Frau, er schien aber mit seinen Gedanken wohl woanders. Am mittleren Längstisch fehlte der Fernsehkasten. Nahe dem Musikapparat der Kleine, er hatte sein Besteck zur Seite gelegt und wirkte sehr geknickt. Jemand hatte ihn vordem wohl gekränkt. In seiner Verlegenheit grinste er plötzlich wieder Hermann an, um sich wenigstens dessen Gunst zu sichern. Hermann fürchtete des Kleinen Anhänglichkeit, tat ihm aber ungesäumt den Gefallen und ließ ihm zur Begütigung einen kurzen Gruß zuteil werden, mit der leicht angehobenen Hand. Der Kleine war recht mühsam von Begriff. Jetzt schaute er noch trauriger, untröstlicher.

Endlich richtete sich Frl. Anni wieder hoch und gab sowohl Hubmeier als auch der Großmutter durch Blicke und Worte zu verstehen, daß sich für sie die Sache erledigt habe, daß sie aber bei größerer Wachsamkeit zu verhindern gewesen wäre. Erschöpft ließ sich die Großmutter auf ihren Stuhl am Ofen fallen und rieb dann ihre Knöchel in den schwarzen Strümpfen. In schlaffen, weichen Runzelsäcken hing die Haut von ihren Wangen. Die Augen schauten widerwillig in den Boden, als ob sie doch noch weitersuchen möchten.

Gehetzt und aufgelöst vor Hermann stand Frl. Anni. Es tue ihr weh, sagte sie eifrig schnaufend und im Eifer gerade schon übertrieben, sie bitte um Nachsicht, aber Hermann wolle heute woandershin zum Essen gehen und sich anderswo beköstigen. Er, Hermann, möge es ihr nicht verdenken, das liege nicht am Fleiß, aber sie könne heute nicht kochen. Alles verschwimme ihr schon vor den Augen. Das sei wie eine Heimsuchung. Sonst solle es ihm, Hermann, an gar nichts fehlen, auch an Getränken sei kein Mangel. Nur kochen könne sie heute nicht. Lediglich eine Bockwurst habe sie zu bieten, die nämlich sei schon fertig.

Tatsächlich war Frl. Annis Brille stark beschlagen. Hermann war mit der Bockwurst einverstanden und stellte, während Frl. Anni noch einmal um Rücksicht bat, fest, daß die Maiglöckchenvase am Tisch heute verschwunden war, ausgewechselt zugunsten eines Glases mit schönen weißen Nelken drin. Frl. Anni sauste nach hinten, bremste aber in der Höhe von Hubmeier ab und lauschte diesem. Hubmeiers eiserner Miene glaubte Hermann zu entnehmen, daß es um unterschiedliche betriebliche Instruktionen gehe, um Komplikationen und vielleicht um etwaige Disziplinarmaßnahmen gar.

An der anderen Flanke des Musikapparats, dem Kleinen gegenüber, saß eine bleiche Frau am Fenster, mit leicht zerrauftem Haar. Sie war gewiß lungenkrank und wohl schon vom Siechtum gezeichnet, die Haut ganz gelb getrocknet. Allein, im nächsten Moment trank sie von ihrem gelben Limo und fuhr mit der Zunge sehr vergnügt über die Lippen hin. Ein ganz kleiner Wandkasten hing über ihrem Kopf, ein Kasten aus sandelhellem Holz. Hermann ging mit sich zu Rate, ob dies das Medizinschränkchen sein könnte, wenn es bald einmal nottun sollte. Einer, den sie gestern Rummel oder Hummel genannt hatten, war auch heute wieder eingetroffen, er saß am Rundtisch, schien aber seiner Bierflasche nicht recht froh zu werden. Die Schwedenfahrerin ihm gegenüber verweigerte ihm dem Augenschein nach das Wort, sie schien sich weiterhin zu grämen und zu wurmen, hatte sich aber wohl darein ergeben oder vergaß doch gänzlich, sich nach Hermann strafend umzudrehen. Hummel zog seine Brieftasche aus dem Jackett und klaubte ein paar Zettel aus ihr hervor, die er dann betrachtete und las. Längst hatte Hubmeier sich nach hinterhalb gemacht und niedergelassen, er stemmte sein gesünderes Bein auf den Fußschemel, rieb sich am Hals und hielt die Stubentür im Auge. Die Linke hielt den Krückstock fest.

Schon brachte Frl. Anni Hermanns Bockwurst mit viel Senf und Brot, sie mußte aber sofort wieder weg. Ein zweiter Mann am Rundtisch, Hermann noch unbekannt, begann sich zu ereifern und auf die Schwedenfahrerin einzuzetern und langsam laut zu werden. Doch schon hieb Hubmeier seinen Stecken zweimal wider den Holzboden, tat einen knappen Ausruf und streckte rächend sein Unterkinn in Richtung auf den Unruheherd. Augenblicklich trat wie billig wieder Ruhe ein. Der gleiche neue Gast packte im Fortgang eine Leberkässemmel aus einem Papier, biß hinein und wandte seinen Blick dem Fenster zu. Sehr schütteres Haar hatte er, auf einem Schädel, wie er Hermann von einem früheren Aufenthalt in Slowenien oder Kärnten her gut bekannt vorkam. Seine Geringschätzung der Schwedenfrau war offensichtlich. Der rechte Arm schien ihm gelähmt. Er trank geschickt vom Flaschenbier. Mit Trotz in den Augen belauerte ihn die Schwedenfrau dabei. Halbschlafend unterm Ofenrohr hockte die Großmutter.

Herz und Schweiß machten Hermann keine Beschwerden mehr. Leimsiederisch und etwas kriecherisch äugte der Kleine um sich, Anschluß noch einmal zu suchen. Die Tür ging auf. Zusammen mit der heute unermüdlich auf Achse befindlichen Frl. Anni betrat eine machtvoll hohe und beleibte ältere Frau die Gaststube, sie schritt sehr zielgewiß auf den Rundtisch zu und ließ sogleich sich niederplumpsen. Den Regenschirm lehnte sie gegen den Tisch, die Handtasche wurde über die Stuhllehne gehängt. Ein knielanges Dirndlkleid trug die Frau, darüber einen zusammengebundenen Haarschopf. Der Haarschopf war ganz buttergelb, das Dirndl besaß ein helles Röschenmuster. Es war eine sehr wuchtige Frau. Sie schmunzelte und sah sich nach Bedienung um. Niemand am Tisch schien sie zu kennen. Die Schwedenfahrerin fuhr zusammen und dann mit dem Kopfe hoch und stierte scharf und feindselig auf die Neue hin. Ihr rechter Nachbar flüsterte ihr etwas ins Ohr. Der Hals der Dirndlfrau war dick verschwiemelt. Die Frau schien friedfertig, sie flößte Hermann aber noch weniger Zutrauen ein als jene, die nach Schweden wollte. Hermann biß fest zu und schaute möglichst unverdächtig. Die Bockwurst ging gut an, sofern man sie sehr langsam aß. Sie schmeckte etwas klebrig und roch auch nach Petroleum. Durch den beigegebenen Senf fiel es nicht weiter ins Gewicht.

Auf dem mählichen Weg nach draußen blieb ein Gast

vor Hermann stehen, betrachtete den Speisenden und neigte sich zu ihm hinab. Hermann kannte den Mann noch nicht. Die Sonne fiel auf seine linke Schädelhälfte. Etwas schnarrte wieder in der Stube, bestimmt war es der Ventilator. Er kenne Frankfurt gut, sagte der Mann gemütlich, nahm seinen Stumpen aus dem Mund und neigte sich noch tiefer. Erst vor fünfzehn Jahren sei er im Waldstadion gewesen, 1972, Eintracht gegen Kaiserslautern 1 : 1. Der Mann qualmte zwei Züge an seinem Stumpen. Anschließend sei man alle zusammen in den Struwwelpeter gegangen, da sei auch der Schiedsrichter hereingekommen, man habe ihn unverzüglich wiedererkannt.

Diese Stadt hier, der stehende Mann drehte sich, warf einen abwägenden Blick zum Fenster hin und sog wieder an seinem Stumpen, diese Stadt kenne er schon seit 1939 ganz gut. Von der Infanteriekaserne her, eine Artilleriekaserne sei dann später auch noch gebaut worden. Erst jetzt wieder, kraftvoll blies der Mann Rauch von sich und schmunzelte verzwickt, seien wieder glatte 125 Mann im Jumbo-Flugzeug über Kolumbien abgestürzt. Das Europaparlament in Straßburg werde er nächstens mit dem Bus aufsuchen.

Qualm schwärte gräulich durch die Stube wie durch das gelbe Sonnenlicht. Die Frau im Dirndl brannte sich eine Zigarette in einer Zigarettenspitze an und stieß den Rauch schnurgerade hin zur Wand. Hermanns neuer Bekannter schien zu überlegen, wie es weitergehen sollte, da aber, wahrscheinlich durch die Dirndlfrau noch mehr erbost, war unversehens die Schwedenfahrerin hoch und wildauffahrend hin zur Tür gesprungen und wollte gleich hinaus. Weil ihr der Mann, der Hermann seine

Erfahrungen schilderte, dabei im Wege stand, schubste sie ihn einfach mit dem Ellenbogen weg. Haß stand in ihren wilden Augen. In grober Wut schob sie die Unterlippe vor, ähnlich wie der Dralle gestern, indessen nicht gemütlich, sondern wild und gramzerfressen. Rücklings drängte sie hinaus. Die Tür schlug krachend hinter ihr ins Schloß.

Der Mann mit dem Stumpen war ein bißchen ins Schleudern und Schlingern geraten, er schien es aber nicht sonderlich krummzunehmen, daß er angerempelt worden war. Ohne ein weiteres Wort an Hermann zu richten, öffnete auch er nun sacht die Tür. Schon nestelte er an seiner Hosentür. Ganz bestimmt wollte er auf den Abort.

Die Dirndlfrau hatte inzwischen ihr Haar gelöst und kämmte sich. Ein kurzes, helles Meckern kam vom Tisch des Kleinen her, ein Meckern gänzlich unbeschwert. Hubmeier sah fürsorglich nach ihm hin, reckte sogar den Hals. Etwas hatte die Lachlust des Kleinen erregt, jetzt schwieg er wieder still und wagte kaum sich mehr zu rühren. Hermann hätte gern gewußt, ob das wilde Gebaren der Schwedenfahrerin Ursache des Lachens gewesen war, doch auch das buttergelbe lange Haar der Frau im Dirndl war in Betracht zu ziehen. Hubmeier hatte den Vorfall offensichtlich durchgehen lassen, Hermann aber Angst, der Kleine möchte gleich zu weinen anfangen. Gern wäre er ihm behilflich gewesen. Aus einiger Ferne umhegte er den schmalen Mann mit guten Blicken. Doch der Kleine sah nicht hin. Er schien zu schmollen und seinen unverringerten Kummer in sich hineinzufressen. Schon kam der Stumpenraucher wieder. Der Kleine hob den Kopf, verzog den Mund zu neuem, diesmal lautlosem Lachen. Viel sprach dafür, daß er sich an dem Stumpenraucher wieder aufzurichten wußte.

Um den Tag nicht zu vergeuden, besann sich Hermann, wie es weitergehen sollte. Ob er etwa nach seinem Kätzchen Ausschau halten wollte. Hermann war nicht imstande, den Fall zu klären, und vermißte auch den Witwer. Zutrauen aber flößte ihm Hubmeier ein. Hubmeier meinte es so gut mit Hermann, ihm. Ein Tag Aufschub schadete auch wenig. Hubmeier tätschelte den Kopf des Hundes. Blicke voll zarter Schonung empfing von ihm die Großmutter. Die Großmutter hatte etwas in der Hand. Es war nicht gleich gänzlich zu erkennen, entpuppte sich aber im Lauf der Zeit als Reibeisen.

In der Stube war es stickig warm. Der Mann am Rundtisch, der vorher seine Papiere geordnet hatte, schrieb etwas auf einen Zettel, mit sehr viel Bedacht. Es mochte ein Lotto- oder auch Totoschein sein, was Hermann sah. Der Mann zischelte sehr lautlos durch die Zähne. Dann schnurgelte er durch die Nase. Jetzt schnalzte er mit der Zunge. Schließlich ballte er die linke Faust, vielleicht versehentlich. Hermann spürte geringe Müdigkeit, auch Langeweile. Mehr auch zum Zeitvertreib wedelte der Spitz unter dem Rock der Großmutter mit dem Schweif. Und sah dann dringlicher zu Hubmeier hoch. Dieser zog sein wehes Bein ein und schaute verläßlich hin zum Kühlschrank.

Vorübergehend beschattete die Gaststube sich sehr. Gleich darauf tauchten wieder Sonnenkringel auf, spielten vergnüglich mit der Schrankwand und huschten übers Ofenrohr. Unermüdlich tätig brachte Frl. Anni, die Büfettschublade herausziehend, etwas in Ordnung, dann wieder entnahm sie der Vitrine ein neues reines Glas und stellte es auf die Anrichte beim Kühlschrank. Je rastloser Frl. Anni tätig war, desto ärgerlicher schalt sich Hermann seiner Untüchtigkeit. Er dachte daran, die Hubmeiersche Gaststätte wo nicht gänzlich, so doch auf eine sinnige Stunde zu verlassen. Vorher galt es freilich, Frl. Anni seines, Hermanns, weiteren Bleibens zu versichern. Oder vielmehr, Hermann kam ins Schleudern, sich bei Frl. Anni der Erlaubnis seines, Hermanns, ferneren Bleibens zu versichern. Hermann geriet ins Schwitzen. Heiß und kalt ward Hermann. Ein neuer, kleinerer Schweißausbruch kam über ihn. All das waren Ungereimtheiten, alles, was er dachte, ganz untauglich. Unverzagt gleichwohl stand Hermann auf und hatte die Türklinke schon in der Hand. Laut räusperte sich die Frau im Dirndlkleid und schnurgelte. Unverrichteter Dinge machte Hermann auf dem Absatz kehrt und setzte brav sich wieder hin. Zu seiner immerhinnigen Entlastung wollte er Frl. Anni bei nächster Gelegenheit noch einmal 7 Mark 50 für die Kammer überreichen, um schnellstens alles zu bereinigen.

Kaum schlug die Uhr zwei Uhr, als Hubmeier sich erhob, quer durch die Stube ging und in Fensternähe sorglich ein Kalenderblatt abriß. Sämtliche Gäste sahen zu dabei. Hubmeiers ruhige und abwägende Art, seine charakterliche Vorbildlichkeit und seine Berechenbarkeit schienen hier allgemein und jedermann zu überzeugen, auch die Widerspenstigsten und Trotzigsten. Eine Fliege zog sich den Unwillen des Wirts schon zu. Hubmeier folgte ihr wachsam mit den Augen und scheuchte sie, die Krücke vorübergehend in seine Lende lehnend und die Hände zusammenklatschend, fensterwärts. Er humpelte der Fliege nach und riß das rechte Fenster auf. Schon war die Fliege draußen. Begeistert und sehr ergeben sah der Kleine eingezogen hoch zum Wirt. Mit großer Gelassenheit schloß Hubmeier wiederum das Fenster und machte sich erneut nach hinterwärts.

Hermann vermochte nicht genau zu erkennen, welcher Tag heute war, der Kalender war zu weit, der Tabaksqualm auch viel zu mächtig. Es mußte Ende Juli sein, vielleicht der letzte Julitag. Etwas weinerlich wurde Hermann zumute, weinerlich und alsgleich übel. Sehr lange dürre Finger hatte der Nachbar ihm zur Rechten. Jemand hatte ihn vorhin Alex genannt. Es schien ein auskömmlicher Mann zu sein. Trost fand Hermann in dem Gedanken, daß jetzt bald schon wieder Herbst sein würde, da war dann auch Olympia in Mexiko. Hermann stellte fest, daß er sich vertan hatte. Olympia war dieses Jahr woanders. Doch wo, kam Hermann nicht gleich drauf. In Mexiko war Olympia 1968 gewesen, das wußte er genau, jawohl. Er, Hermann, war damals Handelsschüler in Hersbruck gewesen. Und alle Länder Mittelamerikas hatte er lernen müssen, alle hatte er gekannt. Mexiko, Honduras, Nicaragua, sprach sich Hermann vor, Costa Rica, San Salvador und Panama. Hermann beschlich der Verdacht, daß noch eines fehle, es wollte ihm nicht zufallen. Tananarive war es nicht. Auch nicht Quadalquivire. Nein, Citlaltepetl hieß der Berg, der andere Iztaccihuatl. Der dritte seiner Art hieß Popocatepetl, das war der riesigste von allen, der riesigste des ganzen Landes.

Herein zur Tür kam wiederum die Schwedenfahrerin. Sie hatte sich umgezogen. Hermann war ganz sicher, daß sie vorhin noch ein gelbes Strickkleid, vielleicht auch eine weite Frauenhose getragen hatte, jetzt erschien sie im weißblau karierten Glockenrock. Der Rock war wallend und schleifte fast am Boden, von den Knien an war er nach unten hin gekräuselt. Die Frau wirkte trotzdem recht lädiert. Etwas weiter hinten drang Frl. Anni durch die zweite Tür, jene der Gassenschenke. Erst jetzt erkannte Hermann, daß immerzu dann ein Glockenton ausbrach, wenn sich diese zweite Tür auftat. Noch einmal läutete das Glöckchen. Frl. Anni eilte wieder fort.

Die Schwedenfahrerin hatte sich wieder am Rundtisch niedergelassen, diesmal das Gesicht zu Hermann hin gewandt. Es war ganz sicher eine böse Frau, eine böse, harte Frau. Viel zu klobig war die Nase. Die Augen schauten stechend, gleichzeitig überaus verschwommen. Noch mehr ängstigte sich Hermann vor ihren heimlichtuisch hochfahrenden Kopfschleudereien. Nein, das war wahrlich keine gute Frau.

Schon wieder klingelte das Glöckchen. Hermann schwang den Kopf nach links. Vielleicht kam ja das Kind herein. Doch war es abermals Frl. Anni. Unermüdlich war sie heute am Laufen, und doch war ein Verschleiß ihr noch nicht anzumerken. Gleichwohl schien eine gewisse Nervenbelastung an ihr zu zerren. Die Wangen waren ihr eingefallen, besonders stark die linke. Der Kleine drüben brütete. Sonderbar weißes Licht klatschte über den Boden hin. Die Schwedenfrau und der Slowenenschädel konnten es inzwischen anscheinend gut miteinander. Wahrscheinlich redeten sie schlecht über die Dirndlfrau. Deren Hörkraft schien gemindert. Sie saß sehr isoliert am Tisch und rauchte. Alles schien bald schlimm zu kommen. Nach einer Bratwurst verlangte es jetzt Hermann. Zur Not auch noch einmal nach einer Bockwurst. Und vorzüglich nach einem Coca Cola. Vor drei Jahren war es gewesen, dachte Hermann. Bei der Landshuter Hochzeit war es gewesen, am 4. August, da hatte er die beste Bratwurst seines Lebens abgekriegt. Für nur 2 Mark 50. Es war eine ganz wunderbare Bratwurst gewesen, flink und bereitwillig hatte er sie wegverzehrt. Ganz gut, ganz prima hatte die geschmeckt!

Hermann seufzte leis. Wie die Dinge lagen, war dieser Tag noch wärmer als der gestrige. Hermann rang mit sich, nochmals von Hubmeier Urlaub zu nehmen und sich draußen etwas umzusehen. Aber das würde nicht viel nützen. Verwaist kam Hermann sich bald vor. Auch stieß sein Plan, Frl. Anni weiteres Logiegeld zu geben, auf offensichtliche Schwierigkeiten. Die Tür ging auf, ein niederer Mann drängte herein, ein Mann mit einem Höcker auf dem Buckel, ein stark verwachsener Mann. Erwartungsvoll sah ihn der Kleine drüben an. Er schien von Menschen allzu abhängig zu sein. Der Verwachsene besaß einen kurzen grauen Haarschopf, schicklich nahm er Platz schräg gegenüber Hermann und schloß das diesem zugewandte Auge. Das Gesicht war zäh und knochig. Bis zum letzten Kragenknopf geschlossen war das grüne Hemd.

Hermann konnte sich nicht entsinnen, eines bestellt zu haben. Doch schon brachte ihm Frl. Anni regen Schritts das Cola, sogar mit einem Stückchen Eiswürfel drin. Hubmeier, gewitzt, riß die Augen auf und beobachtete aus sechs Metern Entfernung alles. Ein etwas verkniffener Zug trat auf Frl. Annis Lippen. Es war nicht ganz eindeutig, ob sie den neu hereingekommenen Krüppel meinte oder die Gesamtlage, als sie, im Stehen, Hermann auseinanderlegte, sie müsse schon viel durchmachen. Denn immer wieder kämen allerlei seichte, schlechte, entbehrliche Menschen in ihr Gasthaus und hielten regelmäßig Einkehr. Frl. Annis Arm schwang rund um ihren Körper. Abscheuliches Gelumpe sei darunter, windige und zum Teil sogar rappelköpfige Personen, Frauen auch, gerade die blieben dann oft für Jahre. Diese Bürde, Frl. Anni sah an Hermann vorbei und schon zum Ventilator hoch, habe sie zu tragen und das Opfer zu bringen. Gerade die schlechtesten, eröffnete sie Hermann, seien kaum fernzuhalten, hin und wieder seien sogar Holländer darunter, Holländer auf Durchreise. Was aber wolle sie denn machen, fragte Frl. Anni sich und Hermann. Unannehmlichkeiten nehme sie ja gern in Kauf, auch wenn ihr oft alles zuwider werde. Aber alles könne man eben nicht durchgehen lassen, nicht jede Zumutung, so leid ihr das oft für die Gäste tue. In diesem Punkte sei sie eigen, das sage sie ganz unumwunden. Neulich ein entlassener Strafgefangener sei gegen sie auch noch handgreiflich geworden, schüttete Frl. Anni ihr Herz aus, rieb das Kinn und neigte sich vertraulicher zu Hermann nieder. Der Mann habe wie die Pest gestunken, aber zuerst habe sie gar nichts dagegen machen können. Oft sei man wehrlos, und dabei werde sie nächstens 73. Sie könne die Leute doch nicht auf der Straße stehen lassen, und seien sie noch so unberechenbar und unerquicklich, das sei doch das Problem! Allerdings und immerhin, zweimal sei zusammen mit dem Amtmann Streibl auch der berühmte Professor Weigl schon hiergewesen, das sei ein manierlicher Mann gewesen, ein feiner, ach, ganz feiner Mann!

Frl. Anni machte eine Schnaufpause, gleich als sinne sie den Gründen ihrer Lage und Probleme hinterher. Infolge der Hitze, sah Hermann, waren seine Hände aufgequollen. Der Verwachsene zu seiner Rechten rammte zugleich in wildem Weh, vielleicht auch unwillkürlich nur, die linke Faust ins rechte Augenloch. Über ein paar Sekunden schien er sich, der ruhigen Positur nach zu urteilen, mit seinem Aufenthalt und dessen Bedingungen schon wieder abzufinden. Spöttelnd betrachtete er seine angebissene Zigarre. An seiner Schläfe klebte eine dunkle Blutkruste. Hubmeier, nach Hermanns Dafürhalten, beobachtete den Verwachsenen unentwegt von hinten. Er schien ihm heftig unwillkommen, ein Dorn im Auge ihm zu sein. Unentwegt schaute Hubmeier musternd und prüfend auf den Mann, furchte die Stirn und zeigte unter den gepreßten Lippen sogar ein bißchen seine Zähne. Die Zeit verstrich. Hermann hatte das feste Empfinden, daß Hubmeier sogar leise knurrte.

Ohne ein rechtes Mittel dafür zu wissen, versuchte der Kleine längst, die Aufmerksamkeit des Krüppels zu gewinnen. Sichtbar war ihm danach, seine Sorgen wenigstens bei diesem abzuladen, das verrieten seine bitterlichen Blicke. Frl. Anni dagegen hatte dem Neuen überhaupt keine Aufmerksamkeit geschenkt. Sondern unverweilt war sie wieder nach hinten geeilt, gewissenhaft zwei leere Gläser an ihrem Mann vorbei hinter den Vorhang tragend.

Etwas zumindest vorübergehend Abweisendes, eine neuerliche Beklommenheit lastete über der gesamten Stube. Ein dickes, fast feistes Kinn hatte der Slowenenschädel. Seiner überdrüssig war die Schwedenfahrerin schon wieder. Der Mund stand ihr halb offen, als ob sie lautlos und durchtrieben lachte. Versunken starrte Hubmeier in den Boden. Das Beschauen und Besehen seiner Gäste fiel ihm heute nach Hermanns Dafürhalten noch beschwerlicher als gestern. Vieles in der Stube schien den

Wirt zu reuen, manches gar nichts anzugehen. Verirrtes Licht huschte über Hubmeiers sehr edle Wange hin. Aus vollem Herzen wünschte Hermann, daß der Wirt nur ein bißchen schlafen könnte, wenigstens ein paar Minuten. Über eine Weile schien es ihm tatsächlich gelungen, doch schon wieder reckte Hubmeier seinen Kopf empor. Rasch sah er auf seine Kettenuhr und riß vollends die Lider auf. Unverbrüchlich ergriff er einen Schürhaken und begann, dabei gelassen sitzen bleibend, kraftvoll in dem Ofenloch zu stochern. Sowie das erledigt war, setzte der Wirt sich wieder aufrecht. Legte die Arme ineinander und sah mit einnehmendem Blick und voll Genugtuung über seine derzeit neun, zehn Gäste hin. Für Augenblicke verweilte sein Auge wieder besonders innig und treulich auf Hermann. Mit ihm schien er für die nächste und auch fernere Zukunft fest zu rechnen.

Auch weiterhin rackerte Frl. Anni und sauste trippelnd hin und wieder. Wiederum mit böswilligen, schon haßerfüllten Augen schaute die Schwedenfahrerin zuerst zum Buckligen, dann lang auf Hermann hin. Hermann fand sich in einer unannehmlichen Lage. Der Blick der Frau saugte an seinem Kopf, fraß sich richtig in ihn ein. Hermann wich dem Blick aus. In seiner jetzigen Haltung, die Füße übereinandergeschlagen, kam, unbeschadet aller Ältlichkeit, die große Zähigkeit und Maßstäbe setzende Überlegenheit Hubmeiers gut zur Geltung. Hermann entsann sich, wie gern es seine Mutter gesehen hätte, wenn er vor ihrem Heimgang vor drei Jahren noch eine Heirat eingegangen wäre. Es tat ihm leid, daß es zu spät nun war. Mit viel Feingefühl und Zartheit besah Hubmeier den Vorgang, wie die Großmutter sich jetzt stockend wieder zu ihm setzte. Die beiden kamen offensichtlich gut miteinander zurecht, und Hubmeier hielt der Großmutter jederzeit die Stange. Fast fehlte Hermann heute der Fernsehkasten auf dem Mitteltisch. Hochmütige Blicke schleuderte die schlimme Schwedenfrau nach links und dann nach rechts. Der Kleine geizte nicht mit willfährig werbenden Blicken für den Krüppel. Die Schwedenfahrerin zog sich wütend an den Haaren. Abwägend wiegte der Wirt sein schweres Haupt oder ließ es vielmehr hin und wieder pendeln. Die Schwedin lachte knallig auf. Voll fahler Blässe pendelte der Kopf des Wirtes weiter. Hubmeier bemühte sich nicht weiter um die Frau. Sondern hielt alles eisern nach Recht und Billigkeit zusammen.

Zerschlissenes, zwiespältiges Licht fleckte Wand und Fußboden. Der Kleine äugte zermürbt auf einen dieser Flecken. Fortan die Schwedin bockte. Mit übertriebenem Schulterzucken trank sie aus ihrer Pilsbierflasche. Am Fenster saß der alte Mann, der einst in Frankfurt Erfahrungen gesammelt hatte. Er räusperte sich häufig und saugte mit Genuß an einem sicher neuen Stumpen. Zweckdienlich lächelte Hubmeier. Es war fast gänzlich still im Raum. Aus Angst, im letzten Augenblick alles zu verderben, versagte Hermann sich die Neubestellung einer Limonade. Der hintere Vorhang tat sich auf. Frl. Anni trat gehetzt hervor und öffnete, ihren Mann und die Großmutter kaum beachtend, mit einem Schlüssel an ihrem Bund ein noch unerschautes Fach, das, soviel Hermann erkennen konnte, sich wie ein Wandtresor ausnahm. Eine braune Schatulle holte Frl. Anni heraus, aus der sogleich etwas zu Boden fiel, eine Zwirn- oder Garnrolle war es gewiß gewesen.

Frl. Anni tauchte zu Boden, die Schwedenfahrerin

aber sagte laut, sie kaufe sich jetzt ein Aquarium, obwohl sie sich nur für Haifische interessiere, für Wale nicht. Frl. Anni suchte noch, in dieser Sekunde aber tat sich die Stubentür auf, und ein Mann streckte seinen Kopf und den Janker herein – Hermann erkannte ihn unverzüglich wieder und war sich auch vollkommen sicher: Es war der Mann, der gestern nacht mit den Enten ein Stelldichein und Zwiesprache gehalten hatte! Freilich, noch immer hatte der Mann ja seinen Steirer auf und seinen Gamsbart, schon aber wuchtete der rechte Jankerarm ein Paket herein. Es war ein Strauß mit Feldblumen. Der Mann hatte ein noch nicht ganz altes, rundliches und durchaus verschmitztes Gesicht. Augenblicklich erquickt sah Hermann zu, wie er rasch die Lage erforschte und wie er dann, noch immer nur den Kopf in die Stube streckend mitsamt dem Blumenstrauß, zwei Finger in den Mund schob. Ein scharfer Pfiff erklang. Hubmeier reckte den Hals und zog die linke Braue hoch. Auch Frl. Anni richtete sich sogleich auf. Der Mann, der Zapf Gebhard so ähnlich sah, er hielt den Strauß steil in die Luft. Mit der anderen Hand zog er nun grüßend seinen Hut. Noch immer standen seine Beine im Hausgang, nur der Rumpf ragte in die Stube, schon aber hatte Hubmeier verstanden und war drei Schritte vorgestürmt. Mit der an die Schläfe angelehnten Hand grüßte Hubmeier zurück und nickte heftigst. Noch einmal pfiff der Gamsbart kurz, diesmal, indem er nur die Lippen spitzte. Fast überstürzt legte er seinen Strauß auf Hermanns Tisch neben der Tür, der Blick bestreifte flüchtig Hermann, und schon hatten sich Kopf und Rumpf wiederum aus der Tür gezwängt und zurückgezogen, gleich fiel die Türe kraftvoll zu.

Sowie er die Blumen erkannte, flüsterte Hubmeier Frl.

Anni etwas ins Ohr, keine Sekunde später kam Frl. Anni angelaufen, die Blumen auch schon abzuholen. Sie hob das Paket in die Höhe und roch tief daran. Ganz sprachlos sei sie, rief sie Hubmeier zu und schwenkte den Strauß wie eine Fahne, sie sei ganz fassungslos, rief sie ein übers andere Mal. Die Schwedin schaute böse, die Frau im Dirndl dagegen taute wieder auf und lehnte sich nach hinten. Das sei der Trabber gewesen, versicherte Frl. Anni sogleich Hermann und den anderen Gästen, der Schöll Trabber, rief sie rundum beseligt. Der Trabber, beteuerte sie Hermann gegenüber und hielt den Strauß nun wie einen Koffer, sei fast der beste ihrer Nachbarn. Frl. Anni richtete ihre vom Bücken etwas zerzausten Ringellocken zurecht und unterstrich, wenn alle so wären wie der Trabber, dann hätte man hier ausgesorgt. Der Trabber, rief Frl. Anni noch einmal fast krähend und wandte sich zu Hubmeier zurück, auf daß es dieser ihr durch sein Nicken bestätige, der Trabber sei ihr wie ein Vater. Früher, Frl. Anni ächzte und japste beinahe, habe der Trabber immer in Wirtshäusern Blumen aus den Blumenvasen weggefressen, zusammen mit Miller, einem alten Soldaten. Da habe man sich, Frl. Anni kicherte hellauf, als Wirtschaft natürlich vorsehen müssen. Der Trabber, Frl. Anni zog Hermann noch inniger ins Vertrauen und kreischte jetzt sogar ein wenig, der Trabber sei ein ganz anderer als der, der immer vorne an der Straßenecke stehe und Maulaffen feilhalte, ein ganz anderer als der Rammler, in seinem blauen Kittel! Sei sie froh, rief Frl. Anni Hermann und gleichermaßen Hubmeier zu, daß sie den Rammler heute weggetan hätten, für mindestens sechs Wochen ins Sanatorium oder ins Spital. Der Rammler, Frl. Anni nahm flüchtig und nur mit dem linken Hinternteil auf dem leeren Stuhl bei Hermann Platz, der Rammler sei heute früh an seiner Ecke mitten unterm Rauchen umgekippt, es habe einen richtigen Auflauf gegeben, man habe ihn sofort wegtun müssen ins Marienspital. Der mit seinem Kettenrauchen habe es gar nicht anders verdient, bestätigte Frl. Anni zornig. Und mit seinem Eckenlungern halte er die anständigen Leute nur von der Arbeit auf, der Rammler!

Noch immer redete Frl. Anni sehr angespannt und laut. Hubmeier im Hintergrund schien alles zu verstehen und nickte Hermann immerfort quittierend zu. Das zieme sich nicht, fuhr Frl. Anni immer noch unersättlich und sich nun doch zur Gänze niederlassend fort, erst letztes Jahr sei Rammlers Mutter am hitzigen Frieselfieber weggestorben. Sie habe die Schande nicht ertragen. Der Rammler sei ein Unding. Jetzt aber, gestand Frl. Anni, müsse sie ihn, Hermann, einmal etwas fragen. Er sei doch Chemiker, fuhr Frl. Anni liebenswürdig forschend fort. Unwillkürlich und mehr aus Versehen nickte Hermann. Dann frage sie, sagte Frl. Anni, ob denn das sein dürfe, daß ein Chemiker, nämlich der junge Neffe vom Brauereibesitzer Hümmer, mit Hasen und Karnikkeln so böse und verderbte Sachen mache. Hermann möge sich nur vorstellen: Um die Karnickel auf ihre Weltraumfahrereignung hin zu prüfen, habe dieser Neffe, also der Chemiestudent, etliche von den Karnickeln in die Waschmaschinentrommel getan und dann auf mehreren Geschwindigkeitsstufen durchgetestet! Das habe doch mit Chemie nichts mehr zu tun, erkundigte sich Frl. Anni ungeduldig und kicherte sogar. Auch sie habe schon einmal einem solchen Chemiker Unterkunft gewähren müssen, fuhr sie fort und blickte Hermann sehr entrüstet an. Auch andere ruchlose und unnütze Sachen habe der Neffe noch gemacht. Tanzmäuse habe er, Hermann möge bedenken, auf einer heißen Ofenplatte tanzen lassen, dieser Neffe. Natürlich seien alle dabei verreckt, natürlich, rief erregt Frl. Anni und kicherte neuerlich fast lausbübisch. Groß und staunend sah sie auf Hermann hin. Passiert sei es im Ledigenheim von München-Pasing.

Einigermaßen überstürzt lief Frl. Anni wieder davon und ließ sich von Hubmeier einen Schlüsselbund in die Hand drücken. Die Schwedenfahrerin gaffte jetzt ohne jede Rücksicht das Kleid der Dirndlfrau an, zur gleichen Zeit aber kamen hintereinander zwei Männer zur Tür herein und verteilten sich an zwei der Tische. Hubmeier zog alarmbereit die Augenbrauen an, sein unruhig pendelndes Auge hielt die beiden Neuen von Anfang an in Schach. Auf dem Hausgang war ein Krach zu hören. Hermann lauschte bang. Zwei Frauenstimmen zankten. Die eine gehörte Frl. Anni an. Die Großmutter unterm Ofen zupfte gerade am Pulloverärmel, schon wies ihr Arm in Richtung Hausgang. Hubmeier, der seine Hose bürstete, winkte ab und kam nach vorne. Die beiden neuen Gäste bestellten bei ihm Getränke. Mit nur oberflächlich zerrütteten Nerven und zum Austreten ging Hermann auf den Gang hinaus. Ein Mann und eine Frau waren es, die, gleichsam eingeklemmt zwischen Haus- und Schwungtür, Frl. Anni offenbar zur Last fielen. Mit dem linken Arm drängte Frl. Anni die Frau, mit der rechten auch den Mann hinaus. Es handelte sich um sofort erkennbar zweifelhafte Personen. Aus der Stube scholl ein lautes Lachen, dann gleich drauf zart beschwingte Swingmusik. Die Frau war mächtig dick und schien sehr angetrunken. Der viel jüngere, aber gleichfalls schon ältere Mann hatte einen beigen Rollkragenpullover an und machte einen sehr sämigen und zugleich erheiterten Eindruck. Noch im Gedrängel schmunzelte er mutwillig und war ganz stolz. Beide Personen standen Arm in Arm geklemmt, wurden aber immer wieder gegen die Schwungtür und durch diese durchgestoßen. Nein, rief Frl. Anni und rüttelte an der Jacke der Frau, sie erdulde es nicht mehr, diese Gemeinheiten, sie habe sie jetzt sieben Jahre lang ertragen. Hermann erwog, ob er vielleicht helfen könnte beim Zurückdrücken, jetzt aber erschien auch die Großmutter unter der Stubentür und zeterte, die Lippen rührend, gänzlich lautlos mit. Das werde sie ihr heimzahlen, schrie die dicke Frau Frl. Anni an. Schon war auch der Spitz bei der Großmutter, er bellte aber nicht, sondern knurrte nur eine Weile sprungbereit und hechelte sodann mit der heraushängenden Zunge. Es war ihm selber klar, er war zu alt zum Kämpfen.

Der Mann im Rollkragenpullover griente, indessen die Frauen stritten und sich quetschten. Er war fast noch häßlicher als die fette, scheußliche Frau in ihrer lila Damenhose und ihren weißen Stöckelschuhen. Halsstarrig sträubte sich die Frau noch immer, er aber, kaum merkte er, daß nichts auszurichten war, zerrte die Frau unmerklich mit zur Türe hin zurück und sah fast schuldbewußt darein. Es habe sich jetzt ausgehurt, schrie Frl. Anni leidenschaftlich, und nun schrie auch die Großmutter wieder fast lautlos wabernd und zur Unterstützung mit. Selbst durch die Brille hindurch war zu sehen, wie Frl. Annis Augen funkelten und blitzten. Die Fette blieb verstockt und uneinsichtig und verlangte Bier. Längst war der Mann zu einem Rückzieher bereit, doch jetzt gab

Frl. Anni der Sache eine gänzlich andere Wendung. Mit der flachen Hand drosch sie plötzlich unvermutet auf den Kopf der Frau ein, schalt sie eine bremsige Hexe und fuhr ihr auch schon kratzig ins Gesicht. Die dicke Frau, womöglich davon betäubt, schleuderte gegen die Wand und dann ins Eck des Hausgangs. Mit Hilfe des auch mit anziehenden Manns aber nutzte Frl. Anni die Gelegenheit, die beiden vollends hinauszuschieben und zu -bugsieren und die Haustür eilig zuzudrücken. Die Fette trommelte noch ein bißchen gegen die Tür und schimpfte grob hinein. Bestimmt war es ihr Begleiter, der sie aber dann recht schnell wegschleifte und ihr Geschrei nutzlos verhallen ließ.

Kaum war es ihr gelungen, schob Frl. Anni den Türriegel vor, fuhr sich durchs Haar und wandte sich an Hermann und die Großmutter. Ihr Kopf war rot und auch ein wenig blau angelaufen. Die Zumutung, klärte sie, sich rechtfertigend und mit erhobener Stimme, beide auf, bestehe nicht so sehr darin, daß die Babett wieder betrunken gewesen sei. Die Gemeinheit sei vielmehr, daß sie zuerst betrunken sei und dann nach hierher komme, aber nur ein Bier mehr schaffe. So machten sie es allesamt. Woanders tränken sie Schnaps und Rum, hier bloß noch Bier und Kaffee und Limonade. Voller Kraft erfülle sie, Frl. Anni, gerne alle Wünsche, darin sei sie sehr sorgfältig. Allein, lange genug habe sie den Gästen allzu sehr vertraut, die Gäste dankten es nur spärlich. Frl. Anni winkte der Großmutter, sich nun wieder zurückzuziehen, und nahm die Brille von ihrer Nase. Ohne Gläser wirkten ihre Augen recht gedunsen und starrten auch etwas verloren an Hermann knapp vorbei. Sie sei fleißig den ganzen Tag, erörterte sie Hermann, nehme alle Mühsal auf sich und lasse es an nichts fehlen. Aber Schäferstündchen in ihrer Gaststätte, die lasse sie nun einmal nicht zu. Das sage sie ganz klipp und klar.

Im nämlichen Augenblick kamen, den Frauenabort gemeinsam verlassend, zwei Frauen aus dem lichten Hinterhof in den Hausgang getreten und verabschiedeten sich von Frl. Anni. Die eine trug eine grüne, die andere und gut zehn Jahr ältere eine graue Cordsamtmütze. Diese eine schwarze Lederjacke, jene einen laubfroschgrünen Anorak. Voller Herzensgüte klopfte Frl. Anni den beiden an die Arme und Lenden und richtete dem Onkel Hans in Ernhüll die allerschönsten Grüße aus. Vielleicht etwas gedankenabwesend, unter Umständen auch im Rahmen ihrer sonstigen Planungen ging Frl. Anni, die beiden Frauen alleine lassend, zur Tür nach vorn und schob den Riegel wieder zurück. Noch ehe Frl. Anni ganz zurückgekehrt war, grüßte die Frau im Anorak ihrerseits Hubmeier auf das schönste. Hermann strich auf den Abort, drückte sich im Anschluß an den noch plaudernden Frauen vorbei und stellte sich in die Haustüre. Die Sonne stach ihm in die Augen, aber es war wirklich wahr: Der blaue Mann war wieder nicht da und blieb auch endgültig verschwunden.

Leider auch das Kätzchen. Nur zu gern hätte sich Hermann von ihm wieder reiben lassen. Doch nur der Spitz spazierte bedächtig an Hermanns Bein vorbei ins Freie. Er beschaute das Kopfsteinpflaster, ließ Wasser an der gegenüberliegenden Hauswand und sah scharf nach links und rechts. Dann wurde ihm der Boden zu heiß unter den Füßen. Er kehrte in sein Haus zurück.

Sie freue sich, Hermann stand noch ein Weilchen in der Haustür, auf das Kind, bestätigte Frl. Anni etwas hinterhalb den beiden Frauen. Frl. Anni schien es nun wieder ein wenig langsamer angehen zu lassen. Längst schon hatte sie auch ihr freundliches und sogar ein bißchen beseligtes Gesicht zurückgewonnen, sie hatte sich gefangen und wirkte durchaus ausgeglichen. Allerdings konnte Hermann sich gleichzeitig nicht erinnern, die beiden Frauen in der Stube gesehen zu haben. Hermann kam ins Sinnen und ins Grübeln. Vielleicht waren es ja Pensions- und Dauergäste. Hermann blinzelte in die Sonne. Aber die Karin solle auf sich aufpassen, fuhr hinter seinem Rücken Frl. Anni mit hell gackernder Stimme fort, erkältet sei man leicht. Vor allem Schwangere, das habe der Dr. Feinbier oft und oft gesagt. Hermann schaute durch die eingeschlagene Schwungtüre nach hinten. Die Frau in der Lederjacke hatte einen Teil der Hand geschient. Sie sagte etwas Unwirsches, das Hermann nicht verstand. Das habe mit der Haushaltungsschule gar nichts zu tun, erläuterte Frl. Anni eindringlich, sie wisse es schließlich, sie habe dort ja auch einst absolviert. Hermann nickte fügsam. Und blickte in die blaue Luft. Der Himmel zwischen den schönen Häusergiebeln war noch immer restlos blau. Er, Hermann, konnte aufschnaufen. Den lästigen Blauen wußte er im Sanatorium. Aus der Gaststube kam ein einziger hoher, spitzer Laut. Seine Quelle war für Hermann nicht leicht auszumachen. Dem Kleinen traute er ihn zu. Unter Umständen auch der Dirndlfrau. Hier jedenfalls gehe es um langfristige Verträge, faßte Frl. Anni schon zusammen und bestrich rasch ihren Unterleib, zwischen allen Mietsparteien. Mit der Schwangerschaft habe es nichts zu tun.

Freundlich singend und sogar etwas leiernd verabschiedete die Wirtin die beiden Frauen. Während diese schon auf ihr gemeinsames Motorrad stiegen, rief sie ihnen noch vielerlei zu und nach und winkte. Sie rieb sich die Hände vor Vergnügen und lockte mit einigen Worten auch Hermann wieder ins Hausinnere.

Am Fenstertisch hatten zwei Männer unverhofft ein Kartenspiel angefangen. Es waren der Verunstaltete und, Hermanns Erinnerung nach, ein noch gänzlich frischer Mann. Taktvoll beschaute Hermann ihn von weitem. Es war ein noch jüngerer, schlanker und wohl vor allem biegsamer Mann. Er trug ein braunes Fransenjäckchen aus wildem Leder und hatte schwarze, auch silberglitzernde und wahrscheinlich nagelneue Stiefel, sicherlich Motorradstiefel, an den Beinen. Der nackte und fast dunkelbraune Arm zeigte eine Tätowierung. Es war ein großer Anker und ein Büffel. Darunter war eine Uhr zu sehen, groß wie eine Kaffeetasse. Der Neue schaute verwegen drein und schmunzelte gleich unbändig. Hubmeier schien von dem Spiel noch nicht weiter belästigt, er sah nicht einmal hin. Hermann setzte sich. Die Großmutter saß neben dem Wirt. Diesmal teilten beider Beine den Schemel. Voll Großmut hatte Hubmeier seine beiden Arme fest verzahnt, er schien aber der Großmutter gegenüber etwas auf Distanz zu achten. Drei Glockenschläge zählte Hermann. Wiewohl die Luft in der Stube immer verhangener, ja neblichter wurde, war er sich jetzt doch sehr sicher, daß der Club den Klassenerhalt wohl schaffte. Und auch im europäischen Cupwettbewerb eine anständige Figur machen würde, so war Hermann sehr geneigt zu glauben. Die Schwedenfahrerin brütete mit häßlich vorgeschobener Unterlippe. Bestimmt litt sie unter mancherlei Entbehrungen und Versagungen und wollte es nicht eingestehen. Und versuchte statt dessen, bei Hubmeier Boden gutzumachen. Sichtlich vernachlässigt fühlte sich dagegen der Kleine, einen hilfsbedürftigen Blick nach dem anderen sandte er zu den Kartlern hin und verriet sich durch allzu sehnsuchtsvolles Gebaren. Aus dem Vorhangshintergrund heraus surrte ein Wecker los. Hubmeier holte seine Kettenuhr aus der Hosentasche und sah inständig auf sie, wahrscheinlich zum Vergleich. Die Kartenspieler lachten. Staubrauchkörnchen schwammen schön im Schwall des Sonnenlichts. Der Slowene machte sich inzwischen anscheinend insgeheim über die Schwedin lustig, andauernd und aufmunternd blinzelte er Hermann zu und ließ sodann die Augen zu der Frau hin rollen. Aber auch Hubmeier selbst schien neue Fragen aufzuwerfen. Sein Haupt mahnte Hermann heute alles in allem sorgenvoller und umdüsterter als gestern, der Blick graste insgeheim verloren und schon duldungsbereit. Verwegen schaute der Tätowierte drein und freilich etwas brenzlig. Hermann biß sich in den Daumen. Über seinem Kopf wurde ein starkes und mehrfaches Spülen vernehmlich, dazu das kurzzeitige ferne Brüllen einer Frau. Wäre die Schwedenfrau nicht vor ihm gesessen, Hermann hätte wohl auf sie geraten.

Am Rundtisch war inzwischen ein weiterer Gast eingetroffen und hatte Platz genommen, vielleicht vom Hinterhofe her, Hermann hatte ihn nicht durch die Haustür kommen sehen. Er saß sehr ruhig und gesittet. Es war ein plumper, voller Leib, das Alter war schwer zu erraten. Er saß ganz ruhig und versunken unter einem Strohhut und hatte eine Sonnenbrille vor den Augen. Vor ihm stand eine Flasche Bier. Die Dirndlfrau schien ihm nicht wenig wohlzuwollen. Sie sah ihn dauernd freudig an. Der Mann saß sehr fest in seinen Gedanken und schien nur wenig teilzunehmen. Aber auch an seinem Bier nahm er nur wenig Interesse.

Die beiden Kartenspieler schienen sich noch immer abzutasten und verhielten sich noch durchaus ziemlich, von allerlei gackernden Lauten des Tätowierten abgesehen. Der Krüppel saß sehr angespannt. Sie spielten ein Spiel, bei dem jeder zu Anfang fünf Karten empfing, der Rest blieb unerkannt in einem Haufen und wurde auch nicht abgehoben. Meist nach dem dritten Stich verlangte der eine vom anderen, er solle gehen. Der andere gab dann auf oder sagte, daß er bleibe. Nach jeweils etwa zwei Minuten machte der Bucklige mit Kreide Striche auf eine Schiefertafel. Struppig war der Kopf des Buckligen. Auf einmal hatte der Tätowierte sein Jäckchen ausgezogen und übereilt den braunen Oberkörper freigemacht, gewiß, um derart gelöster weiterspielen zu können. Jetzt zeigte sich, daß auch seine Brust ihm tätowiert war, mit einem geflügelten oder vielmehr niedergestochenen Drachen. Lachend nahm der Mann die Karten wieder auf, doch schon war Hubmeier zur Stelle. Aufwallend und mit Heftigkeit verdächtigte er den Halbnackten der Aufsässigkeit und argwöhnte dann sogar, dies Spiel sei eigentlich in der Öffentlichkeit verboten. Es war Hubmeiers ausdrücklicher Wunsch, daß das Jäckchen postwendend wieder angezogen würde. Um sich noch mehr Respekt zu verschaffen, stemmte der Wirt seinen Krückstock kraftbewußt in den Holzfußboden und legte steil den Kopf zurück. Ungebührliches Verhalten gebe es hier nicht, rief Hubmeier schwer verstimmt. Das sage er im Guten. Wenn sie sich aufführen wollten, dann sollten sie zum Eichenseer gehen!

Heftig humpelte Hubmeier wiederum nach hinten,

setzte sich auf seinen Stuhl und schüttelte anhaltend den Kopf. Im Gleichklang mit ihm, um ihn nicht allein zu lassen, schüttelte die Großmutter auch den ihren. Allmählich schien Hubmeiers Grimm soweit wieder verglüht, sein Lippenspiel sprach dafür, daß er den Zwischenfall vergessen wollte. Der Tätowierte, längst wieder ausreichend bekleidet, maulte heimlich noch eine Weile nach und kicherte, dann aber spielte er die Partie zuende.

Kurz vor ihrer Entscheidung kam es aber noch zu einer Meinungsverschiedenheit mit dem Buckligen, für Hermann stellte sich die Sache so dar, daß es schon beim Mischen zu Fehlern oder Betrügereien oder zumindest Mißgriffen gekommen war, beim Mischen, das die beiden auch wohl Stopfen nannten. Der Tätowierte protestierte laut und gab nicht nach, der Krüppel dagegen schwieg verschnupft und schaute hoch zur Decke. Schmunzelte hinterhältig. Doch schon bald vertrug man sich wieder und spielte weiter. Das freute vor allem den Kleinen am nächsten Tisch. Immer weiter beugte er sich zum besseren Zuschauen nach rechts und auch vornüber. Hermann wandte rasch den Blick. Gelassen und mit Wohlwollen fuhr Hubmeier hinterhalb dem Spitz über das Fell und strich dann übers eigene geringe Haupthaar hin. Hermann verspürte das Bedürfnis, Hubmeier seinen zwischenzeitlichen Dank abzustatten oder ihm wenigstens auch etwas durchs Haar zu streicheln. Nachdenklich betrachtete der Wirt derweil die Großmutter, die im Halbschlaf halblaut ächzte. Sein Verdacht schien längst bereinigt, daß es in seinem Lokal unehrlich zugehen möchte. Im Schlaf rankelte die Großmutter am Stuhle hin und wieder.

Unvermerkt von Hermann waren die Schwedenfahrerin, der Slowene und die Frau im Dirndlkleid plötzlich vom Rundtisch verschwunden. Lediglich noch der Mann mit Strohhut saß an ihm, sehr sittsam und verhalten. Noch immer trug er seine Sonnenbrille auf der weichen Nase. Die Sonnenbrille schillerte ganz violett und Hermann sehr gefällig.

Die Kartenspieler hatten aufgehört, sie schienen sich jetzt etwas zu necken und zu allerlei Unfug anzustiften, ihrem Kichern nach zu schließen. Ein neuer alter Mann saß am Fenster beim Musikapparat. Betrübnis lastete auf seiner Miene, in seinen steilen Knitterfalten. Mit dem Ausdruck der Bitternis, ja fast des Hasses starrte er auf den Kalender hin, dann gegen das Gelb der Stubendecke. Auch er schien an etwas sehr zu leiden. Noch mehr freilich der Mann unter dem Strohhut. Dessen ganzes Sitzen deutete auf Unglück hin, auf Unglück im Gemüte. Er saß sehr sanftmütig unter seinem Strohhut und ließ die Augen weiterhin verborgen. Beinahe hatte Hermann nicht übel Lust, mit diesem ins Gespräch zu kommen. Weniger, damit er selber, vielmehr, damit vielleicht der andere Hinwendung und Zuneigung erspüre.

Hermann wurde übel. Es stak und preßte ihm das Herz. Vor seiner Netzhaut schwamm es. Hermann setzte sich straff aufrecht. Er wartete sehnsüchtig auf den Augenblick, daß ihm wieder wohler würde. Hermanns Hände wußten sich länger keinen Halt. Die rechte hob das Limo hoch zum Trinken. Der Kopf, er zwickte und piesackte ihn, das Hirn, es würgte und es balgte. Um auf andere Gedanken zu kommen, biß sich Hermann auf die Zunge. Zog fester das Genick ein. Als er wieder aufschaute, stand über ihm Frl. Anni.

Ob er, Hermann, vielleicht jetzt Traubensaft möchte,

fragte Frl. Anni freundlich. Der Saft sei aus Meran und enthalte nur die allerbesten Vitamine. Zu seiner Beruhigung möge er, Hermann, jetzt gleich einen trinken, beschwichtigte Frl. Anni ihren Gast und lachte leis und silbern. Hermann riß die Augen auf. Der Strohhut saß versunken, aber er hielt den Kopf auf ihn und Frl. Anni gerichtet. Hermann nickte Frl. Anni schnell sein Einverständnis. Jeder hier im Raume, fuhr Frl. Anni singend und hörbar bedauernd fort, habe sein Joch allein zu tragen, er, Hermann, brauche sich nicht zu rechtfertigen. Zuweilen scheine alles ganz verkehrt zu laufen, doch dann komme wieder Trost auch auf. Von einer Sekunde auf die andere sei man oft vollständig getröstet. Das sage auch der Pater Guardian, der Neffe ihres Bruders. Unstatthaft sei es, die Zuversicht zu eilig einzubüßen. Der Traubensaft sei aus Meran. Schon hole sie, Frl. Anni, ihn gleich aus dem Keller.

Rocky Marciano sei der beste Boxer aller Zeiten gewesen, rief, kaum war Frl. Anni weg, lauthals der Tätowierte aus. Da wette er, rief er dem Buckligen zu, Rocky Marciano sei es gewesen. Der Tätowierte hatte ein Waffelspeiseeis in seiner Hand und schleckte mit Genuß. Erfrischt lachte der Kleine auf, fast wie schon befreit. Da wette er jeden Betrag, schrie der Tätowierte dem Verunstalteten zu, lachte gleichfalls und preßte die Hand aufs Herz. Hermann lauschte aufmerksam. Soweit er es verstand, hielt der Bucklige dagegen, Floyd Patterson habe den härteren Schlag gehabt. Da wette er jederzeit dagegen. Sugar Ray Robinson, rief unverhofft und ausgesprochen unwirsch der Alte vom Musikapparat dazwischen, doch wurde er kaum gehört. Auftrumpfend fuhr der Tätowierte durch seine feucht zerzausten Haare, sodann legte er den Kopf sehr schief auf den abgestützten linken Arm und sah den Krüppel lachend, doch auch dringlich an. Wenn ihm sein Vater heute dumm komme, sprach er laut und fest und auch schon wie beschwörend, dann kriege er sofort sein Fett ab. Dann mache er ihn kalt. Dann murkse er ihn ab, sagte der Tätowierte. Dann zünde er ihn an. Der Bucklige spielte an etwas, das wohl eine Brotkruste war. Er warf es in den Mund und fing gleich ruhig an zu kauen. Er werde, sagte der Tätowierte und schleckte besinnlich an seinem Speiseeis, seinen Vater zuerst an den Händen und den Füßen fesseln. Er mache keinen Jux. Dann schütte er Spiritus drüber. Schließlich zünde er ihn an.

Der Tätowierte lachte unbändig und klopfte das Päckchen Spielkarten auf dem Tisch zurecht. Er griff sich über den Tisch hinweg den Arm des anderen, um diesen vollends zu überzeugen. Im Interconti in Innsbruck werde er es machen, sagte er, auf Zimmer 118. Dort kenne er sich aus. Dort werde er den Vater anzünden und wegrichten. In Innsbruck sei er schließlich auch geboren!

Er war in Hitze geraten. Er schleckte wieder an seinem Speiseeis, meckerte kurz auf und bot sodann dem Krüppel an, das Eis zuende zu schlecken. Der Krüppel schüttelte den Kopf. Der Tätowierte schaute um sich und sah Hermann sitzen. Er deutete auf sein Eis. Um Hermann die Entscheidung leichter zu machen, kam er an Hermanns Tisch gesprungen. Hielt den Eisrest knapp vor Hermanns Mund und grinste lockend. Hermann schüttelte den Kopf, lehnte bebend ab. Aus Angst, alles falsch zu machen, wies er mit dem Kinn auf den Kleinen am Tische gegenüber. Nach einer Weile verstand der Tätowierte. Der Krüppel schmunzelte genußvoll, als sein

Freund sich jetzt schon an den Tisch des Kleinen setzte. Der Kleine war zuerst erschrocken und eingeschüchtert. Gleich drauf nach Hermanns Eindruck ganz begeistert. Daß jemand zu ihm kam und derart Anerkennung zollte, das machte ihn in kürzester Zeit sichtlich ganz aufgedreht. Aufmunternd hielt der Tätowierte das Eis dem Kleinen vor die Nase. Der Kleine leckte, er wagte nicht, sich aufzulehnen. Er schleckte und schleckte und schleckte. Der Tätowierte ließ seinen Arm auf den Tisch fallen und griff dem Kleinen nach der Hand. Er führte sie zur Bierflasche und diese dann zum Mund des Kleinen hoch. Hermann sah, wie der Krüppel ihm zur Rechten schmunzelte, es gefiel ihm gut, wie sein Freund den kleinen Mann derart schurigelte und drangsalierte. Der Tätowierte stemmte den Flaschenhals an den Mund des Kleinen und befahl ihm, das Bier in einem Zuge leerzutrinken. Zügellos lachte der Krüppel, der Tätowierte aber, als der Kleine sich wohl verschluckte und absetzen mußte, gab diesem eine leichte Kopfnuß. Er rüffelte und rüttelte ihn und setzte die Flasche nochmals an, ihn mit Zurufen spöttisch foppend und zugleich auch anfeuernd. Der Kleine, dem anderen schönzutun, schluckte und schluckte und schluckte, der Tätowierte hielt die Flasche fest und hob schon wieder die Hand zum spielerischen Schlag –

Ein Pfiff ertönte aus dem Hintergrund. Hubmeier hatte es an der Zeit gefunden, spät genug und endlich einzuschreiten. Er hatte sich hochgestemmt und seinen Zeigefinger erhoben. Mit dem Ausdruck großen Mißbehagens rollte er die Augen. Zurück zog sich vom Kleinen sogleich kleinlaut der Tätowierte. Der Bucklige lachte leise. Hubmeier nahm wieder Platz. Leicht lenkbar schlug der Tätowierte dem Verwachsenen ein neuerliches Kartenspiel vor. Der Kleine lächelte dankbar zu Hermann hinüber, letztendlich stolz auf das Erlebte. Hermann suchte Zuflucht am Abort.

Im Hinterhof im warmen Sonnenschein bügelte Frl. Anni Wäsche. Sie hatte ein Bügelbrett aufgestellt und erläuterte Hermann, das Wetter sei heute so schön, daß es eine Sünde sei, mit dem Bügeln in die Gaststube zu gehen. Frl. Anni hörte zu bügeln auf, stellte das Eisen hochkant und sagte, die Kammer oben sei noch immer gerichtet, er, Hermann, bleibe ja noch über Nacht. Diesbezügliches sei ihr zu Ohren gekommen. Frl. Anni schickte die Erwägung nach, das Kammerfenster nachts besser geschlossen zu halten, auch und gerade im Sommer verkühle man sich leicht. Da vorne sitze übrigens der Meierlein, Frl. Anni wies in den Hausgang, und ruhe etwas aus. Sie machte Hermann darauf aufmerksam, er könne auch für immer bleiben, wenn er wolle. Das könne sie hiermit bewilligen. Ferner legte sie Hermann ans Herz, er möge sich an Hubmeier wenden, wenn er irgend etwas brauche.

Drei Scheuerschwämme lagen unbeachtet auf dem Fliesenboden. Hermanns Knie waren weich. Im Hausgang war es kühler und erträglich. Aus einem Tröglein aus Porzellan fleißig fraß der Spitz. Die Speise sah aus wie Haferbrei, vielleicht auch dennoch Hirse. Gewiß hatte der Hund keine gar zu festen Zähne mehr. Er schlang den Brei ohne Hast noch Gier hinunter, sehr unbedenklich, ohne aufzusehen.

Ein sehr alter Mann hatte auf dem Bänklein neben der Gassenschenkenpforte Platz genommen. Sein Hut ruhte im Schoß des dunkelblauen Anzugs. Es war ein mit

Staub, vielleicht mit Zementstaub besäter schwarzer Hut. Auch der Mann, der Mund war ihm zur Hälfte geöffnet, das Kinn herniedergesunken, hatte keine allzu vielen Zähne mehr. Wirkte der Hund schon reichlich morsch, so tat der Ruhende desgleichen. Hermann las die Getränkepreisliste hoch über seinem Kopf. Aus der Stube drang ein Schrei, ein Lustschrei fast, gleich drauf Gerumpel und Gelächter. Es war das rohe Lachen des Verwachsenen. Sicher hatte sein tätowierter Freund für neuen Spaß und neue Balgereien gesorgt. Dann war es wieder still. Ein Auto fuhr vorbei und hupte. Leicht hupte es das gelbe Kätzchen an. Etwas zauste, rupfte abermals Hermanns Herz, versetzte ihm sehr spitze, mutwillig böse Kniffe. Zwischen der aufgeklemmten Schwungtür und der Haustür sah Hermann eine untersetzte Frau. Sie war in allerlei dunkle Tücher gehüllt und ihm noch gar nicht aufgefallen. Sie hielt den Kopf in die Ecke zwischen Wand und Tür gepreßt. Einem unregelmäßigen Geräusch nach zu schließen weinte sie. Der Rücken war etwas gekrümmt, der linke Arm lag um den Kopf, der Kopf drückte die Mauer. Die Frau schien äußerst traurig. Oder sich vor etwas sehr zu schämen.

Der Spitz machte sich auf und verschwand im Männerabort. Der ruhesuchende alte Mann mahnte verschmutzt und auch durchnäßt. Jeden Augenblick, so bedachte Hermann, konnte er, Hermann, seinen Reisesack aus der Kammer holen und heute noch bis mindestens Kauerhof ja weitermachen, vielleicht sogar bis Illschwang noch. Den Hausgang verschonte fast ganz das Sonnenlicht. Hermann ging ein paar Schritte die Stiege hoch, machte kehrt und verweilte wieder unentschlossen in dem Hausgang. Die Frau an der Tür preßte den Kopf noch fester in die Ecke, sie schien zu schluchzen, die Schulter schwankte auf und nieder, hin und her. Sie wirkte auch sehr durchgefroren. Sie mußte sich in einer verzweifelten Lage befinden, daß sie gar so schluchzte.

Etwas zu selbstgerecht trat der Spitz nun wieder aus dem Männerabort, passierte Hermann sowie den Ruhenden und ging vor die Tür. Kam aber sofort wieder. Was er vorgehabt hatte, war ihm wohl mißlungen. Der Spitz überlegte und schien eine Weile ratlos. Dann wußte er sich zu helfen. Er kratzte an der Stubentür und sah sowohl Hermann als den Sitzenden sehr fordernd an. Hermann begriff nicht gleich, der Sitzende aber stand seufzend auf und öffnete dem Spitz die Tür. Wie nicht weiter der Rede wert, schritt der Spitz mit großer Selbstverständlichkeit in die Stube. Sowie die Türe zufiel, kam Bewegung in die Frau an der Tür. Sie horchte auf, richtete sich gerade und glättete ihren weiten Tuchmantel zurecht. Ohne daß Hermann ihr abgewandtes Gesicht geschaut hätte, schneuzte sich die Frau, raffte sich wohl zusammen und richtete die Beine vorwärts. Schon war sie auf der Gasse. Ihre Schuhe waren aus Holz oder etwas Schwererem. Sie klapperten, sich entfernend, noch ein Weilchen nach, um endlich gänzlich zu verhallen.

Fast war Hermann bereit, der Frau noch etwas nachzugehen. Doch jetzt berührte der alte Mann ihn an der Schulterkrümmung. Er unterrichtete Hermann über seine Herkunft aus Fronberg, über sein Alter von erst 62 Jahren und über seinen Junggesellenstand. Aber es helfe nichts, auch nicht der beste Orthopäde. Wenn einer seinen Hof heute nicht mehr bewirtschaften könne, dann könne er auch gleich aufhören. Wer heute keinen Stall mehr habe, der sei praktisch schon erledigt. Er heiße

Meierlein, sagte der Mann, sah Hermann achtsam aus der Nähe an und nahm auf dem Bänkchen wieder Platz. Mit dem Omnibus sei er heute mittag hierhergereist. Er komme gern hierher, weil Frl. Anni ihm vor mindestens zehn Jahren schon gestattet habe, hier auf der Bank im Notfall immer etwas auszuspannen.

Hermann überflog die Möglichkeit, mit dem Bauern heute noch nach Fronberg zu fahren. Und dann morgen weiterzuschauen. Meierleins Wangen waren runzelig und schön kartoffelbraun. Erst jetzt wurde Hermann ganz deutlich, wie blitzblank gescheuert die hellen Steine des Hausgangbodens schimmerten. Aus der Tür der Metzgerei sickerte ein schmales rötlichbraunes Rinnsal, jedoch bereits fest eingetrocknet. Derzeit werde wegen Kabelvideo überall aufgegraben, sagte Meierlein für sich und sehr verhohlen, vielleicht auch halb belustigt. Der Wustmann habe es erwirkt. Meierlein schmunzelte weh zu Hermann hoch. Entweder einen Stall und Vieh dazu, sage er immer, sagte er, oder keinen Stall und auch kein Vieh. Etwas anderes habe heute keine Zukunft mehr.

Aus dem Hinterhof erklang Frl. Annis helle, singende, aber auch ein bißchen überdrüssige Stimme. Jetzt reiche es mit dem Rasten, rief Frl. Anni, ohne sich zu zeigen, jetzt könne er, Meierlein, auch wieder heimzu machen. Hermann wollte den Landwirt gerade auf ein Glas Bier nach innen laden, doch schon sprang Meierlein behende auf, drückte Hermann schnell noch und freilich mit großer Artigkeit gegen das Schultergelenk und zog den Hut. Sowie ihm Frl. Anni gute Heimkunft nachrief, war er schon verschwunden.

Wiedereintreffend in der Gaststube hatte Hermann im

ersten Augenblick den Eindruck, die Zahl der Gäste habe sich um mindestens zwei vermehrt. Zwar schwieg der Musikapparat, es war auch nicht durchaus Lärm zu nennen, was inzwischen Platz gegriffen hatte, schon eher große Unruhe, ein schwer durchdringbares und gleichzeitig nicht verebbendes Geknatter und Gemaule allerorten und in allen Winkeln. Eine große Unrast hatte scheinbar alles rundum erfaßt und war schwer zu bezähmen. Zu seinem Schreck fand Hermann seinen eigenen Platz von einem ihm unvertrauten Gesicht besetzt. Der Fremde saß vor einem Fruchtsaft und vergrub seine Nase zwischen beiden Händen, hatte aber seine ziegel- oder vielmehr weinrote Schirmmütze aufbehalten. Er war am Grübeln. Hermann wollte ihn nicht stören. Er stand verlegen an der Türe. Ihn überkam der weilchenweise Eindruck, daß er, kaum hatte er sich eine Viertelstunde abseits aufgehalten, schon nicht mehr ganz dazugehöre. Losschmetternd lachte der Verbaute, Böses im Schild zu führen schien nämlich im Augenblick der Tätowierte. Er stand zwischen seinem eigenen Tisch und dem des Kleinen und wollte wohl diesen narren und herüberzerren und ließ ihn nicht in Ruhe. Kaum aber erkannte der Tätowierte Hermann wieder, rang er im Spaß die Hände und trommelte mit beiden Fäusten gegen seine Schläfen. Hermann stand noch immer, hatte aber soeben ersehen, daß momentan der große Rundtisch gänzlich unbelegt war. Kurzentschlossen setzte er sich rasch an den. Der Tätowierte stellte sofort sein Trommelfeuer ein, er klatschte nur noch ein bißchen in die Hände und nahm gleichfalls wieder Platz.

Zum dampfenden Tee, welcher auf der Großmutter Stuhl stand, verzehrte Hubmeier hinterhalb einen

Kuchen oder eine Torte. Hermann hielt nach ihm Ausschau, um sich seinen Platztausch bestätigen zu lassen. Hubmeiers Augen waren abgewandt, sein Mund mahlte und mahlte, womöglich einen Kirschkern. Hermann sah, daß der Mann mit dem Strohhut noch immer anwesend war, auch er hatte nämlich nur den Platz getauscht, er saß jetzt mit großer Züchtigkeit zu seiner, Hermanns, Linken, am Tisch des Kleinen, nur etwa einen Meter von diesem noch getrennt. Endlich hatte Hubmeier seinen Kuchen zu Ende und sah auf und bald auch schon zu Hermann hin. Billigend nickte der Wirt mit dem Kopf, Hermanns Platzwechsel im nachhinein gestattend.

Nach Hermanns momentanen Wünschen fragte eine neue Kraft. Es war dies eine dickliche und seltsam ungeformte Frau in einem zu kurzen trachtenartigen Rock, im roten Mieder und in weißen Spitzenärmeln. Kalkweiß waren ihre gleichzeitig sehr rundlichen Wangen, in der Hand hatte die Frau einen Staubwedel mitgebracht. Eines Rats bedürftig, sah Hermann nach Hubmeier hin, bestätigend nickte dieser wieder. Die neue, womöglich ja nur kurzzeitig aushelfende Kellnerin schwankte im Stehen nicht schlecht und taumelte einmal belämmert fast zur Seite, zugleich wirkte sie sehr steif und eckig. Ihr Rock war schon gar zu kurz, am Knie klebte ein Pflaster. Rotweiß geringelte Söckchen trug die Frau. Es strengte Hermann an, sie zu verstehen. Heute abend finde hier eine Riesensache statt, erklärte die Frau und schwankte wiederum zur Seite. Ihre Lippen kamen Hermann sehr angemalt, gleichwohl auch schrundig vor, die Augen glanzlos und fast räudig. Als habe sie Hermanns Schwierigkeiten aus der Ferne erahnt, kam da schon Frl. Anni hinter der Kellnerin hervor getaucht, sie drängte diese ins zweite Glied hinter sich und setzte gleich zur Klarstellung an.

Die Sache verhalte sich so, daß dies die Leer-Mutter sei, bestätigte Frl. Anni und deutete mit dem zarten Zeigefinger behende über ihre Schulter. Eigentlich sei aber die Leer-Mutter erst für heute abend eingeteilt, da komme es, wie zu jederzeit am letzten Julifreitag, zum großen Feuerweißbierabend. Das Feuerweißbier nämlich, Frl. Anni lächelte überaus verheißend und hielt nun die Frau hinter ihr schon an der Hand fest, das Feuerweißbier sei noch besser als eine Feuerzangenbowle. Wenn er, Hermann, wolle, bot Frl. Anni eifrig an, könne er schon mal probieren. Frl. Anni schob die Leer-Mutter zur Seite und eilte zur nuß- oder auch rosenfarbenen Vitrine bei der Stubentür, sie holte ein großes schalenartiges Glas daraus hervor und stellte es auf Hermanns Tisch. Unten komme zuerst immer der Schnaps hinein, legte die Wirtin dar, dann werde obergäriges Weißbier darüber gegossen, schließlich das Ganze angezündet. Dann könne man es trinken. Noch einmal machte sich Frl. Anni erbötig, Hermann einen Probetrunk zu schenken. Das schmecke ganz vorzüglich, rief Frl. Anni zuversichtlich und fast schon jauchzend. Ihr eigener Vater habe das Patent vor mehr als dreißig Jahren erfunden und vor allem auch in Berlin damit Erfolg gehabt, bei den Studenten. Der Aushilfskellnerin war schwindelig geworden, sie war hinter das Büfett gewankt, schwer geschunden klammerte sie sich dort am Kühlschrank fest. Was in dem Schnaps alles drin sei, dürfe sie nicht verraten, fuhr Frl. Anni fort und kicherte schon ganz zügellos, weil sie es ja selbst nicht wisse. Frl. Anni lachte laut. Ihr Vater sei ein findiger Mann gewesen, versicherte sie stolz, der habe dann auch herausgekriegt, daß zu diesem flambierten Bier Rollmops am allerbesten munde.

Flüchtig wiederholte Frl. Anni ihre Einladung an Hermann für heute abend, sie sicherte ihm nochmals zu, wie gut der Trank ihm schmecken werde und schilderte ihm dann auch, wie wenig die Leer-Mutter tauge. Es entging weder ihr noch Hermann, daß die Kellnerin hinter dem Büfett bereits am Ende ihrer Kraft war. Frl. Anni holte die Frau, sie mit beiden Armen ziehend, schon bald aus ihrer Schanktischnische. Sie, die Leer-Mutter, solle sich jetzt erst einmal ungesäumt waschen, befahl Frl. Anni schroff, und sich dann vorläufig niederlegen. Später sähe man dann weiter.

Es war Frl. Anni selber, die die Frau nach hinten durch den Vorhang schob. Vornübergebeugt stemmte Frl. Anni. Die Frau stakste sehr steif und stolperisch dahin und war auch bald verschwunden.

Seine Torte längst beendet hatte Hubmeier. Er strafte seine Kellnerin, als diese an ihm vorbeigeführt wurde, durch einen geschmerzten und verachtungsvollen Blick, schien aber sonst, obschon die Geräusche in seiner Stube wieder etwas anschwollen, soweit zufrieden und weitgehend mit allem einverstanden.

Hermann war froh, daß er das Bier nicht verzehren mußte, jetzt konnte auch nicht mehr allzuviel schiefgehen. Am Rundtisch fand er sich gut zurecht. Er konnte die Tür besser im Auge behalten, zudem verschonte die Sonne jetzt gerade diesen neuen Sitzplatz. Weh tat ihm nur noch der rechte Teil des Hirns, der drückte, surrte, zwickte noch, wahrscheinlich überanstrengt. Der Rundtisch war sehr schön und leer und braun poliert. Kein Glas stand mehr darauf, kein Aschenbecher. Daß er von der garstigen Kellnerin nicht weiter mehr behelligt werden konnte, empfand Hermann schon als unverdiente Gnade. Wohlwollend nickte ihm bereits zum wiederholten Male Hubmeier zu. Der Wirt schien sich auf einen kleinen zwischenzeitlichen Schlaf behutsam auch schon einzustimmen.

Frl. Anni war hinterm Büfett mit allerlei Aufräumungsarbeiten beschäftigt und zog sich dann zurück. Der Mann im Strohhut saß sehr ruhig. Der Kleine äugte sehnsuchtsweh zum Tisch des Tätowierten und des Krüppels hin. Daß seine vorübergehende Berührung mit den beiden zu nichts Greifbarem geführt hatte, diesen Fehlschlag konnte er sichtlich kaum verwinden. Mit der roten Schirmmütze der Neue an der Tür besah ermutigt sein noch volles Glas mit Rotwein. Das Glas stand neben Hermanns Traubensaft. Die Augen kamen Hermann recht verderbt vor. Umgekehrt hatte es den Anschein, als wollte dieser Neue keinem in der Stube so leicht über den Weg auch trauen.

Unbändig schoß der Tätowierte wieder hoch und sprang auf die Büfettsektion schon zu. Er werde, schrie er nach hinten auf Hubmeier hin, einen Brand legen in dieser Stadt, einen Brand, der sich gewaschen habe. So etwas, rief er laut, spannte die Muskeln und reckte beide Arme von sich, habe die Welt noch nicht gesehen. Hermann sah, wie Hubmeier den Kopf zur Antwort wiegte, bedenklich, aber doch besonnen schüttelte. Der Mißgestaltete hinter Hermanns Rücken lachte herzlich. Er werde, brüllte der Tätowierte unerbittlich und warf zuerst dem Strohhut, dann wieder Hubmeier einen äußerst bösen Blick zu, in diesem Lokal noch unheimlich ausfallend werden. Er werde, setzte er, vom Lachen seines mißgestalteten Freundes beflügelt, aber auch schon wieder milder, fort, hier noch manchen ausrotten. Gleichsam spielerisch schlug Hubmeier sich, den Kopf leicht anhebend, vor die breite Stirn. Sanft lächelte er Hermann zu, als wolle er diesem bedeuten, daß so manche gerade der allergrößten Unflätigkeiten am wenigsten Gehalt hätten, kaum ernst zu nehmen und also am leichtesten zu verschmerzen seien. Tatsächlich war der Tätowierte schon erschöpft. Er starrte erst nach Hermann, dann wieder nach dem Kleinen hin, zupfte sich an der Nase und meckerte leise auf. Dann machte er sich zu seinem Freund an beider Tisch zurück.

Völlig gefaßt postierte Hubmeier sein gesundes Bein auf den Schemel und streckte das wehe nach dem Ofen aus.

Licht flog lieblich über die Vitrine. Sonst war die Stube stark beschattet. Fast still geworden war es mit einem Male im Lokal. Am Fenster brummte eine Hummel immer wieder verbohrt gegen das Glas und an ihm entlang, dann hatte sie wohl einen Spalt zur Flucht gefunden. Ihre Schläge tat die Kirchuhr. Alles schien gedämpft zu lauschen und die Schläge mitzuzählen. Ein Stöhnelaut entrang sich nah Hubmeiers Brust. Sobald er verweht, merkte Hermann, daß das Stöhnen nicht von Hubmeier her gekommen war. Sondern, Hermann überdachte den Laut noch einmal, die Quelle mußte näher sein. Lautlos am Fenster trank ein Hermann längst bekannter Gast langsam aus einem Zinnkrug. Da war das Stöhnen wieder. Doch war es jetzt ein Rascheln. Hermann wurde kühl zumute. Plötzlich war ihm einleuchtend, daß die Laute aus dem großen hohen Schrank zu seiner Rechten gekommen waren. Es war ein Rascheln gewesen und

Sichregen, ein Scharren und wie ein rasches Getümmel auch. Der Mann mit dem Zinnkrug stand auf, schritt zur Tür und verließ die Stube. Kaum fiel die Tür ins Schloß, kam auch das Rascheln wieder. Obwohl der Krüppel und der Tätowierte sich halblaut besprachen, war das Rascheln noch deutlicher jetzt zu hören.

So verstohlen wie möglich rückte Hermann seinen Stuhl gegen die Wand zurück, näher auf den Schrank hin. Hubmeier hatte seine Augen geschlossen oder allenfalls einen Schlitz nur auf. Neben ihm auf ihrem Stuhl hatte die Großmutter wieder Platz gefunden, lediglich ihre Knie und ihre Füße waren zu ersehen. Wieder war das Rascheln. Mit einem Schlage wurde Hermann dessen inne, daß das Rascheln nicht aus dem Schrank, sondern hinter dem Schrank vor kam. Hubmeier wirkte nun sehr schläfrig. Er schlug noch einmal das linke Auge auf, senkte aber fast gleichzeitig das Haupt und schien sich wahrlich zum Schlafe zu entschließen. Der Abstand zwischen Schrank und Wand, erkannte Hermann, betrug vielleicht acht Zentimeter. Geängstigt, aber noch dringlicher von Neugier auch befallen, beugte Hermann sich auf seinem Stuhl ganz weit zur Seite und zurück und legte das Ohr an das Loch zwischen Schrank und Mauer. Das Auge sah sehr feine, silberige Spinnweben glitzern, Spinnweben, die sich ganz zart zu bewegen schienen, hin und wieder schaukelten. Hermann legte das Ohr wieder an. Es war alles still und stille. Da kam das Rascheln wieder. Kam wieder und erstarb sogleich.

Hermann hatte das Gefühl, eine eisige Hand lege sich ums Herz, die Kehle sei ihm zugeschnürt, vor Unsicherheit und Angst. Hermann lehnte sich wieder nach vorn und über den Tisch. Im Halbdunkel gut geduckt saß

Hubmeier. Seine und der Großmutter Knie stießen fast aneinander. Der Großmutter Arm und Hand wurden sichtbar, die Hand kratzte an der Wade, wo es sie wohl juckte. Hermann sah alles ganz genau. Hubmeier tat ein bißchen die Augenschlitze auf, er registrierte die Großmutter und tat sie befriedet wieder zu. Wiederum trat in der Wirtsstube große Stille ein. Alles schien mit sich beschäftigt oder schon mit sich im reinen. Behaglich hob und senkte sich Hubmeiers Brust im Dämmerschlaf – da war das Rascheln, Scharren wieder.

Es war sicherlich ein Tier. Ein Tier in großer Not und Angst. Hubmeier schlief. Hermann krümmte sich ganz weit über den Tisch. Er sah von der Seite, wie jetzt auch die Großmutter wieder die größte Mühe hatte, das linke Auge offen zu erhalten. Der gesenkte Kopf ruckelte noch einmal hoch, als wehre er gewohnheitsmäßig im Schütteln eine Fliege ab. Die Großmutter kämpfte noch ein paar Sekunden lang, dann gab sie es endlich auf. Die beiden Lider sanken nieder. Gleich darauf das Kinn.

Das war seine Gelegenheit. Niemand beobachtete ihn mehr. Wieder rückte Hermann seinen Stuhl ganz nah gegen die Wand hin und schaute über die Spinnweben hinweg in die dunkle Spaltschlucht. Es herrschte vollkommene Stille in ihr. Hermanns Atem hob sich. Das Tier wartete ab. Leis klopfte Hermann gegen die seitliche Schrankwand. Das Tier verhielt sich still. Ein schriller, greller Pfiff tönte vom Hausflur her – da war das Scharren wieder! Hermann sah jetzt, wie es sich bewegte. Wie es zuckte, horchte, stillhielt. Es war zu finster in dem Spaltschacht, als daß ganz Deutliches zu erkennen gewesen wäre. Aber es waren graue und matt bräunliche Umrisse auszumachen, ein gräulichgelbliches Gewebe. Das Tier schien seinen Kopf nach Hermann hin zu richten. Im Düstern waren Linien eines gleichwie bräunlichen, beinahe farblosen Schädels zu ermitteln, wenn auch keine Augen noch. Das Tier schien verstockt oder aber unentschlossen. Unentschlossen, ob es in dem Späher seinen Feind oder seinen Begünstiger vielleicht erkennen sollte. Etwas Längliches an ihm mochten gespitzte Ohren sein. Hermann versuchte Klarheit zu gewinnen. Das Schrankunterteil war etwas breiter als das obere, es war etwas abgesetzt. Hier konnte eins schon Halt gewinnen, ein wendiges und zähes Tier. Es konnte sich um eine greise Katze handeln. Vielleicht auch um ein altes Meerschwein, um einen längst vergessenen Hasen. Ein Kaninchen auch mochte es sein, das da grübelte und sich in Angst verzehrte. Hermanns Kopf bog sich nach vorne, nachzuprüfen, ob die Großmutter und Hubmeier noch schliefen. Ein neues Rascheln, Scharren, Würgen. Rascheln wie in Todesangst. Hermann spähte in den Schacht. Da war das Tier verschwunden.

Feindselig lugte der Bucklige zu Hermann hin. Draußen schlug die Haustür auf und zu. Hermann saß aufrecht und fest an seinem Tisch, als Hubmeier wieder die Augen öffnete, wohl die Großmutter erkannte und dann lang an seiner Unterlippe nagte. Auf dem Fußboden war eine milchige Lache zu sehen, Reste gewiß vom Speiseeis des Tätowierten. Hermann beschränkte sich darauf zu warten, daß es wieder stille war, auf daß er weiterlauschen konnte. Das Herz prickelte aufgewühlt. Es zu beschwichtigen, hielt Hermann sich am Holztisch fest. Kaum schloß Hubmeier erneut die Augen, klopfte Hermann neuerlich gegen den Schrank. Unverzüglich antwortete ein kurzes, trockenes Rascheln. Dazu etwas wie leises

Keuchen. Nun war wieder Schweigen. Hermann wartete ab. Das Tier schien wiederum zu brüten. Zu brüten, was es machen solle. Es war ein Tier gewesen, mindestens so groß wie eine Ratte, doch konnte es die Bisamratte von gestern nachmittag kaum sein. Nach Hermanns Ermessen hielt das Tier nun wieder gänzlich still, es schien auf sein, Hermanns, endgültiges Verschwinden zu hoffen. Es war ein rundliches, womöglich weich bepelztes Tier gewesen, mit freilich trügerischen Zügen. Vielleicht war es einst ausgestoßen worden und in Todesfurcht hinter den Schrank geflüchtet und lebte unaufgestöbert schon seit Jahren dort und unerkannt. Und spekulierte auf Barmherzigkeit. Auf ein immerhin zuversichtlich ruhiges Auskommen mitten in der Not. Und allem Anschein nach bisher soweit in Frieden. Hermann klopfte noch einmal. Nichts regte sich hinter dem Schrank. War es tot? War das unkenntliche Tier vor schlimmer Aufregung verendet? Nein, schon hörte man es wieder rascheln, huschen, jetzt schien das Tier sogar ein wenig Amok zu laufen. Dem Scharren nach zu schließen, krabbelte es aufgescheucht die Schrankwand hoch, sodann in Panik blitzschnell wieder nieder. Da endete sogleich das Rascheln. Jetzt herrschte wieder Stille. Dann hörte man es seufzen.

Hermann tröstete sich mit der Gewißheit, daß er dem Tier ja hilfreich sein wollte, daß das Tier indessen unauffindbar bleiben und nicht sich helfen lassen mochte. Von einer Sekunde auf die andere wurde ihm aber klar, daß das letzte Seufzen nicht vom pelzigen Tier gekommen war. Sondern aus Hubmeiers Schlummermund. Vom Seufzer erschreckt, wachte die Großmutter wieder auf. Sie sah auf den schlafenden Wirt, bückte sich, ergriff den am Boden liegenden Schürhaken und wog ihn prüfend in der Hand. Hinter dem Schrank war es zur Gänze still. Das Tier hatte gewiß seine Taktik geändert, es tat so, als sei es gar nicht da. Daran wollte sich Hermann ein Beispiel nehmen. Genauso wollte er es halten. Und das Tier schleunigst vergessen. Er konnte sich nicht um alles kümmern, es war der Club ihm Sorge schon genug. Der Trainer Gerland war ein unbeschriebenes Blatt. Ob Schwabl und Sane seinen taktischen Anweisungen freiwillig folgen würden, das war noch längst nicht garantiert.

Den Haken auf den Fußboden zurücklegend, versuchte die Großmutter erkennbar, eine herumsurrende Fliege, wenn nicht zu fangen, so doch nachhaltig einzuschüchtern. Ein gramvolles Aussehen, glaubte Hermann sich zu erinnern, hatte das Tier gehabt. Doch wollte er ja nicht mehr daran denken. Schon neigte das zerklüftete Gesicht der Großmutter sich Zentimeter um Zentimeter abermals zur Brust hin. Endlich plumpste es in den Ruhestand erneuten Schlafes. Noch in der gleichen Minute erwachte wieder Hubmeier und schien sofort in höchsten Alarmzustand versetzt. Geschmeidig, doch auch voll Unruhe schweiften seine Augen, sich des momentanen Zustands aller zu versichern. Im Schlaf schleckte die Großmutter die Lippen und ließ dann auch die Zunge aus dem Munde spitzen. Hermann nickte Hubmeier zu, ihm klarzumachen, daß auch er ihm umgekehrt schon sehr gewogen sei. Hubmeier nickte dankend. Und schmeichelte dann vorübergehend mit der bleichen Hand das heute graubehoste Knie.

Knapp und kleinweise am Fenster lachte der alte Mann geruhsam vor sich hin. Mit aller Gewalt riß Hubmeier noch einmal die Augen auf und prüfte mit der Kettenuhr die Zeit. Während der Wirt noch las, schlug es von der Kirchuhr auch schon vier. Hermann erstaunte sich, daß es noch nicht später war. Das Tier hinter dem Schrank, es dauerte ihn. Aber gewiß war es ein schlechtes Tier, warum sonst sollte es sich hier verbergen und verstecken. Hubmeier gähnte ohne Hemmung. Er zwickte zur Übung und zur Wiederherstellung beide Augen auf und zu und auf und zu. Sobald das erledigt, ließ er sie wieder rundum kreisen, mit noch verhaltener Kraft. Viele Kümmernisse ersah Hermann jetzt im Blick des Mannes an der Tür, des Mannes mit der Schirmmütze, Kümmernisse, von denen Hermann wenig wußte. Pflichtschuldig spähte der Kleine linkerhand zum Tisch des Buckligen hinüber. Der Mann im Strohhut hatte heimlich sich entfernt. An seinem Platz saß eine ziemlich angejahrte Frau.

Das Tier hinter dem Schrank, sicher war es eingeschlafen. Schon wieder etwas abwesend, bestaunte Hubmeier den eigenen Kanonenofen. Der Tätowierte fehlte. In Augenhöhe hatte der untere Schrank jenen schmalen Vorsprung. Darauf ließ sich bestens schlafen, gebettet auf den eigenen Pelz. Hermann besann sich auf Frl. Anni. Er konnte sie kaum fragen. Noch immer hatte Hubmeier Mühe, die Augen aufzubehalten, um die Versorgung der Großmutter zu gewährleisten, die Ordnung in der Stube auch. Der Bucklige lümmelte breit über dem Tisch und sog Schnupftabak in seine Nase hoch. Neuerlich sah Hubmeier auf seine Uhr. Dann gab er es schon wieder auf. Und schloß mit viel Bedacht erneut die Augen.

Die Tür flog stürmisch auf, herein schoß Frl. Anni. Hubmeier und die Großmutter wurden gleichzeitig wach, hinter Frl. Anni schritt der Tätowierte in die Stube und schnitt eine vergnügliche Grimasse. Unverweilt stieß Frl. Anni zu Hubmeier und der Großmutter und begann beiden, vor allem aber wohl der Großmutter, heftigste Vorwürfe zu machen. Kurzzeitig vermeinte Hermann wieder das Rascheln zu vernehmen, vielleicht war das Tier wieder erwacht, aber es war dann doch ein Scharren auf der Gasse draußen wohl gewesen. Hubmeier hatte sich erhoben und sah nun gleichfalls strafend auf die Großmutter. Frl. Annis Nerven aber schienen wieder zum Zerreißen angespannt, das Leben fiel ihr drückend aufs Gemüt. Wo jetzt der Schlüssel sei, befragte Frl. Anni schärfstens die Großmutter und sah sie spitzfindig ohnegleichen an. Die Großmutter war aufgestanden und wackelte wehrlos mit dem Arm. Zum Musikapparat war der Tätowierte getreten, dessen Angebote zu studieren. Laut schalt Frl. Anni die Großmutter und schien vor Zorn die Beherrschung zu verlieren. Hubmeier, wenn auch zurückhaltender, wog bedenklich seinen schweren Kopf dazu und rammte seinen Stock steil in das Bodenholz. Frl. Annis Stimme haderte und zeterte und japste fast vor lauter kaum wiedergutzumachendem Zerwürfnis, Hermann aber war sich jetzt doch wieder nicht mehr ganz sicher, ob er das Tier wirklich auch gesehen hatte. In großer Not und Bedrängnis tippte die Großmutter fragend gegen die Brust, schaute aber viel zu schuldbewußt bis zum Vergehen und war praktisch ja schon überführt. Von der Kraft der Vorwürfe erschüttert und vielleicht auch die Entdeckung weiterer Säumnisse und Unterlassungen fürchtend, wischte sie sich erledigt über die flache, weiße Stirn. Bedrückt sah sie nach Hubmeier aus, doch der senkte sühneheischend nur das Haupt und ließ alle Vorwürfe unwidersprochen. Noch immer wollte Frl. Anni es dabei nicht bewenden lassen, vielmehr drehte sie sich im Eifer einmal um sich selbst. Ihr sei heute ganz wirbelig im Kopf und wetterwendisch, wehklagte sie, jeder Schritt falle ihr schwer, und niemand komme ihr zu Hilfe. Umgänglich und schon friedfertig murmelte Hubmeier einige Worte, welche Frl. Annis Sorgen verscheuchen und auch die wohl unumgängliche Versöhnung vorbereiten helfen sollten. Schuldgeständig rieb die Großmutter mit den beiden Händen an ihrer molligen Hüfte entlang und wies dann mühevoll auf die Stubentür. Der in der Schirmmütze begehrte neues Bier. Noch immer kampfbereit und streng hielt Frl. Anni Hubmeier ihren Schlüsselbund nun vor die Augen. Sie drehte sich wieder zweimal um sich selber, mit einem Male fiel ihr Blick auf Hermann. Frl. Anni schlug die Hände über dem Kopf zusammen und dann die rechte vor den Mund. Sie schien sich plötzlich an etwas zu erinnern und sauste sofort durch den Vorhang weg. Schon nach Sekunden kam sie wieder vorgetrippelt.

Freundlichst, schon richtig überfreundlich stellte Frl. Anni ein Schüsselchen vor Hermann, gefüllt je zur Hälfte mit Himbeeren und Stachelbeeren, dazu ein kleines Stück Speck, dargereicht auf einem Kaffeeuntersatz. Das habe sie für ihn, Hermann, vorbereitet, rief sie mit hell glockenfreudiger Stimme, Hermann möge beides nicht verschmähen. Frl. Anni war wieder vollkommen beherrscht und wiederhergestellt, schien jedoch jetzt vor Freundlichkeit bald aufzuweichen. Das da, erläuterte sie, indessen im Hintergrund Hubmeier anerkennend nickte, schenke sie ihm, Hermann, insofern man nämlich berücksichtige, daß sie ihn heute mittag nicht habe bekochen können, wegen des Schleiers vor ihren Augen. Rasch wischte Frl. Anni ihre Hand an ihrem Kleidschurz trokken und lauschte für ein paar Wimpernschläge froh der beginnenden heiteren und stampfenden Weise aus dem Musikapparat. Sie war sehr guter Dinge, eindringlich wandte sie sich gleichwohl noch einmal an Hermann. Wenn er, Hermann, etwas brauche oder Fragen habe, dann brauche er, Hermann, es ihr ja bloß vorzutragen. Fast schon allzu herzlich lächelten Frl. Annis Wangen, im Brillenglas spiegelten feine Sonnenstrahlen. Die Ballen beider Hände stützten sich am Holztisch auf, zwei Finger stibitzten gleichwohl eine Himbeere und führten sie sofort zum Mund. Hermann war nahe dran, sich nach dem Tier zu erkundigen, welches hinter dem Schranke wohnte, es kribbelte in ihm, doch unter allen Umständen wollte er ja das Tier vergessen und nicht gesehen haben. In der Bedrängnis fragte Hermann, was es denn Böses gewesen sei, das die Großmutter soeben angerichtet hatte.

Frl. Anni nahm ihre Brille herunter, mit recht verschwommenen Augen sah sie Hermann neugierig, verblüfft schon an. Welche Großmutter denn, fragte Frl. Anni zurück und sah flink zum Fenster hin. Was er, Hermann, damit meine. Frl. Annis Stimme sang sehr rein, tönte aber auch schon leicht beschwipst, wie in Erwartung eines Spaßes, eines schon bald eintreffenden Hauptvergnügens.

Hermann fühlte sich ertappt. Mit dem Kinn deutete er gleichwohl möglichst leichten Sinns nach hinten. Die Großmutter saß schon wieder auf ihrem Stuhl, sie wirkte aber noch untröstlich und flackerte schlimmstens mit dem welken Kopf. Zu ihrer weiteren Ruhigstellung patschte Hubmeier weich gegen ihr Knie.

Frl. Anni wandte sich neugierig um, dann kicherte sie belustigt auf. Frl. Anni lachte so fröhlich, daß Hermann richtig schon erschrak. Frl. Anni legte die eine Hand an ihr Zwerchfell, die andere griff vor Vergnügen Hermann im Spaß am Unterarm.

Aber das sei doch gar nicht die Großmutter, rief Frl. Anni noch fröhlicher und beugte den Kopf fast überschäumend in den Hals zurück, das sei doch nur die Fränzi! Die sei ihnen vor 32 Jahren zugelaufen und gleich dageblieben. Von Irrenlohe komme sie und sei jetzt 84 Jahre. Frl. Anni kicherte noch einmal ganz selig auf und teilte dann gesetzter schon und freimütig mit, seitdem sei es Fränzi gelungen, sich hier zu bewähren, Verwendung zu finden und auch hier zu bleiben. Wiederum kicherte Frl. Anni glockig auf. Nein, das müsse sie ihr gleich erzählen, ihrer Fränzi.

In Eile und mit neuem Eifer trippelte Frl. Anni in die Ofengegend, rüttelte und schüttelte an Fränzi und zog die alte Frau an beiden Armen hoch. Unverzüglich zerrte sie die etwas Widerstrebende und wohl auch noch Benommene nun zu Hermann hin und stellte sie direkt vor dem Rundtisch auf und richtete sie gerade. Der Gast da habe geglaubt, berichtete Frl. Anni und deutete auf Hermann, daß sie, Fränzi, die Großmutter hier sei. Dabei sei doch sie, Fränzi, vom Gottschalkbauern in Ernhüll abstammend und schon seit fast 33 Jahren hier dazugehörig und zueigen!

Fränzi erfaßte und begriff wohl nicht sogleich die Zusammenhänge, sie war recht verwirrt und klapperte mit den Augen und schüttelte die Backen vor Verlegenheit. Frl. Anni lachte Hermann nochmals aus und Fränzi an und naschte schon wieder eine von den Beeren. Auf einmal und unvermutet war auch Hubmeier hinter die beiden Frauen getreten und legte schon die linke Hand auf Fränzis schmaler, zarter Schulter auf. Sein Kopf nickte steil bestätigend, der Unterkiefer mahlte, die Haut lag ehern auf den Wangenknochen. Frl. Anni beruhigte Fränzi, die noch immer ganz durcheinander war und verlegen mit den Lippen und sogar mit den Backen mümmelte, als wolle sie zur Klärung etwas sagen, bringe es aber nicht heraus. Nun aber legte Hubmeier seine Rechte auf die Schulter seiner Ehefrau und schmunzelte stolz auf Hermann hin. Halb von vorne, halb von der Seite sah Hermann sanftes Licht auf alle drei Gesichter fallen. Frl. Anni nestelte ein bißchen an Fränzis Hemdkragenknopf herum, ihr und das Gesicht von Fränzi schienen vor Weichheit bald schon zu zerfließen oder zu schmelzen. Bei Beschaffungen, klärte Frl. Anni Hermann auf, sei Fränzi äußerst tüchtig. Hubmeier bestätigte es mit kurzem Nicken. Fränzi stöhnte vor Überrumpelung auf, sie bückte sich, um ihr linkes Bein ganz schnell zu reiben. Vor Glück oder vielleicht auch Schmerz zwickte Fränzi beide Augen zusammen und brachte, vor lauter Ungemach und Drangsal sich verhaspelnd, auch ihre Kiefer- und die Backenknochen kaum mehr in die richtige Reihenfolge. In Verwirrung und seinerseitiger Verlegenheit nippte Hermann von seinen Stachelbeeren. Hubmeiers breite Hände gaben die beiden Frauen wieder frei. Sein Kopf nickte nochmals vollkommene Zustimmung, als Frl. Anni jetzt darlegte und verdeutlichte, vor allem im Herbst sei Fränzi unentbehrlich und eine große Stütze. Da könnte sie mit Geschichten aufwarten! Niemand verstehe im Winter so gute Plätzchen zu backen wie die Fränzi da!

Vor Zerwirrtheit ganz unwirsch schüttelte Fränzi noch einmal den wackelnden Kopf aus und schmollte sogar vor übergroßem Stolz und auch Beschämung. Verräterisch gerötet aber hatten sich ihre welken Wangen, der Runzelkopf ähnelte sehr den Himbeeren in dem Schüsselchen. Mit viel Biedersinn schaute nun auch der Mann mit der Schirmmütze aufmerksam auf Hermann und seine Besuchergruppe hin, und sogar der schmächtige Kleine links spielte zufrieden mit seiner Streichholzschachtel und lächelte ganz kümmerlich und leise vor sich hin. Alles, spürte Hermann, hing jetzt sehr am roten oder vielmehr seidenen Faden. Hubmeier und Frl. Anni nahmen Fränzi beidseits weich am Arm und führten sie unverweilt zu ihrem Stuhl zurück. Fränzi setzte sich, ruckelte ihren Leib zurecht und fuhr sich erledigt über die Augen, in stummgemachter Überforderung.

Mit wohlwollender Wärme ruhten Hubmeiers tiefe Augen noch eine Zeitlang auf ihr, dann bald wieder gleichverteilt und unbeschwert auf allen seinen Gästen. Der Verunstaltete und der Tätowierte spielten neuerlich und fast lautlos Karten. Hermann entdeckte auf der braunen Politur des Rundtisches zwei Tintenflecke, einen großen runden und einen sternförmigen kleineren. Über diesem klebte hartes Wachs. Etwas entfernt roch es nach saurer Lunge oder vielmehr Erbsen. Ein handbreitschmaler Streifen Sonne ruhte auf der Stubentür. Der Tätowierte meckerte im stillen. Es schlug halb fünf. Die Tür ging auf. Ein Tragetäschchen kam zuerst zum Vorschein. Dann eine jüngere Frau. Hermann erkannte sie nicht sogleich wieder. Sie sah sich gar nicht ähnlich. Die marineblaue Tasche freilich war nicht zu verkennen. Die Frau mit dem Baby war wiederum gekommen.

Der Tätowierte lachte auf, hieb mit dem Faustballen auf den Tisch. Hermann vermerkte, wie etwas durch seinen Brustkorb wieselte, etwas wie Weh und Qual und doch auch etwas Lustiges. In Befangenheit preßte er beide Hände auf die Tischplatte, das Auge suchte Hubmeiers hilfreiche Gestalt. Seine Zukunft, dessen war sich Hermann fast gewiß, sie hing davon ab, ob er Hubmeier morgen wieder verließ oder vielleicht erst sehr viel später. Die Frau mit der Tragetasche stand noch an der Tür und ließ den Blick über die Stube kreisen. Mürrisch und fahrig blieb er zum wiederholten Male am Rundtisch haften. Der Tisch war, Hermann ausgenommen, gänzlich leer. Ohne Hermann weiter zu grüßen und sein Einverständnis einzuholen, ließ die junge Frau sich nieder.

Im Niedersetzen postierte sie die Tragetasche auf den nebenstehenden Stuhl, unentschlossen stand sie nochmals auf. Der rechte Arm hielt noch immer den Griff der blauen Tasche, die junge Frau schien es sich nun doch anders überlegt zu haben. Schließlich, etwas Unverständliches murmelnd, ließ sie sich doch wieder auf den Stuhl niederfallen und die Hand vom Tragetäschchen los. Es lag nun zwischen ihr und Hermann auf dem Stuhle.

Noch immer ohne daß sie Hermann weiter angesehen hätte, schleuderte die Frau den Kopf nach links und rechts und auch nach oben. Ihr gestern recht ungeordnet stürzendes braunes Haar war heute seltsam hochgesteckt und von einer Silberschleife zusammengehalten. Hermann gewann den Eindruck, daß die Frau heute ja noch nervöser und flatterhafter war. Als ob sie hier auf den Zug oder Bus warte, und freilich die Abfahrtszeit nicht genau kenne und also jeden Moment gewärtig sein müsse, saß die Frau auch nicht eine Sekunde ruhig.

Sondern alles schüttelte sich an ihr und zuckte. Gern hätte Hermann in die Tasche geschaut, sich zu überzeugen, doch schon brachte Fränzi einen großen Becher Cola an. Sie stellte ihn recht widerwillig auf den Tisch, schniefte auf und schlurfte wieder wabernd weg.

Die Frau trank hastig von dem Cola. Schon wieder warf sie ihren Rumpf zur Tür zurück. Und ruckte mit den Schultern.

Sowie sie ihm den Rücken zuwendete, wurde Hermann deutlich, daß die Frau heute auch ein ganz anderes Gewand anhatte. Es war ein weißes, weites und aber kurzärmeliges Hemd. Auf dem Rücken trug es eine Aufschrift: ›Blow up your Video – World Tour 1988‹. Hermann konnte den Sinn nicht gleich ermitteln und nahm sich vor, die Frau vielleicht danach zu fragen. Jetzt aber hörte man aus dem Tragetäschchen heraus ein leises Fiepen, fast ein Wimmern. Die junge Frau achtete nicht weiter darauf, sondern biß sich wie störrisch und vor sich hin starrend in ihren Faustknöchel und schluckte noch einmal vom Cola. Zu gern und möglichst unbefangen hätte Hermann endlich einen Blick in die blaue Tasche und unters Kutschenüberdach getan, allein, er traute sich ja nicht. Die junge Frau hatte ein schmales Gesicht, die Wangen wirkten allzufrüh verblüht. Wie verzweifelt ließ sie plötzlich den Kopf in ihre Hände stürzen, gleich darauf lag neben der Handtasche aus Tigerfell ein Hut auf dem Tisch, ein Cowboyhut. Ein gelber Cowboyhut mit einer goldenen Schnur als Krempenschmuck. Bestimmt hatte die Frau den Hut soeben aus ihrem Schoß hochgeholt und endlich auf den Tisch gelegt. Noch immer hatte sie Hermann nicht ordentlich, nur flüchtig, flatterig angeschaut.

Mit dem Zeigefinger drohte der Tätowierte dem schmalen Kleinen über zwei Tische hinweg. Gleichzeitig war für Hermann auch zu sehen, daß die Beine der Frau in braunen Schnürstiefelchen steckten. Über die Bluejeanshose hinweg reichten sie fast zum Knie ihr hoch. Hermann hatte den ungefähren Eindruck, daß der Kleine seinerseits nun bei dem Mann mit der Schirmmütze einigen Einfluß zu gewinnen hoffte, es schien nicht einmal ausgeschlossen, daß er ihm ein Bier auszugeben suchte, mancherlei Hin- und Wiederrufen nach zu schließen, die Fränzi ziemlich ratlos machten. Die Frau mit der Tasche warf noch ein paarmal den Kopf hoch und herum, endlich nahm sie jetzt auch Hermann in den Augenschein, wenn auch ziemlich eilig nur. Mit ehrfurchtgebietender Miene saß Hubmeier auf seinem Stuhl. Offenen Blicks kontrollierte er bestens alle Vorgänge in seiner Stube.

Die junge Frau hatte Pickel auf der Stirn. Sie entzündete eine Goldfilterzigarette, schluckte Cola nach, schob die Zigarettenpackung hin und her und stellte auf einmal wiederum überhastet die Tragetasche auf den Boden. Sie behielt die Zigarette im Mundwinkel und nestelte mit beiden Händen an und in der Tasche herum. Die Frau war nicht nur sehr nervös, griesgrämig vor allem war ihr Blick und all ihr Tun. Als sie die Hand zurückzog, riskierte Hermann einen Blick. Jetzt war das Baby schön zu sehen. Wie gestern lag sein Kopf, ihm, Hermann, zugewendet.

Es hatte blondes, flachsblondes, sogar ein bißchen goldblondes Ringelhaar, vielleicht zwei Zentimeter lang. Die blauen, wasserblauen Augen standen ihm offen, es studierte etwas an seinem Tragegerät, unter Umständen eine Mücke, die sich dort bewegen mochte. Der Kopf war rund und groß, die Haut schimmerte sanft. Das Kind lag, den Kopf etwas hochgestützt, auf dem Rücken, hinter den Kopf war etwas weißes Faltiges gerutscht. Es mochte sich um eine Kapuze oder Haube handeln, welche das Kind abgestreift hatte. Leichtbewegt und linksgeneigt wippte das Köpfchen auf dem rundlichen und kleinen Hals, auf dem aber auch eine winzige und runzelige Schürfwunde zu erkennen war. Das Ringelhaar gemahnte Hermann an das Frl. Annis, niedliche Löckchen hell und blond. Jetzt ballte das Baby langsam seine rechte Hand zur kleinen Faust und ruckelte mit dem Kopf nach rechts. Und dann sah es zu Hermann hoch. Der Ausdruck des Erschreckens, vielleicht auch nur der Verblüffung trat erst in seine Augen. Das Baby schien noch abzuwarten. Auf einmal lächelte es Hermann, wie gestern, wieder freudig an.

Hermann wandte den Blick ab. Etwas Neuartiges knabberte ihm am Herzen. Allerhand Anfechtungen wieselten durch den heißen Kopf. Aber er wollte ihrer schon rechtzeitig wieder Herr werden. Gerne hätte er, so wie die Frau, jetzt auch und ganz unverantwortlich geraucht. Die schwarzbraune Frau kaute an ihren Fingernägeln. Jetzt lehnte sie sich weit zurück, streckte die beiden Hosenbeine aus und schaute Hermann anhaltend und unwägbar ins Gesicht.

Hermann wich dem Blick aus. Seine Augen flüchteten zur Eingangstür, dann erneut zum Wirte hin. Ein Glöckchen tönte. Frl. Anni kam durch die Tür hinterm Büfett hereingeeilt und machte sich zuerst in der Kühlschrankgegend, sodann an der Gläservitrine zu schaffen. Hermann hörte, wie der Tätowierte im gutmütigen Spaß wider den Kleinen losfuhr und ihm drohte, er werde ihm eine auf den Pelz brennen und ihn dann heute abend praktisch verwursten, mitsamt seinen Eingeweiden. Der Krüppel schmunzelte anhaltend vergnügt. Hermanns Rechte glitt in seine Hosentasche, erspürte dort ein Rundliches und Hartes. Hermann holte es heraus. Es war die Nuß von gestern abend. Mit Bedacht beobachtete Hubmeier, wie Frl. Anni abermals den Kühlschrank öffnete, zwei Bierflaschen herausklaubte, diese aufs Büfett stellte und dann den Kühlschrank wieder schloß. Um sogleich nach außerhalb zu hasten, eine Kurbel oder vielmehr einen Propeller in der rechten Hand.

Einen zweiten, nicht mehr ganz so klammen Blick warf Hermann auf das Baby. Der Schnuller lag ihm auf der bunten Häkeldecke, welche den kleinen Leib bedeckte und aber leicht verwurstelt war. Die Augen waren jetzt geschlossen, aber so, als ob sie gleich wieder aufgehen wollten. Licht quirlte über die gelben Härchen. Obschon die Zunge ihn wieder einfangen wollte, rann etwas Speichel das rosige Kinn und dann den Hals hinab. Vermutlich wegen eines vorüberhuschenden Sonnlichtsplitters furchte sich die Stirn, kräuselten sich auch die roten Lippen. Es war dies schon ein älteres Baby. Sowie Hermann über sein Alter nachdachte, schlug es schon wieder die Augen auf und schaute Hermann mitten ins Gesicht.

Hermann sah postwendend weg, doch jetzt nahm auch die Frau ihn wieder näher, forschender in Augenschein. Hermann nickte ihr eilig zu, wiederum gleichwie ertappt. Dann nahm er allen seinen Mut zusammen. Er wies mit der Hand auf die Tragetasche hin und murmelte, daß dies ein schönes Baby sei.

Ein Hermann noch nicht erinnerlicher Mann mit dikken roten Apfelbacken war im gleichen Moment nach hinterhalb des Büfetts an den Kühlschrank getreten und holte schon eine große Flasche gelbes Limo hoch. Einverständig schaute Hubmeier sich ein wenig drehend gleich auch zu dem Manne hin. Der Mann saugte gierig an der Flasche, schnaufte durch und stellte sie dann wieder in den Kühlschrank. Schaukelndes Sonnenlicht strich leicht über die Gardinen der Gassenfenster hin. Zwischen dem Höckrigen und dem mit der Schirmmütze schien es zuletzt zu kleinen, nicht leicht zu durchschauenden Eifersüchteleien gekommen zu sein. Kaum allzu streng sah Hubmeier nach vorne, taktvoll unternahm er nichts. Bald fühlte Hermann sich doch schon zu alleinig auf der Welt. Der Apfelbäckige schritt zurück an seinen Platz. Ganz nahe dem Tragetäschchen blieb er sich verweilend stehen. Etwas hatte seinen Verdacht erregt. Suchend oder lauschend drehte er sich einmal rundum. Er hatte ein großes, kreisrundes Gesicht. Vielleicht war es ein Deutscher. Dann setzte er sich wiederum an seinen Fensterplatz. Die junge Frau, Hermann gegenüber, rauchte erneut, fahrig blies sie Rauch um sich. Etwas verschwimmend waren ihre Augen, die Lippen stark bemalt. Hinter dem linken Ohr störte ein gelbliches Ekzem, ein eitriges wahrscheinlich. Jetzt holte sie wieder die Tragetasche hoch vom Boden und stellte sie zwischen sich und Hermann auf den Stuhl.

Dann sprach sie Hermann erstmals an. Sie habe ihn, Hermann, schon gestern gesehen, sagte sie und lachte ohne rechten Grund. Er, Hermann, könne übrigens jederzeit Elvira zu ihr sagen. Hermann nickte beschämt, die Frau schien aber weiter griesgrämig und nahm schon wieder einen Colaschluck zu sich. Ihre Finger nestelten an der Krempe ihres Huts. Sie drückte ihre Zigarette aus, schnitt eine nervöse Grimasse und zündete sich eine neue an. Hermann überdachte, ob er fragen dürfe, wie alt das Baby sei. In diesem Augenblick, vielleicht nur um sich zu beschäftigen und eigentlich recht lustlos, klaubte Elvira das Baby aus der Tasche, lehnte es gegen ihre Brust und hielt es aufrecht.

Tamara heiße das Kind, sagte Elvira beiläufig und stieß einen Schwaden Rauch heftig zur Decke hoch. Sie hielt das Bündel so, daß das Baby Hermann abgewandt zur Türe schaute. Es sei vom Giovanni, aber mit dem habe sie nichts mehr zu schaffen, sagte Elvira. Der sei wieder ab nach Venedig gezischt im Frühjahr. Achtlos klopfte Elvira ihrem Kind auf den Rücken. Das Baby war in ein lind orangefarbenes Strampelgewand mit kurzen Ärmeln gekleidet, um den Hals ringelte sich eine himmelblaue Schnur, deren Zweck nicht ganz ersichtlich war. Elvira schaute Hermann anscheinend forschend an, gleichzeitig aber recht unaufmerksam an ihm vorbei. Der Kopf des Kindes wippte. Elvira griff in die Tasche, holte etwas Weißes und Mützenartiges hervor und setzte es dem Kinde auf den Kopf. Hermann fielen an Elvira jetzt die seltsam gepuderten Wangen auf. Die Haut schien manchmal welk, der Hals zu speckig. Genau zu nehmen sah die Mutter krank und ziemlich elend aus.

Die Stubentür ging auf. Herein kam eine breite Frau und setzte sich in Fensternähe. Die Tür ging wieder auf. In der Schwelle erschien die Schwedenfahrerin. Etwas Böses war passiert. Ihr rechtes Auge war gänzlich gelb und violett und völlig zugewachsen. Ein Insekt mußte sie in der Zwischenzeit gestochen haben. Elvira drückte ihre Zigarette aus, Hermann freilich sah, wie die Frau in der noch offenen Türe im blinden Haß schon ihre Zähne zeigte, als sie das Baby und Elvira blickte. Es war nicht klar, wem dieser Haß galt, dem Kind oder der Mutter. Die Schwedenfahrerin tat einen Schritt auf Elvira zu, als wollte sie dieser an die Gurgel gehen oder ihr das Kind mit aller Kraft entreißen. In all seiner eigenen mulmigen Herzbeklemmung meinte Hermann zu hören, daß die Frau unaufhörlich vor sich hin flüsterte und fluchte. Jetzt krallte sich ihr Blick in Hermann fest. Die Frau fletschte noch einmal wild die Zähne, drehte sich um und hieb die Türe zu. Die Tür fiel krachend in das Schloß. Sorglich wandte Hubmeier sogleich das Haupt, gleichfalls Elviras Kopf flog flattrig aufgeschreckt, wie aufgelöst, herum. Bei dieser Gelegenheit geriet auch das Bündel in ihrem Arm ins Rutschen, die Folge war, daß das Baby nun in die andere Richtung schaute. Gleichfalls erschreckt sah es jetzt aus, dann Hermann staunend an. Vielleicht erkannte es ihn wieder. Es lächelte ganz erfreut. Zwei Zähnchen kamen auch zum Vorschein.

Tamara lächelte. Aber schon fiel der runde blonde Kopf etwas ängstlich ihr zur Seite hin. Die winzigkleine Hand klammerte sich an der Mutter Hemdchen fest. Von der Seite und unter dem schneeweißen Sommerhütchen sah Tamara noch niedlicher, elegant fast aus. Zart bebte ihr das Näschen. Nur höchstens einen Zentimeter schauten die hellen Härchen aus der Kappe hervor. Jetzt drehte Tamara den Kopf wiederum Hermann zu, freilich ohne noch zu lächeln. Der Kopf war kugelrund und dennoch lieblich. Es war ein freundliches, ganz zutrauliches Kind, so viel war längst gewiß. Kaum patschte seine Mutter ihm auf den Rücken, da lächelten die blauen Augen Hermann wieder an. Die Ärmchen spannten sich zu kurzen Flügeln aus, kreisrund rollte sich der Mund vor Freude auf. Mit einem Schwungruck schraubte Tamara den Kopf wieder hin auf den der Mutter, doch schon fiel er neuerlich zurück auf Hermann hin. Tamara schaute ihn besinnlich an. Sie schien Gefallen an ihm zu finden, durchaus schon Zuneigung zu hegen. Der Mund ging nochmals auf, über eine kleine Weile strahlte wieder das ganze Gesicht. Tamara wurde ernst und schaute sich etwas in der Stube um, schon aber sah sie Hermann wieder und griff mit den schön gleichmäßig gekrümmten Fingern andeutungsweise gegen diesen hin. Kurz beschaute sie ihr Fräckchen und schien auch damit ganz zufrieden. Die kleinen Finger zupften an der blauen Halsschnur.

Elvira hatte nun von dem allen genug und ging daran, ihr Baby wieder in die Tasche zu legen. Tamara war davon nicht so ganz angetan, überrumpelt und etwas wehleidig krümmte sich das Mündchen. Hermann sah, wie nun aber ein goldbraun kugeliger Bär zum Vorschein kam und Tamara auf die Häkeldecke gelegt wurde, ein Bär mit bernsteingelben Augen. Jetzt verschwand Tamaras runder Kopf, Hermann aber glaubte ein erneutes Mal, das Tier hinter dem Schrank rascheln und scharren auch zu hören. Noch einmal fragte sich Hermann bänglich, ob das Tier schon seit Jahren dort hinten wohnte und hauste und überdauerte. Wieder rieselte es über Hermanns Rücken, wie gern hätte er Tamara jetzt gestreichelt. Da war das Rascheln wieder weg.

Wahrscheinlich hatte er sich verhört.

Ein Mann mit Aktentasche trat herein, ging aber sogleich wieder. Hermann verzehrte seine Beeren zu Ende und verwarf schließlich den Gedanken, seinen Speck dem

Tier hinter den Schrank zu werfen. Viel gescheiter war es, ihn morgen als ein Mitbringsel nach Pommelsbrunn zu tragen. Allzu liebedienerisch, ja schon verwahrlost äugte der schmächtige Kleine links nun doch wieder nach dem Tätowierten hin. Dieser hielt den Daumen abgespreizt, um dem Verwachsenen etwas zu erklären.

In Elviras Gesicht war durchaus etwas Grünliches. Verdrießlich nippte die junge Frau an ihrem Cola, schniefte unstet, stand auf und lief zur Türe hin. Dort schien ihr etwas einzufallen, sie machte kehrt und setzte sich erneut zu Hermann. Fünf Schläge tat die Kirchuhr nah.

Mit verhaltener Kraft schien Hubmeier derzeit sein Lokal zu leiten. Die Beine lagen ihm lang ausgestreckt und ruhig. Hermann stand auf, trat zu Hubmeier, eine Tasse Bohnenkaffee zu fordern. Hubmeier verstand nicht sogleich, dann schien ihm die Bestellung zu gefallen. Unverzüglich gab er sie an Fränzi weiter. Fränzi durchquerte schon den Vorhang.

An der Stuhllehne des Tätowierten hing ein Luftballon. Hermann kämpfte mit der Frage, ob er Elvira für heute abend zum flambierten Biertrinken zuladen durfte. Tamara konnte man ja leicht Fränzi zur Bewahrung anvertrauen. Von dieser widerfuhr ihr ja bestimmt nichts Böses. Sehr harmreich schimmerte die rechte Gesichtsflanke von Hubmeier. Er schien mit sich selber Rat zu halten. Ob er die Unbotmäßigkeit des baumelnden Luftballons noch durchgehen lassen konnte, von anderen Widrigkeiten ganz zu schweigen. Fränzi schläfrig schlurfend brachte den Kaffee. Versehentlich hatte sie ein ganzes Kännchen zubereitet. Die Gesichtsrunzeln Fränzis erinnerten noch immer rosig an eine Himbeere. Der

Kopf in seiner Gesamtheit mahnte an einen fast verdorrten Apfel. Hermann zahlte den Kaffee sofort. Fränzi wußte den Preis nicht. Hubmeier rief ihr sogleich zu, daß man mit 2 Mark 20 völlig quitt sei. Hermann stand auf und suchte die Münzen in seiner Hosentasche zusammen. Im Stehen sah er, daß Tamara noch immer und hingerissen ins Auge ihres Bären schaute. Wieder sickerte ein bißchen Speichel aus dem Mündchen. Das Gesicht war sinnend und voll Liebreiz. Wohlig kräuselten die Finger sich.

Um sich keinerlei Blöße zu geben, fragte Hermann Elvira, ob sie auch aus dieser Gegend sei. Elvira zündete sich eine Zigarette an und blies verärgert Rauch von sich. Das Kind, sagte sie, sei für sie nur eine echte Belastung. Sie wolle nämlich heute zum Rockfestival fahren. Aber ihre Mutter lasse es nicht zu. Sie gebe ihr kein Geld dafür. Elvira schniefte wieder und schaute düster auf die Schrankwand. In Bodenwöhr, beim Free-Rock-Open-Air-Fest, hätte sie, Elvira, nämlich sicher John wiedergetroffen, den John aus Hohenfels. Bis Stamsried, sagte Elvira, hätte sie mit dem Zug fahren können, von dort gehe es nach Bodenwöhr mit dem Sonderbus gleich weiter. Das Ganze daure schon drei Tage. Unwahrscheinlich viele Leute seien da, auch aus Oberfranken. John komme im Army-Bus mit anderen Amis hin. Ob er, Hermann, kein Auto habe, sie hinzufahren, fragte Elvira und trommelte mit den Fingern auf den Tisch.

Hermann bedauerte, daß er da nicht helfen könne. Der Kaffee machte ihm recht warm ums Herz. Sich nach vorne und zur Seite neigend, sah er jetzt wieder Hals und Kinn des Babys in der Tragetasche. Gleich darauf das Auge. Nachdenklich sah es hoch zur Stubenwand. Mürrisch maulend beschwerte sich Elvira, ursprünglich hätte das Kind, wenn es nach ihr gegangen wäre, Marina oder Blandine heißen sollen, das hätte ihr gefallen. Aber sein Vater, Giovanni, habe auf Elvira gestanden und bestanden. Da sei nun wieder ihre, Elviras, Mutter schwer dagegen gewesen. Schließlich habe man sich auf Tamara geeinigt. Dem John mache Tamara gar nichts aus, aber das Baby hindere halt oft, schimpfte Elvira. Sie wollte, sie hätte es nicht gekriegt.

Elvira schaute verärgert und niedergeschlagen. Ein ums andere Mal fuhr sie sich mit dem Handballen über das Gesicht, war aber mit ihren Gedanken ganz woanders. Dann schaute sie Hermann wieder forschend an. Hermann spürte, es war so, als ob sie was ermitteln wollte. Allmählich setzte im Lokal eine Unruhe ein und sich ein gewisses Surren durch, es schwoll von Sekunde zu Sekunde leise an. Alles ging wahrscheinlich von dem Tätowierten aus, der wieder aufgesprungen war, um zuerst den Kleinen, dann auch andere Gäste zu behelligen, vorzüglich den Großkopfigen am Fenster. Er ging in der Stube hin und her und ließ sich kaum abschütteln und rief verbohrt, er werde den Schweinehund, seinen Vater, anzünden und dann auch noch das Haus. Schon stand Hubmeier wie ein starkes Bollwerk aufrecht hinterm Schankbüfett und ließ, sich dagegen verwahrend, die Augen rollen. Alle werde er sie wegrichten, prahlte der Tätowierte schon fast überschwänglich. Hubmeier vermerkte wohl, daß das Augenrollen nichts mehr half. Er hob die flache Hand und gebot dem Treiben mit ein paar harten und zürnenden Zurufen Einhalt. Die flache Stirn furchte sich mit Macht, die Furchen mahnten wie aus Stein. Der Tätowierte erkannte Hubmeier, sein unerbittlich zornfunkelndes Auge. Brav und freilich grinsend setzte er sich wieder, und augenblicklich trat fast Ruhe ein. Die Furchen entrollten sich auf Hubmeiers Stirnwand, gleich drauf entspannte auch der Wangen Kalk ins Sahnige.

Das Baby sei jetzt vier oder sechs Monate, fuhr Elvira fort. Sie selbst sei 19 Jahre. Das Kind sei viel zu früh passiert. Sie wollte oft, sie wäre es wieder los. Aber nicht allein wegen dem John.

Hermann verwarf den sicherlich nichtsnutzigen Gedanken, Elvira zu fragen, ob sie ihn vielleicht heiraten wolle. Zwar hatte er das Gefühl, daß es sich durchaus rentieren konnte, wenn er die blasse Frau eroberte. Dann kriegte er das Kind gleich mit. Andererseits wollte er sich nicht zu sehr belasten. Die Tür flog auf. Frl. Anni schoß herein. Sie hastete sogleich zu Hubmeier hin, der wieder saß. Hermann neigte sich zur Seite, um einen Blick Tamaras zu erlangen. Die Augen des Kinds waren leider zu. Halben Ohrs hörte Hermann aus Frl. Annis erregten Ansprachen heraus, daß Hubmeier hier unverzüglich nach den Schutzleuten rufen müsse. Vor allem im Hinterhof schienen die merkwürdigsten Sachen zu passieren oder schon passiert zu sein. Hubmeier sah gefordert, aber ratlos drein. Gleichwohl beruhigte Frl. Anni sich sehr rasch. So unversehens wie emsig lief sie nun auf Hermann hin, ihn noch einmal ihres ausdrücklichen Wunsches zu versichern, daß er heute abend beim gemeinsamen Trinken des heiß flambierten Biers ja recht gern gesehen sei. Es gebe auch Krautwickeln dazu. Morgen nämlich müsse sie, Frl. Anni, schon in aller Frühe zur Beerdigung der Schurrer Eva nach Witzlhof, die sei soeben erst gestorben. Aber darum brauche Hermann sich nicht weiter zu scheren, darauf brauche er keinerlei Rücksicht zu nehmen.

Unverzüglich eilte Frl. Anni zum Kühlschrank zurück. Hermann hörte, wie aber jetzt Hubmeier ihr gegenüber einen gewissen Gast der Unredlichkeit zieh. Mit einiger Gewißheit handelte es sich um den Mann, der vorhin ungehindert Limo aus dem Kühlschrank weggetrunken hatte. Frl. Anni stöberte in einem Schubfach, Hermann griff nach der Walnuß in der Hosentasche. Elvira sagte zu Hermann, ob er das Baby nicht brauchen könne, sie wisse nicht, wohin damit, ihretwegen könne er es jederzeit gleich haben. Schon wieder machte der Tätowierte mit allerlei Keckheiten auf sich aufmerksam, er versuchte, Hubmeiers Güte glatt mißbrauchend, den Mann am Fenster durch Mutwilligkeiten aufzuheitern, und heizte auch dem kleinen Schmächtigen hartnäckig ein. Um ihn zu schrecken, hatte er eine Brille ohne Gläser, aber mit schneeweißer Plastikfassung aufgesetzt und war nun kaum mehr tragbar. Wenn er, Hermann, wolle, könne er das Baby kriegen, sagte Elvira, sie habe es schon satt.

Jetzt spannte und zeigte der Tätowierte allen seinen Muskelarm mit der Tätowierung und widersetzte sich einem Zuruf Hubmeiers, schien ihn nicht mal zu hören. Es sah so aus, als ob er schon wieder auf den Kleinen eindengeln, diesem an den Kragen wollte. Er zog ihn aber nur am Ohr und drehte dieses um und um. Der Kleine lächelte begeistert und schlug im Spaße mit den Händen aus. Hubmeier richtete den Leib empor und griff den Krückstock. In aller Strenge sah er schärfstens auf den Unruheherd hin, war aber längst deutlich überfordert. Kalk rieselte ein bißchen von den Wänden, am

Schrank klebte etwas Fadenscheiniges. Es mochte eine Spinne sein, die sich beim Klettern ausruhte und Schleimiges nachdenklich von sich sonderte. Ratlosigkeit war in Hubmeiers Antlitz getreten, es war nicht länger mehr zu leugnen. Indessen der Tätowierte, Hubmeiers Schwäche und Machtlosigkeit ohne Mitleid nutzend, auf einen Stuhl geklettert war und das Bein mitsamt den Silbernieten seiner schwarzen Hose angewinkelt nach hinten hob, als müsse er jetzt in die Stube einen Strahl ablassen. Beifall spendete der Höckrige. Schon wehrlos hob und ballte Hubmeier noch einmal die Faust. Der Kleine stieß in gewissen Abständen kurze, nicht weiter verständliche, aber wohl zustimmende Ausrufe von sich. Hilfsbedürftigen Blicks sich nun gleichviel an Hermann wendend, gestand der Wirt ein, der Lage nicht mehr Herr zu werden. Der Tätowierte lachte lichterloh, er kletterte vom Stuhl und stampfte schimpflich mit dem Fuße auf. Schweigen, wenn nicht zu erzwingen, so immerhin erbittend, legte Hubmeier den grauen Zeigefinger quer zum Mund. Nichts fruchtete sein Flehen. Er werde, schrie der Tätowierte wohlgemut, heute nacht noch die ganze Stadt anzünden. Anzünden, daß es nur so krache. Und dieses Wirtshaus sowieso. Er warf sein Feuerzeug hoch in die Luft und hielt es dann an den Luftballon. Es gab einen scharfen, harten Knall. Der Kleine warf die Hände in die Luft vor Freude. Die Tür ging auf, Frl. Anni kam herein und sah den Missetäter. Wieder war er auf den Stuhl gestiegen. Frl. Anni rannte hin zu ihm. Nicht minder aufgelöst wie ihr Mann, zerrte sie an dem Fransenwestchen des Tätowierten, doch der war auch mit Gewalt nicht abzuschütteln. Während, wie Hermann flüchtig sah, Hubmeier Fränzi in Sicherheit brachte, indem er sie durch den Vorhang schob, hörte er den Kleinen links begeistert quieken. Hubmeier setzte sich ohnmächtig. Der Tätowierte hüpfte von seinem Stuhl und patschte sich auf die Unterschenkel. Nahe bei Hermann schneuzte sich Frl. Anni im Laufen mit einem weißen Taschentuch aus ihrer Schürze. Es waren dabei wohl Münzen wieder auf den Fußboden gefallen. Vorwurfsvoll und mit dem Krückstock deutete Hubmeier auf dies neue Unglück. Hermann gelüstete es nach einem Schaschlick, das so war wie gestern. Doch Frl. Anni hinterm Büfett kramte schon in irgendwelchen Papieren. Beinahe stürmisch beruhigte sich das Getose und Getümmel wieder, der Tätowierte schritt nach draußen, und Elvira bot Hermann noch einmal an, er könne das Baby jederzeit haben, für 10 Mark solle es ihm gehören. Er, Hermann, könne auch ganz unbesorgt sein, es käme von ihr aus nichts heraus.

Der Kleine links hatte zu kichern aufgehört und schien schon wieder einigermaßen ruhiggestellt. Noch ehe Hermann sich danach erkundigen konnte, ob ihm das Kind dann ganz gehören sollte, wiederholte Elvira, für 10 Mark könne er es jederzeit haben. Wenn er, Hermann, ihr sofort die 10 Mark gebe, dann könne er Tamara gleich mitnehmen, sie aber, Elvira, erwische noch den Zug nach Bodenwöhr. Elvira hatte sich vorgebeugt. Dringlich sah sie Hermann an. Dann lachte sie. Er, Hermann, könne es gleich ausprobieren.

Erst jetzt, als er das Bündel mit Tamara in den Armen hielt und preßte, zuckte Hermanns Herz auf und zusammen. Dann wollte es ihm uferlos zerschmelzen. Trotzdem war ihm jammervoll. Hermann schwindelte im Sitzen. Tamara brachte die Augen noch nicht recht auf. Mit schlafverhärmter Miene fabrizierte sie drei Bäuerchen.

Seine Mutter klopfte dem Kind den Rücken. Wenn er ihr den Schein gleich gebe, erinnerte Elvira dringlicher und setzte schon den Cowboyhut auf, dann kriege sie noch den 6 Uhr-Zug. Und er, Hermann, komme noch in die Drogerie, um rechtzeitig Sachen für Tamara einzukaufen.

Hermann war noch zu unerfahren im Umgang mit kleinen Kindern. Er überließ Tamara vorläufig wieder Elvira. Elvira blies Tamara übers Haar und rieb ihr eilfertig den Rücken. Tamara hustete und war nicht ganz zufrieden, beleidigt schaute sie auf Hermann hin und ließ den schlafmüden Kopf zur Seite sinken. Nicht ganz erklärlich, nahm Elvira Tamara die Sommerhaube ab und steckte sie unters Dach der Tragetasche. Auf einmal konnte sich Hermann nicht mehr recht entsinnen, wo eigentlich genau die kleinen Kinder herkamen. Von einer Sekunde auf die nächste wußte er dann das Gröbste wieder. Er schlotterte ein bißchen.

In die Stube zurückkehrend, sang der Tätowierte halblaut ein Liedchen vor sich hin. Elvira drängte sehr, sah immer wieder auf ihre Armbanduhr. Hermann überlegte, ob er Elvira wegen etwas Schriftlichem befragen sollte, einem Verkaufsvertrag vielleicht. Aber der war der Sache wohl nicht dienlich. Auch schienen Hermann 10 Mark schon fast zu wenig. Hermann überschlug, ob er als Gegenwert nicht wenigstens einen Hund bieten konnte. Hatte er schon keinen, so konnte er sich ja einen aus dem Tierheim holen oder sich den Hubmeiers bis morgen einstweilen leihen. Aber Elvira brauchte die 10 Mark ja nur. Pfirsichweich hatten Tamaras Bäckchen hergeschaut. Sie lag wieder in der Tragetasche auf dem Stuhle. Hermann sah flüchtig zur Seite und den Wandschrank hoch. Das Tier, es schwieg nun vollends. Hermann schwindelte erneut, die Schenkel gaben schon im Sitzen nach. Hubmeier sah auf seine Uhr, als dränge nun auch er. Hermann kramte in seiner Hosentasche. Er verspürte die Walnuß und fand einen 50- und einen 20-Mark-Schein. Elvira drängte mächtig. Man solle den Handel draußen im Hausgang abschließen und besiegeln, da sei es viel günstiger. Hermann winkte Hubmeier, dieser rief sogleich nach Frl. Anni. Hermann wollte erst zahlen, auf daß der Schein gewechselt wurde. Frl. Anni wie der Wind kam schon herbei. Hermann beglich seine schmale Zeche und zahlte Elviras Cola mit. Frl. Anni stand und bewegte ihren stummen Mund. Sie kam auf 6 Mark 50. Im Kopfrechnen sei sie immer gut gewesen, sagte Frl. Anni stolz. In ihrer Schurztasche fanden sich nur 3 Mark. Es dauerte und zog sich hin. Elvira wurde flatterig, und jetzt auch Hermann. In einer Schublade fanden sich noch Münzen im Wert von 7 Mark 50. Frl. Anni wechselte bei Hubmeier die Münzen in einen 10-Mark-Schein. Jetzt fehlte nur noch eine Mark. Hermann beließ sie Frl. Anni als sein Trinkgeld. Auf einmal fand sich auf dem Kühlschrank noch ein Markstück, Fränzi hatte es entdeckt.

Hermann scheute sich vor den Gästen, die Tragetasche jetzt schon zu ergreifen. Elvira packte sie in Eile. Im Hausgang zauderte Hermann, den 10-Mark-Schein jetzt anheimzugeben. Doch Elvira griff ihn sich aus seiner Hand. Sie drückte Hermann rasch die Tasche in dieselbe. Und stürzte schon zum Haus hinaus, den Cowboyhut auf ihrem Kopf. Die Schultern schlackerten nur so.

Aus dem Hinterhof fielen länglich schmale Sonnenstreifen in den Hausgang. Von dort kam auch das Bellen eines Hundes, etwas entfernter echote wachsam ein zweiter. Man hätte meinen können, daß die beiden Tiere eine

Botschaft tauschten. Elvira war längst außer Sicht. Durch den Türspalt der Metzgerei kräuselte ein Duft wie Weihrauch oder auch von schon sehr altem Mottenpulver. Hermann hob die Tasche und schaute nach, ob Tamara auch noch drinnen war. Sie war drinnen, schaute etwas angstvoll. Lächelte aber, Hermann erkennend, sogleich wieder. Noch war Hermann befangen und flausig gar im Kopf, doch zweifellos wollte Tamara ihm von Herzen wohl. Fürsorglich strich Hermann rasch die Häkeldecke glatt. Er vermeinte zu spüren, wie seine Armsehnen ihm zitterten, ja pochten, wie in einem flüchtigen Aufbeben der Erde. Wohl glaubte Hermann an ein gutes Ende, aber der Gewinn Tamaras konnte nicht darüber hinwegtäuschen, daß jetzt erst recht noch allerhand zu tun und zu erledigen sein würde.

Hermann stellte das Täschchen wieder auf den kühl steinernen Boden. Von innen aus der Stube drang ein zugleich pfeifender und zugleich klirrender Laut, womöglich auch ein Wimmern. Noch einmal bellte der nahe, dann sofort der fernere Hund. Hermann drückte die Klinke der Stube, rückfällig ließ er sie wieder los und wich zurück. Der Hinterhof schillerte gelb und grün und voll von Licht. Die Kirchuhr schlug fünfmal. Dann noch einmal zweimal. Es war gut, daß Tamara schon Zuneigung zu ihm gefaßt hatte, das Zutrauen ergab sich dann von selber und der Rest. Dannzumal, wenn gesorgt dafür war, daß er, Hermann, sich imstande sah, das Baby auf Dauer zu ernähren. Hegen und pflegen wollte er Tamara und behüten, um so den günstigen Tausch mit Zins und Zinseszins zu lohnen. Oder vielmehr wettzumachen. Hermann vermerkte, wie sein Leib ins Schwingen und ins Schunkeln geraten wollte und das Herz ihm hüpfte, wenn er nur flüchtig daran dachte. Wie Tamara künftighin bei Wanderschaften ihn begleiten würde, zuerst im Täschchen, dann späterzu getrost zu Fuß. Ohne Säumnis würde er ihr alles zeigen, was er kannte, und es mit seiner Zuwendung an nichts fehlen lassen. Er nur war, sprach Hermann immer wieder und begütigend sich selber zu, des Kindes Unterpfand.

Hermann sah ein, daß es vielleicht trotzdem nicht so günstig war, mit Tamara allein in die Gaststube zurückzukehren, um sie im Lauf der Zeit zu wickeln und auch trockenzulegen. Zumal er ja erst Wickel kaufen mußte. Hermanns Herz verkrampfte sich erneut ein bißchen, da er gleich zum erstenmal mit Tamara auf die Gasse und ins Freie treten würde. Jede Sekunde konnte zudem Frl. Anni auf den Hausgang herauskommen und ihn abfragen. Das Sonnlicht durch die Milchglasscheibe der Haustüre, es leuchtete noch tückisch und gefährlich. Jetzt gab es keine Umkehr mehr. Hermann nahm seinen Mut zusammen. Ging aus dem Haus mitsamt der Tasche.

Wie gut, Hermann war sehr dankbar, daß der böse Blaue heute ins Spital geschafft worden war, er hätte ihm das Kind sonst sicher und süßlich lächelnd sofort aus der Hand geschlagen. Hermann schaute unter den Schirm der Tasche. Tamara schaute ernst, doch ihrem Träger durchaus zugetan. Hermann, mit sehr wackeligen Beinen, ließ die Ecke hinter sich.

Die Gasse wirkte ausgestorben. Im Licht glänzten die heißen Pflastersteine. Rechterhand, dann um die Ecke, hatte Elvira noch gesagt, war eine Drogerie. Aber zuerst, zuerst wollte Hermann Tamara wennmöglich seinem gelben Kätzchen zeigen und vorführen. Im Vorgarten, so wie gestern mittag, hatte das Kätzchen nicht gelegen.

Hermann eilte stracks zur Brücke. Wiederum flog sein Herz hoch und schlingerte in allen Richtungen, gerade wie auf einer Achterbahn. Hermann sah zum Hubmeierschen Haus zurück. Niemand folgte ihm, niemand konnte ihm einen Strick draus drehen. Als preßten Stricke um sein Herz, fühlte sich Hermann. Wie Zentnerlast fiel ihm da plötzlich der Gedanke zu, daß Elvira ja vergessen hatte, auch für die Tragetasche Geld zu fordern. 10 Mark für Kind und Tasche war ja ganz gewiß zu wenig. Doch war es ja nicht seine Schuld. Elvira selber hatte es vergessen. Gleichwohl und vordringlich nahm Hermann sich vor, die Sache mit Hubmeier selbst zu regeln. Elvira Geld zu hinterlegen oder eine neue Tragetasche. Beherrscht ging Hermann voran, das Tragetäschchen leichthin schaukelnd.

Das Kätzchen leider war nicht da. Vom Brückengeländer aus durchforschten Hermanns Augen das sehr hohe Gras am Ufer. Vielleicht wollte das Kätzchen ihn nur necken. An der Kirchuhr erkannte Hermann, daß es zwanzig Minuten vor sechs Uhr war. Er stellte die Tasche auf den Stegboden und nahm Tamara aus ihr, dem Kind das Wichtigste schon mal zu zeigen. Von unterhalb der Brücke wurden Stimmen hörbar, zwei tiefe Stimmen, doch recht weiche. Munter plätscherte der Fluß und glitzerte in Sonnenstrahlen. Noch reichlich unerfahren im möglichst zarten Umgang, hob Hermann Tamara hoch und in den Arm. Sein Baby war keineswegs verdutzt, sondern sah gewandt schon um sich. Es besah erst die Geranientöpfe, dann das Dachgebälk des Brückenstegs, endlich seinen neuen Besitzer. Mit einiger Mühe hielt Hermann doch sein Bündel fest. Er wiegte das nun sehr aufrecht auf seinem Arm aufsitzende Kind ein bißchen hin und her. Tamara schien sich gut zurechtzufinden. Etwas saugte, bohrte und rumorte wiederum an Hermanns Herzen. Etwas zeterte rund um sein Herz. Das Herz, es schmerzte und zog sich weh zusammen. Hermann hätte gleichwohl gute Lust gehabt, Tamara schon einmal zu herzen, und er probierte eine Liebkosung auf der Wange. Tamara sah fernhin in den Glitzerfluß und ließ es sich gefallen. Einen Augenblick lang hatte Hermann das Empfinden, jetzt sei ihm klar, was es heiße, wenn oft gesagt werde, man höre schon die Engel singen. An der schönen blauen Donau, sangen sie, das war gewiß. Er, Hermann, schwebte hoch über dem Donaustrom auf einer schneeweiß angemalten Wolke. Mit Zartgefühl besah Tamara Hermann wonnig unentrinnbar aus der Nähe. Berückte Tränen rollten über Hermanns Wange. Findig, wie das Kätzchen war, würde es sich schon noch einfinden. Kaum wußte Hermann, wie es weitergehen sollte. Links am Ufer saß erneut die beingeschiente Türkenfrau. Sie saß sehr ruhig und ganz unbeschwert. Hermanns Herz hüpfte noch nach, doch ging es nun schon wieder stetiger dahin. Käme das Kätzchen und neckte ihn am Bein, er, Hermann, würde gleichwohl fest zu Tamara sich bekennen. Und sie nicht zugrunde richten. Bis an seinen Tod wollte er dessen nicht vergessen.

Scheu wandte Hermann seinen Kopf, das Baby wiederum zu beschauen. Die rechte Hand Tamaras knetete den winzigsten der linken Finger, wie um diesem Halt zu geben. Im leisen Windhauch spielten flaumgoldgelbe Locken. Wiederum lächelte Tamara Hermann betörend und gleich darauf sogar ein bißchen spitzbübisch auch an. Dann freilich gähnte sie. Die Lider sanken abwärts, der Kopf an Hermanns Schulter.

Schade, daß das Kätzchen nicht gekommen war. Die Kirchuhr schlug Viertel vor sechs. Mit Umsicht legte Hermann das halb schlafende Kind in die Tasche zurück und breitete die Häkeldecke über es. Hier war nicht länger mehr zu säumen. Sicher schloß die Drogerie um sechs. Hermann besah die schon Schlafende. Das Näschen preßte in das Kissen, wurde gänzlich krumm davon. Stolz erfüllte Hermann auf sein Baby. Daß er dieses noch zuwege gebracht und es bewiesen hatte. Die kleine Wunde an Tamaras Hals, die würde morgen ja schon heilen.

Damit bestimmt nichts mehr schiefgehe, umschlich Hermann das Hubmeiersche Anwesen im Gassenkarree, leicht fand er die Amsel-Apotheke. Ihm fiel ein, ob er nicht gut daran tue, für Tamara wegen des ständigen Sonnenkitzels einen kleinen Sonnenschirm zu kaufen, den konnte man am Tragetäschchen gut festmachen. Hermann verwarf den Gedanken und betrat fast hochgemut die Apotheke.

Die Apothekerfrau hatte noch ein gebücktes altes Ehepaar zu betreuen, dann stand sie auch schon für Hermann zur Verfügung. Hermann trug sein Täschchen in der Hand und verlangte mit möglichst fester Stimme Kinderspeisung. Die Apothekerin im weißen Kittel ähnelte ein bißchen Frl. Anni, vor allem von vorne, war aber höher und viel hagerer. Wie alt das betreffende Kind sei, wollte sie erst wissen. Hermann kam ins Schwitzen und deutete unabsichtlich auf seine Tasche. Die Frau beugte sich vor, Hermann hielt ihr die Tasche hin. Die Frau sah hinein und sagte, bei Halb- bis Dreivierteljährigen sei Humana-Milchzucker aus Bielefeld sehr ratsam, ein Naturprodukt. Desgleichen könne sie Milupa Milumil immer empfehlen, das sättige und sei auch kaloriengerecht. Beba 1 hier dagegen sei zwar sehr bekömmlich, es handle sich da aber um eine Milch für noch viel kleinere Säuglinge. Alles, berichtete die Apotherkersfrau, werde mit abgekochtem Wasser angemacht, so auch das gleichfalls zuträgliche und deshalb empfehlenswerte Fruchtgemisch Hipp-Karottentrunk für heiße Tage.

Die Frau hatte alles aus dem Regal geholt und vor Hermann auf dem Glastisch aufgebaut. Hermann fiel ein, daß er ja gleichzeitig Windeln kaufen mußte. Hipp-Brei dagegen, sagte die Apothekerin ergänzend und holte auch davon schon eine Flasche aus dem Regal, den könne man auch kalt löffeln.

Hermann kratzte sich am Kinn und hielt die Tasche klamm und fest. Er hatte den Eindruck, die Frau sah nun ihn und sein Täschchen sehr lange und eindringlich rätselnd an. Tamara war ganz still. Er könne es sich ja derweil noch überlegen, sagte die Frau, sie müsse grad nach hinten, sie komme dann gleich wieder.

Es war eine Zeit vergangen, ehe die Apothekerin wieder nach vorne kam, um sogleich noch ein paar Gläser Kinderspeisung vor Hermanns Augen aufzubauen. Hermann hielt die Tasche fest, stellte sie nicht zu Boden. Alete-Nahrung sei natürlich immer gut, wenn auch mehr für noch ganz kleine Babys. Dies Kind hier könne bereits Festeres zu sich nehmen, sagte die Frau.

Hermann war mißbehaglich zumute. All das war ihm allzu unübersichtlich. Etwas Mulmiges saß rechts vom Herzen in der Grube, etwas ungestaltig Munklerisches. Obschon kaum Sonnenlicht in die Apotheke drang, hatte Tamara im Schlaf ihr zur Hälfte nacktes Ärmchen schützend vor die Augen gelegt, die kleinen Finger spreizten sich, der Mund machte einen unlustigen, schon fast verquälten Wulst. Hermann fiel ein, daß er das Baby ja bald stillen mußte, es war ihm ja schon gänzlich zugehörig. Beengt im Hals fiel ihm gleich drauf auch sein Irrtum ein. Tamaras Brustkorb hob und senkte sich unter dem Jäckchen. Noch einmal stellte die Apothekerin neue Dosen mit bunten Säuglingsbildern vor Hermann auf den Ladentisch. Sie führte aus, am einfachsten sei die Zubereitung von Milupa-Flaschen. Hermann hätte alles gern erledigt gesehen, aber die Sache schien noch immer einen Haken zu haben. Denn zu seinem Leidwesen verschwand die Frau noch einmal nach hinterhalb der Regale. Kam wieder vor und sah dann allerdings selber besorgt auf die elektrische Bahnhofsuhr über der Kasse. Zwei Minuten vor sechs zeigte die Uhr, jetzt hüpfte der Zeiger noch eins vor. Hermann dachte daran, daß Elvira jetzt den Zug besteige, und wunderte sich, wie blond das Kind von Giovanni war. Aber vielleicht war Tamaras Vater ja ein Deutscher, so wie Hermann, er. Hermann fiel wieder ein, Windeln könne er noch brauchen. Windeln und Tempotaschentücher sowieso. Die Apothekerin sah zur Tasche hin. Mit einem zögerlichen Blick musterte sie wieder Hermann, dann hob ihr Auge sich zur Türe hin. Die Tür ging auf, und herein traten behend zwei grüne Polizisten. Die Apothekerin nickte eilig und deutete mit dem Kopf leicht gegen den Kunden hin.

Hermann hatte den Eindruck, daß er den größeren und blonderen der beiden Schutzleute von gestern nachmittag her schon kannte, von dessen kurzem Besuchsantritt bei Hubmeier. Der andere Polizist schien ihm der eifrigere und auch sofort der viel unnachsichtigere, ihn kannte die Apothekerin anscheinend bestens. Sie nannte ihn Herrn Meier-Zwick und wies mit dem Arm wiederholt auf Hermann und die Tasche hin. Hermann erschrak. Auf einmal kam ihm der Verdacht, es konnte ihm etwas zum Vorwurf gemacht werden, Kinderverschleppung oder zumindest Veruntreuung, man konnte ja nie wissen. Aus dem Radio von hinterhalb oder auch aus der Nachbarschaft war feines und gedämpftes Jodeln zu vernehmen, das Jodeln wahrscheinlich zweier Frauen. Sie habe Elviras Kindertasche sofort wiedererkannt, rief mit Nachdruck und Genugtuung die Apothekerin, dann selbstverständlich auch Tamara selber. Der Mann da habe ihr gleich nicht den besten und pfiffigsten Eindruck gemacht, schilderte sie, während Meier-Zwick sich schon zum drittenmal bückte, um zu Tamara hinein zu schauen. Der blondere Polizist nickte verständig. Und deshalb habe sie, die Apothekerin, zusammen mit der Funkstreife auch gleich die Großmutter instruiert, die Mutter von Elvira. Die habe es auch gar nicht gut. Da sei sie ja auch schon, rief die Apothekerin und wies mit dem ausgestreckten Arm zur Eingangstür.

Hermanns Gedanken verhedderten sich noch mehr. Herein kam ziemlich schnaufend eine hübsche Frau im hellen Sommerkleid mit großen roten Blumen drauf. Daß er Tamara aller Wahrscheinlichkeit nach nun wieder hergeben und abtreten müsse, das glaubte Hermann schon mit Sicherheit zu wissen. Doch war die Großmutter kaum mehr als dreißig Jahre alt. Vielleicht war alles ja nur große Unsicherheit, eine törichte Verwechslung. Die Großmutter hob sogleich die Tasche hoch. Gedrückt schaute derweil Hermann auf die Babyspeise. Er begann ein wenig zu schlottern, denn es stand zu fürchten, mit dem Verlust Tamaras sei es noch nicht getan. Der blonde

Polizist sah zuweilen abschätzig in die Luft und auf die Uhr. Das Kind schien fest zu schlafen, als die überaus junge Großmutter die Tasche zum Beweis auf den Ladentisch nun stellte. Schnell schloß die Apothekerin die Türe ab. Der Kopf Tamaras hatte sich zur Seite geneigt. Hermann wunderte sich immer mehr, daß die Mutter Elviras vielleicht jünger und in jedem Fall viel hübscher als Elvira war. Das hätte er nicht gedacht.

Ob sie das Kind einwandfrei wiedererkenne, forschte Meier-Zwick und ging, um die Tasche genauer zu prüfen, ein bißchen vor ihr in die Hocke. Er kam Hermann gar zu ehrgeizzerfressen vor, der andere Polizist schaute gemütlicher drein und vor sich hin. Immer wieder zuckte er lediglich die Schulter und einmal sah er mißvergnügt auf seine Armbanduhr. Er hatte die Dienstmütze abgenommen, Meier-Zwick sie aufbehalten. Beide trugen kurzärmlig grüne Hemden über behaarten braunen Armen. Noch immer war seine, Hermanns, Lage nicht gefahrlos. Sondern erst jetzt nahm ihn Meier-Zwick sorgfältiger in Augenschein. Das habe sie doch schon einmal gemacht, die Elvira, sagte die Großmutter, aber nicht eigentlich sich beschwerend, sondern unverwandt und beinahe schon belustigt. Die Apothekerin schien eben davon bestens Kenntnisse zu besitzen, die nickte immer wieder und trug nach, damals sei es sogar in der Zeitung gestanden. Am gescheitesten sei, meinte die Großmutter, sie nehme Tamara jetzt einfach mit sich nach Hause.

Unversehens nahm Hermann die Tragetasche vom Tisch hoch und reichte sie an die Großmutter weiter. Standhaftigkeit und Sträuben hatten keinen Sinn, erkannte Hermann, so leid es ihm um sich und auch Tamara tat. Ob rechtens oder nicht, er mußte sich wohl oder übel mit der neuen Lage abfinden und fühlte sich auch ohnehin schon überlastet von all dem. Die Großmutter ergriff die Tasche und stellte sie auf den Tisch zurück. Meier-Zwick fiel etwas ein. Mit der Hand seine Pistolentasche berührend, wandte er den Rumpf nochmals Hermann zu und fragte ihn, wie er zu dem Kind gekommen sei und wo genau. Der andere Polizist nickte und strich über den Schnauzbart. Selbst ihn, wenn auch in geringerem Maß, schien die Frage jetzt auf einmal einigermaßen zu interessieren. Hermann hatte längst erkannt, die beiden Polizisten waren durchaus jüngeren Jahrgangs, wohl genau in seinem, Hermanns, Alter. Trotzdem wollte ihm nicht gleich einfallen, was jetzt am besten wohl zu sagen sei, man wollte ja auch Hubmeier nicht gefährden. Während der blondere Polizist seine Mütze aufsetzte, entledigte Meier-Zwick jetzt sich der seinigen und legte sie neben die Tasche. Ohne Kappe schien er Hermann minder schon gefährlich. Aber auch die Miene seines Kollegen sprach dafür, daß man mit vereinten Kräften durchaus willens sei, die zwar nicht alltägliche, aber doch auch nicht gerade zwingende Sache möglichst rasch und gerne zu vergessen, um sie aus der Welt zu schaffen.

Weil auch die Großmutter ihn mit Neugier und fast freundlich ansah, nahm Hermann sich ein Herz und gleich drauf einen Anlauf. Er habe, sagte er, das Kind vor einer Stunde geliehen gekriegt, von Elvira. Das kenne sie, rief die Großmutter eifrig, aber nicht allzu böse, genau dergleichen habe man schon einmal gehabt, im Frühjahr mit dem Hering Dieter. Die Großmutter lachte, wenn auch nun doch etwas geschmerzt. Der jüngere Polizist lächelte. Nur sein Kollege schien noch nicht ganz zufrieden und rückte Hermann wieder näher auf den Leib.

Für wie lange die Verleihung gelte, wollte Meier-Zwick wissen und er sah Hermann geringschätzig und fast hinterhältig drohend an. Hermann bedachte, ob er nicht doch besser auf seinem freilich unverbrieften Kaufrecht bestehen hätte sollen und ob es hier wohl eine Möglichkeit gab, schnell Reißaus zu nehmen. Schweiß floß ihm auf die Stirn, ein Schleier vor die Augen. Hermann wünschte, Hubmeier wäre hier und würde für ihn ein gutes Wort einlegen, das konnte er ihm kaum abschlagen. Die junge Großmutter hatte die Tasche samt Tamara schon wieder in der Hand. Sie wollte wohl längst schon gehen, war aber jetzt doch auch wiederum von Wißbegier gepackt. Der blonde Schutzmann entzündete eine Zigarette, schien gelassen abzuwarten. Plötzlich wußte Hermann, was er sagen sollte: Er habe, sagte er ohne zu zögern, vor einer Stunde von Elvira das Kind bis morgen mittag geliehen gekriegt, dafür habe er Elvira 10 Mark gegeben, um Tamara damit zu versorgen.

Der blonde Polizist nickte verständnisvoll, der andere freilich schlug die Hände vor dem Kinn zusammen. Jetzt sei er aber echt baff, rief Meier-Zwick, das hätte er nicht verhofft. Er sah seinen Kollegen mit großen Erwartungen an, dieser doch zuckte nur die Schultern und schaute etwas von oben herab auf die Großmutter und auch ihre Tasche hin. Hermann überkam jetzt stark das Empfinden, er habe das Kind ja wirklich nur geliehen und er würde, auch wenn es momentan noch hart auf hart ging, kaum verhaftet werden. Selbst die Apothekerin schaute längst nicht mehr so abfällig drein. Die Großmutter aber, das spürte Hermann ganz genau, hätte er viel lieber geheiratet als Elvira.

Ob es genau 10 Mark gewesen seien, fragten sie und Meier-Zwick aus einem Munde. Selbst Meier-Zwick erweckte jetzt in Hermann das Gefühl, schon bald würde man sich ja vollends wieder aussöhnen. Hermann bestätigte es und nickte fest. Sie habe jetzt gerade kein Geld bei sich, sagte die Großmutter hastig und als ob sie sich dessen selber schäme, ob ihr die Apothekerin einen Zehner leihen könne. Auf daß der Mann sein Geld gleich wieder kriege.

Meier-Zwick machte dem anderen Schutzmann gegenüber geltend, daß der Fall sich damit langsam kläre. Die Apothekerfrau war zur Kasse gegangen, sie holte einen Schein hervor und gab ihn nun der Großmutter. Diese gab ihn sogleich an Hermann weiter, bedankte sich bei ihm und sagte der Apothekerin, sie werde das Geld gleich morgen in aller Frühe wiederbringen. Aus der Tasche drang ein ganz schmächtiger Fiepton, aber vielleicht hatte Hermann sich auch nur getäuscht. Er meinte zu erraten, wie erleichtert auch die Großmutter im Grunde war, auch sie hatte ja strengere Bestrafung wohl befürchten müssen. Tatsächlich sehr scharf und gewissenhaft hatte Meier-Zwick dem Geldvorgange zugeschaut und zerknüllte erst jetzt einen Fetzen Papier in seiner großen linken Hand.

Die Apothekerin sperrte die Tür auf. Fast jeden Tag werde es hier nach sechs, sagte sie und seufzte. Gemeinsam traten die Schutzleute, Hermann und die Großmutter als die zur Zeit sicherlich rechtmäßige Besitzerin von Tamara auf die noch immer heiße Straße. Hermann tat es fast ein wenig leid, daß keine Zeit mehr blieb, Abschied von seinem Kind zu nehmen. Gleichzeitig war ihm nun sehr danach, möglichst bald hier fortzukommen. Auch die Polizisten hatten es schon recht eilig. Beherzt schwangen sie sich in ihren grünen Streifenwagen und riefen, im Einsteigen, Hermann halb im Spaß zu, er solle sich jetzt weiterscheren, aber so was am besten nie wieder machen. Im Abfahren sah man die beiden heftig schmunzeln, Meier-Zwick auf dem Beifahrersitz lachte sogar befreit. Schon überquerte die Großmutter mit dem Täschchen samt Tamara die Straße und verschwand in einer engen Gasse. Aufmunternd hupten die Polizisten ihr nach. Nein, er, Hermann, war damit sicher nicht gemeint. Auf daß es sich die Schutzleute nicht am Ende doch noch anders überlegten, fand Hermann es für sich am besten, sich jetzt sofort abzusetzen und seinen Aufenthalt in dieser Stadt so rasch wie möglich zu beenden. Seinen Besitz hatte er zwar wieder los, aber auch ordentlich sein Geld zurück. Beinahe schon wieder sorglos trat Hermann in das Hubmeiersche Haus, um sich für immer von hier zu verabschieden. Ein Tag war zweifellos vergeudet, aber leidlich war am Ende doch noch alles abgegangen.

Frl. Anni war in der Zwischenzeit nicht müßig gewesen, sondern hackte Holz im Hinterhof. Hermann gab ihr den soeben von der Großmutter empfangenen blauen 10-Mark-Schein, damit seine zweite und freilich unterbleibende Übernachtung zu bezahlen. Frl. Anni legte das Beil weg und suchte aber dann vergeblich nach 2 Mark 50 Wechselgeld. Hermann mied Frl. Annis Blick und ging derweil in seine Kammer hoch, sein Reisebündel abzuholen. Auf der Stiege kauerte halb stehend und halb hockend Fränzi und hielt sich am Geländer fest. Allen Zwanges ledig schritt Hermann wiederum nach unten.

Er war froh, daß er das Kind schon wieder los hatte. So anständig wie möglich wollte er weiter seines Weges ziehen, heute wenigstens noch nach Etzlwang.

Der Abschied kam ihn trotzdem hart an. Es reue sie, sagte Frl. Anni ein ums andere mal, daß er, Hermann, schon fort müsse und am flambierten Trinken heute abend nicht mehr teilnehmen könne. Ihre Stimme schien richtig zu singen, wenn auch ein bißchen ausgeleiert. Zumal das Rumplerbier vorzüglich und für ein andermal ihm recht empfohlen sei. Hermann sah, daß das Schild, welches auf die momentanen Betriebsferien verwies, im Hinterhof jetzt stand. Aus einer Geldrolle entnahm Frl. Anni jetzt 25 Zehnpfennigstücke, zählte sie genauestens in Hermanns Hand und dankte ihm von Herzen, auch in Fränzis Namen. Mit überaus schmeichelnder Stimme wünschte sie eine baldige Wiederkehr und rief nun doch auch noch aus dem Frauenabort heraus Fränzi herbei, damit auch diese Hermann noch den Abschied gebe. Fränzi streckte nur drei Finger hin und schaute seitlich in den Boden. Frl. Anni schalt sie ihrer Genierlichkeit und kicherte wie ein Glöckchen.

Heftig bewegt und auch schmerzlich die Hand schüttelte Hermann Hubmeier. Er war ziemlich allein in seiner Stube, noch saß aber der Apfelbäckige am Fenster und schaute stumm nach draußen in die Sonne. Zwei Hermann unbekannte Männer spielten Mühle. Hubmeiers alte Wangen waren rosenfarben überhaucht, als er Hermann zu seinem für alle Seiten angenehmen Aufenthalt beglückwünschte. Solche Gäste wünsche man als Wirt sich sehr. Hermann seinerseits verrichtete aus ganzem Herzen seinen Dank und war schon zur Tür zurückgewichen, als der Wirt ihn nochmals zu sich winkte. Morgen, habe er gehört, sagte Hubmeier vertraulich, werde es genau so warm und schön wie heute. Er stand auf und griff zu seinem Krückstock, den Scheidenden nach vorne zu geleiten. Beide Mühlespieler sahen auf, als Hubmeier Hermann noch einmal innig und treu angehörig beide Hände schüttelte und ihm die Tür dann öffnete.

Hermann hatte die Hoffnung auf ein Wiedersehen mit dem blonden Kätzchen längst schon aufgegeben. Trotzdem war ihm, als er durch die Haustür schritt, als habe sich in dem Vorgärtchen gegenüber, im hohen Gras, etwas bewegt, etwas goldgelb Rötliches zumal. Gleich sah Hermann nach. Leider, er hatte sich getäuscht. Im Gras war da gar nichts. Hermann straffte den Körper unter seinem Reisebündel und drehte ihn herum, einen wahrscheinlich letzten Blick noch auf das gelbe Haus zu werfen. Stahlblauer Rauch drang aus dem Schornstein in den strahlend blauen Himmel. Hermann sah lang in die Luft hoch und ließ endlich die Augen wieder zurückfallen. Im geöffneten linken Parterrefenster war Hubmeiers Rumpf erschienen, mitsamt dem Kopf schon leicht nach draußenhin geneigt. Etwas ertappt nickte dem Wirte Hermann zu. Hubmeier lächelte diskret und hob auch schon den rechten Arm. Mit der flachen fächelnden Hand winkte er Hermann bewegt und freundlich zu und ihm noch lange nach.